绝对零度

5 降头

樊落

著

中国纺织出版社有限公司

内 容 提 要

　　繁华的大街上有人离奇死亡，网上都传是中了降头，但是法医在尸检后确定死者是死于病毒感染，不久又有人感染了相同的病毒死亡。关琥去受害人有交集的地方调查，偶然遇到了自称是太极高手的胖子，胖子的身份跟行踪都很诡异，却在危急关头屡屡帮助关琥。后来关琥发现胖子是张燕铎乔装的，并得知前女友跟朋友被犯罪团伙绑架。为了救出她们，关张二人联手潜入犯罪组织的老巢，但关键时刻还是被"老家伙"逃掉了，而关琥自己也遭受陷害，被迫跟张燕铎一起亡命天涯。

图书在版编目（CIP）数据

　　绝对零度 . 5，降头 / 樊落著 . -- 北京：中国纺织出版社有限公司，2021.1
　　ISBN 978-7-5180-8033-5

　　Ⅰ . ①绝… Ⅱ . ①樊… Ⅲ . ①推理小说 – 中国 – 当代 Ⅳ . ① I247.5

　　中国版本图书馆 CIP 数据核字（2020）第 200808 号

策划编辑：李满意　胡 明　　　　责任编辑：张 强
责任校对：王蕙莹　　　　　　　　责任印制：王艳丽

中国纺织出版社有限公司出版发行
地址：北京市朝阳区百子湾东里 A407 号楼　邮政编码：100124
销售电话：010－67004422　传真：010－87155801
http://www.c-textilep.com
中国纺织出版社天猫旗舰店
官方微博 http://weibo.com/2119887771
天津千鹤文化传播有限公司印刷　各地新华书店经销
2021 年 1 月第 1 版第 1 次印刷
开本：880×1230　1/32　印张：8.25
字数：188 千字　定价：39.80 元

凡购本书，如有缺页、倒页、脱页，由本社图书营销中心调换

目 录

CONTENTS

降头术，按照中国传统文化中的解释，据传乃唐三藏法师所求经文之"谶"，后"谶"之正本流入云南道教，再汇合苗疆蛊术进而演化固定，后蛊术流传于东南亚地区，与当地巫术结合，便形成了当今的降头术。故降头中的蛊降药降与苗疆蛊术之炼制手法大同小异，而符降灵降则出于道家学派之修行，然诸种蛊术虽各行其道，却万法归宗——行善得善，行恶得恶，心存恶念者，害人终害己。

第一章

叶菲菲的夜航结束后，她在机场搭了出租，直接来到谢凌云住的公寓。

这次的代班让她多了两天调休，她跟谢凌云约好了一起玩，顺便还可以蹭饭吃——叶菲菲的爸妈自从退休后，就常年在国外旅游，为了不用每天吃杯面，最近叶菲菲都住在谢凌云的家里。

到了公寓，时间才早上八点多，谢凌云很可能熬夜还没起床，叶菲菲就直接掏出备用磁卡开了门禁，拖着小旅行箱进了公寓。

刚好有电梯停在一楼，叶菲菲乘上电梯，礼貌性地在微信上给谢凌云留言，告知自己来了。

等她发完，电梯也停下了，她拖着小箱子走出去，经过隔壁那架电梯时，电梯门在关闭，叶菲菲随意扫了一眼，就见里面站了好几个人，一个女孩子被夹在当中，依稀是谢凌云。

叶菲菲顿了下脚步，没等她细看，门已经完全关上了，电梯往下降落，她歪歪头，不肯定是不是自己看花了眼。

来到谢凌云的家门前，叶菲菲掏出钥匙准备开门，却发现房门是虚掩的，随着她的动作吱呀一声向里打开，里面亮着灯，静悄悄的听不到声音。

大清早的开着门，这不符合谢凌云的个性。

叶菲菲的个性虽然大大咧咧的，但家庭背景还有她的工作性质将她锻炼得警惕性很高，她在门口叫了谢凌云两声，没听到回应，便把旅行箱放下，又顺手将房门完全打开，以便万一有什么问题，可随时跑路。

后备工作做好后，叶菲菲拿着随身带的小型防色狼电棒走进去。

客厅里很乱，许多小件摆设都摔到了地上，玻璃茶几从原本的位置上斜移开，液晶电视的表面也裂开了，像是被什么硬物撞击到，呈小片的蛛网形状。

这是谢凌云购置了没多久的电视，就这么报废了，叶菲菲有种打碎它的人即将被干掉的预感。

看到这种状况，就算不去检查其他的房间，叶菲菲也敢断定谢凌云出事了，再联想到电梯里的那一幕，她知道不妙，急忙冲出房间，边往电梯那边跑，边掏出手机给关琥打电话。

手机打不通，两架电梯也没有停在这一层，叶菲菲只好转身跑去紧急出口，还好在她跑到楼梯口时，手机接通了，一听到关琥的声音，她马上叫道："关王虎，出大事了，我现在……"

脖颈一凉，一个硬邦邦的东西顶在上面，制止了叶菲菲的叫声。

叶菲菲看不到那是什么，但她看到了站在自己面前的男人是谁——在楚格峰上她亲眼见过男人杀人时狠辣的手段，所以架在她脖子上的是什么东西，用半个大脑想都可以想到。

至少不可能是要帮她戴钻石项链就是了。

叶菲菲不说话，吴钩也不说，只是微笑着看她，一副接下来你知道该怎么做的表情。

这张比明星还有俊俏的脸庞有令人心动的资本，再配上适当的微笑，在叶菲菲看来，他就像从地狱里踱步而来的恶魔。

有着蛊惑人心的气质，同时也有着拉人下地狱的力量。

"菲菲？出了什么事？"

对面的声音拉回了叶菲菲飘忽的神智，为了还可以顺利看到明天的太阳，她毫不犹豫地对关琥说："没事没事，我打错电话了。"

"打错电话……"

不给关琥询问的机会，叶菲菲连珠炮般地往下说，"其实我是要打给我现在的男朋友啦，谁知错拨给你了，忘了删掉你的手机号，真是抱歉哈。"

"你等等等等，叶菲菲，这世上除了我，还有哪个男人不长眼，敢接收你这么凶的女人？"

"还有哪个？不就是那个……"

"不会是我哥吧？"

叶菲菲还要再说，脖颈上传来疼痛，那个硬物加大了力度，她不敢再东扯西扯，直接关掉了通话，并为了表示自己很配合，还顺便将手机丢去一边，双手举起来，做出投降的姿势。

吴钩满意地点点头，将东西收了回去。

当看到拿在他手里的是红笔，叶菲菲很庆幸自己没有硬拼，她揉着被弄痛的脖子，呵呵笑道："这么巧啊，你是那位明星先生……"

"吴钩。"

"吴先生好，你看起来挺忙的，那我不打扰你做事，有时间再聊。"

叶菲菲说着话，掉头就要走，被吴钩叫住了，"美女，你愿意陪我走一程吗？"

三秒钟的犹豫后，叶菲菲转过头来，冲他做出一个很灿烂的笑脸，"我可以拒绝吗？"

吴钧的回应是开始转动他手中的红笔。

叶菲菲干脆选择明说："你没有在一开始就干掉我，那应该不会杀我吧？"

吴钧依旧转着他的红笔不说话。

"好吧，那我们换个方式说，你曾在楚格峰上救过我，对于你救过的人，你应该不会再下杀手吧？"

"那要看我的心情，还有，别自作多情，我不是救你，而是帮流星……就是张燕铎。"

"没想到我居然没有老板有魅力。"叶菲菲一脸震惊地说。

"什么？"

"我说——既然是帅哥的邀请，那我当然不会拒绝啦，"叶菲菲冲他笑眯眯地说完，马上追加："只要你不杀我。"

在吴钧手里疯狂转动的笔管突然停了下来，他抬起眼帘看向叶菲菲，下一秒叶菲菲感觉到了来自他身上的杀气，身体竟然不受控制地一抖。

"如果你还想再活着，就别让我再听到帅哥这两个字。"

叶菲菲不知道这个词哪里犯他的忌讳了，不敢反驳，乖乖地点头，吴钧马上又展颜笑了，伸过手，放肆地摸摸她的头发，说："看在流星的面子上，我原谅你这一次。"

见识了他的喜怒无常，叶菲菲不敢再乱说话了，努力堆起微笑点头，表示自己知道了。

吴钧转身往楼下走，没再看她，就像完全不担心她会逃似的。

叶菲菲看了一眼身旁的门，考虑了一下自己趁机逃跑或是喊救命的话，被救的概率有多高，然后她放弃了无谓的对抗，说："可以提一个小小小的要求吗，吴先生？"

吴钩的脚步顿了一下，叶菲菲说："我可以带上自己的旅行箱吗？"

作为一个超级爱美的女性，在即将被带去未知的地方时，叶菲菲首先想到的就是她要把自己打扮得好看些，乐观一点想，那也许可以成为逃跑的资本，悲观想的话，死的时候至少也可以保持漂漂亮亮的形象。

吴钩没有反应，自顾往下走去，叶菲菲以为提议被驳回了，只好老实乖乖地跟在他后面，谁知等她走出公寓，发现不远处停了辆车，一个黑衣男人正把她的小旅行箱放进车后备厢里。

她立刻恢复了精神，冲吴钩大声说："谢谢吴先生！"

"谢这个字，我还是第一次听到。"

"没关系的，今后你会听到很多次。"

只要不杀她，她可以每天都说，直说到对方厌烦为止。

对叶菲菲来说，只要有谈判的余地，就代表现状不是太糟糕，她乖乖做人质，希望那个前警察男友不要太笨蛋，可以从他们的对话中猜到她被劫持了。

吴钩看了她一眼，像是看出了她的心思，却什么都没说，径自走去轿车那边。

叶菲菲顺从地跟在他身后，心里想老天一定不会让她有事的，你看天底下上哪儿去找她这么乖的绑票？

黑衣男人把车门打开，用下巴示意叶菲菲上车，他长得膀大腰圆，模样也很凶悍，一看就是打手的那类人，这让叶菲菲有点遗憾——假如逃不出被绑架的命运，她希望绑匪是吴钩这类的帅哥，绑匪的颜值不过关，也很影响绑票的心情。

叶菲菲在心里哀叹着，照吩咐上了车，谢凌云坐在后排座上，她的手脚没有被绑，弩弓跟箭套也放在身边，她却没有反抗的表现，看到叶菲菲，说："如果你再迟到两分钟，就没事了。"

"我也第一次发现守时真不是个好的习惯。"

叶菲菲坐到谢凌云的身边，车门关上，黑衣大汉跟吴钩分别坐去前面的座位上，叶菲菲左右打量，没看到吴钩的其他同伙，她小声问谢凌云。

"他们点你穴了？还是喂你毒药了？"

谢凌云看她，叶菲菲用嘴巴努努弩弓，说："否则你没有道理不反抗啊。"

轿车开动起来，吴钩在前面听到了她们的对话，笑道："让一个人不反抗，不一定需要武力的。"

"他说知道我父亲的去向，"谢凌云接着吴钩的话往下说："所以我同意了。"

"同意去哪里？"

"不知道，不过不管是哪里，我都会去的。"

叶菲菲相信谢凌云说得出做得到，假如有人用关琥威胁张燕铎的话，张燕铎也会做任何事的，血浓于水，应该就是这样的关系。

车很快上了高速公路，除了挡风玻璃外，其他车窗都拉上了窗帘，叶菲菲本来还怀疑这样做是不是防备她们记路，谁知就听吴钩问："叶菲菲你应该随身带护照了吧？"

"我如果说没带，可以把我丢下车吗？"

"你希望在这种车速中丢你下去吗？"

"我突然想起我带护照了！"

"很好，我们要去国际机场，希望接下来旅途愉快。"

"没想到现在绑架的水准都这么高了，还附带海外旅行的！"

叶菲菲有点小兴奋，趴在椅背上兴致勃勃地问吴钩，"是去夏威夷还是去迪拜啊？不过只要是免费旅行，那我不挑的，泰国越南也挺好，我的越南话说得不错的，泰语勉强也可以应付，需要我做向导吗？我前前男友在泰国做事，我对那里挺熟的……"

说了半天，没人理她，所以她也没套出任何有价值的情报，这让她有些沮丧，蔫蔫地又坐回到自己的座位上。

"你们绑架我到底是为了什么？"谢凌云开门见山地问吴钩，"总不会是好心地让我们父女团聚吧？"

"我没那么好心。"吴钩低头转着他的红笔，随口说道。

"不管你们是什么目的，假如你用我父亲的事骗我，我不会放过你。"

"我不认为你有本事杀我。"

"你可以试一下。"

"拭目以待。"

叶菲菲摇摇手，打断了他们的舌剑唇枪，说："天气这么好，我们何不聊一下好心情的话题呢？吴先生，看在我们这么配合当绑票的份上，给点提示吧，一点点就好。"

她本来只是随口说说，没抱什么希望的，谁知吴钩竟然回应了她，停下转动的红笔，微笑问道："你们听说过降头吗？"

"降头？"关琥冲着在对面吐个稀里哗啦的江开叫道："你说这是中了降头术？"

还好黄色警戒线将围观的人群跟闻讯赶来的记者们拦在现场之外，

否则光凭关琥这句话，那些新闻人士应该不愁接下来没有爆料了。

江开被他的粗神经搞得头都大了，正要开口提醒他，眼神扫过对面那具极其凄惨的尸体，他的话没顺利说出来，背过身去，弯着腰又开始大吐特吐，好半天才说："可不就是降头呗……我跟你说，只有中降头的人才会是这种状态，咳咳……"

"说的你好像亲眼见过似的。"

"电影里都是这样演的，表演来源于生活……而且崔晔那次也是这样，连着两次降头事件，你说是不是很诡异？"

想起半个多月前的那桩惨剧，关琥不由得皱起了眉头，回头看向现场，现场的惨状让他感到不适，虽然不想承认，但直觉告诉他江开这样说不是毫无根据的。

不过这不等于说他就会相信那些无稽之谈，看看其他几个也吐得脸色蜡黄的同事，再联想那位来溜了一圈就瞬间消失的重案组组长大人，关琥不由得叹道："你们真没用啊，还不如我女朋友。"

"你有用，你干吗也跑这么远？"终于吐完了，江开往嘴里灌着矿泉水，含糊着说。

"我？我当然是为了照顾我的好搭档你嘛。"

"你的好搭档不是你哥吗？"

江开随口说完，看到关琥瞬间变僵的表情，他知道自己说错了话，虽然身为局外人，他不太清楚关琥兄弟之间发生了什么问题，但最近关琥明显的暴躁症状清楚地表明，这一切都跟那个突然消失的酒吧老板有关。

"咳咳，哦对了，刚才你女朋友不是打电话找你吗？什么事啊？"他很聪明地将话题扯开了。

"是我前女友，来跟我炫耀她有了新男朋友。"

"啊哈，是谁这么有福气……啊不，倒霉？"

"张燕铎，"顿了顿，关琥又追加，"我哥。"

话题再次绕回原点，看到关琥愈见变黑的脸色，江开顿时后悔得想甩自己一巴掌。

提到张燕铎，关琥的心情的确不太好，他晃晃脑袋，把不该有的想法甩开，现在在案发现场，他的工作是配合鉴证人员寻找线索，而不是想东想西。

"先去做事。"

关琥催江开回现场，自己心里却有些不踏实，刚才叶菲菲的电话来得有点莫名其妙，好像遇到了什么问题，他拿出手机打过去，却没人接听，在微信上留言，也不见她回，看到警戒线外的人越集越多，他决定等回头再说。

不能怪围观的人多，因为这是一起在繁华街道上发生的命案，幸好当时有巡警在附近执勤，及时拦住了看热闹的群众，在一定程度上保护了现场，否则后果不堪设想。

关琥看看命案现场，地上属于人类的内脏还有血迹隐约可见，让他心里又开始不舒服起来，大口深呼吸，然后戴上口罩跟专用手套，再次走了过去。

在现场忙碌的除了鉴证人员外，还有不少警察，这些个个都是经手过各种重大案件的刑警，但即使如此，大家的脸色也都很难看，至于蒋玎珰等人，跟江开的状态差不多，吐完了勉强回到现场，但没多久又再跑出去呕吐，如此反复了好几趟，根本没办法做事。

不能怪他们失态，就连关琥都有点撑不住，能在这种状态下还面不改色的除了那些不算是正常人的法医外，就只有张燕铎做得到了。

也许，还要加上吴钩，因为他们是同一类的人。

想到张燕铎，关琥的心神晃了晃，思绪飞去了他们在天台上决裂的那一刻，觉察到自己的走神，他急忙拍拍两边的脸颊，把心绪拉回到现实中。

"有发现什么重要线索吗？"为了不让自己再多想，关琥走到舒清滟身边搭讪。

舒清滟正在用专用的小镊子检查死者腹部裂开的地方，听到他的问话，她头没抬，随口说："你可以用自己的眼睛观察，在没有做具体化验分析之前，我无法解答你的疑问。"

"我怕我今晚会吃不下饭。"

"你只是习惯了有人帮你观察而已，"舒清滟手头上的工作告一段落，她抬头看了一眼关琥，"但张燕铎不可能一辈子都陪在你身边帮你。"

"美女，你就一定要往我的心口上戳刀吗？"

"感到痛了，伤口才会好，讳疾忌医是不对的。"顿了顿，舒清滟又说："不过我也很希望张燕铎在，他总可以提出一些奇怪但又对我有帮助的见解。"

这次关琥真的感到心口痛了，他把眼神瞥开，却无意中发现有人在暗中注视自己，他迅速站起身看向远处围观的群众，但毫无发现，再看看眼前这具血肉模糊的尸体，忍不住想不知道是不是也有人给他下降头了。

"这些虫子到底是从哪里来的？"关琥问，除了潜意识地调节心绪外，也有出于对被害人怪异死法的好奇。

他说的虫子是存在于死者肚腹之中的虫蚁尸体。

死者的肚皮被整个豁开了，又在死亡之前奋力挣扎过，甚至自己动手撕扯肚肠，由于血液大量涌出，那些幼虫大多淹死在血中，也有一部分较大的虫子从死者的内脏里爬出来，在地面上蠕动，有些是蜘蛛，也有蝎子跟蜈蚣的幼虫。

这些动物单看一只，还勉强撑得住，但不同种类的毒物混合在一起，并且数量众多，那就有点瘆人了，这场面与其说是血腥惊悚，倒不如说极其恶心，连一贯不动声色的舒清濑也忍不住皱起了眉头。

她让同事将活着的幼虫装进特殊玻璃瓶里，另外用镊子夹起死者内脏里的幼虫尸体以及一些小颗粒状的物体，她做得很认真，让关琥不得不佩服她的坚忍力跟耐性，这一点他自叹弗如。

至于那个在体检时都会见血晕倒的上司，关琥决定还是遗忘他好了。

为了不妨碍舒清濑做事，关琥稍微往后退开，用手机从各个角度拍下了被害人的死状——死者男性，大约三十上下，欧美人种，体形高大，一头稍微蜷曲的金发，死亡时眼睛半睁，原本的碧眼呈充血状态，假如他的五官不是异常扭曲，应该属于很英俊的那类人。

死者的身躯呈仰面的 S 形，夹克外套扣子被扯掉，衣襟向两旁摊开，里面的蓝色衬衣几乎染成了红色，肚腹上划开了近二十厘米的口子，肠子的一部分跟死者的手相连，另一部分断在他的肚子里，他的另一只手握着短刀，手握得很紧，以至于鉴证人员费了很大的劲才将凶器从他的手里取下来。

这一点再次证实了最早到达现场的巡警没说错，死者是自杀的，同时也证明了他的疯狂——正常人不可能将自己的肚皮划开，还掏肠挖腹。

死者的眼镜跟手机落在离死亡现场较远的地方，一面镜片跌碎了，应该是死者在踉跄过程中掉落的，死者的随身背包在他身旁，里面的东西有一部分从背包开口的地方掉出来，是个很大只的单反照相机，跟谢凌云工作用的相机很像，这让关琥猜到了他的身份——他可能是跑新闻的那类人。

果然，鉴证人员从男人的夹克口袋里找到了他的工作证跟还没开封的香烟，他的护照和笔记本电脑放在背包里，关琥简单看了一下，发现男人居然就职于美国一家很有名望的报社，他全名叫凯恩·史密斯，主要是负责最新时事的报道工作，刚来这里两天。

如果不是他的死状太惨烈，看他的表情跟脸色，会让人认为是旧疾突发。

可是如果是自杀，为什么要选择在闹市区？那些幼虫又是从哪里来的？不会真是一直在死者的肚子里成长的吧？

关琥看着同事将死者的物品分类收进证物袋里，心想他该去调查一下死者入境的情况跟他这两天的行动。

现场除了血腥跟一些难解的现象外，没有留下其他重要的线索，关琥将照片一一照好，准备去跟萧白夜汇报工作，手机响了起来。

他还以为是叶菲菲，接通后才知道是小魏。

判官一案已经过去了半个多月，随着其他事件新闻的不断涌出，小魏这个当事人很快就从大家的关注中退了出来，出于各种理由，除了正式的案情询问外，关琥跟他没有私下里的接触，没想到他会找自己。

"关警官啊，你什么时候能来酒吧一趟，我有事想跟你说，是关于老板的。"

不知是不是心理作用，关琥总觉得小魏说话的语气很生硬，他极力让自己表现得很轻松，却反而欲盖弥彰，其实也是可以理解的，普通人如果见识过判官案里的那几个神经病后，都会有心理阴影的。

听他提起张燕铎，关琥心一跳，开口就问："我哥回来了？"

"呃，你是不是很希望他回来啊？"

这样问就等于说关琥猜错了，为了掩饰失态，他说："我最近很忙，可能没时间……"

"不会耽误你很长时间的，是有关店面的事，老板之前交代我的，总之你来了再说吧。"

"他什么时候跟你说的？"

"那就约今晚好了，我在酒吧等你，不见不散。"

小魏叽里呱啦地说完，就要挂电话，关琥正要回绝，那种被窥视的感觉又冒了出来，他拿着手机迅速看向周围，很快就捕捉到了目光的源头，他随便应付了小魏几句，收了线，向窥视者站的方向快步走去。

关琥小看了窥视者的机敏度，等他跑过去时，那人已经不见了，他看看周围，没找到其他可疑的人，只好转身返回，却在进警戒线时不小心跟别人撞到了一起。

那人穿着鉴证制服，关琥道了歉，对方回应了他，然后钻过警戒线匆匆出了现场。

他的声音压得很低，关琥没听出是谁，转头看他的背影，觉得很熟悉，但细看又不像是自己的同事，他泛起疑惑，对那人叫道："请等下。"

听到他的叫声，男人不仅没停步，反而低着头走得更快，这让关琥更确定他有问题，追着男人冲了过去，伸手搭在了他的肩上。

下一秒一只手从旁边探过来，做出掌刀的形状，砍向关琥的手腕，要不是关琥躲得快，以那人的速度，手腕说不定会被他劈骨折。

关琥向后退了一步，就见中途插手的是个个头不高，貌不出众的老人，但老人双目锋利，一看就是练家子出身。

见他退开了，老人没有乘胜追击，只是反背双手挡在了他跟穿鉴证工作服的男人之间，反而是旁边另有两个人将关琥围住，两个都是长得很魁梧的外国人，其中一个的手还顶在口袋里，从形状来看，他的口袋里是手枪。

没想到在凶案现场，居然还有持枪的歹徒出现。

关琥对歹徒的猖獗行为表示震惊，目光迅速瞥向周围，确保万一动起手来，不会伤及无辜。

就在危机一触即发的时候，鉴证人员转过了身，及时拦住了那两个人。

"误会误会，都是自己人。"

他把帽子摘下来，恢复了正常的嗓音，当发现这位冒充鉴证人员在现场晃悠的家伙是富三代公子哥儿后，关琥惊讶地问："李当归，你在这里干什么？"

"我……呵呵，来……这个……"可能是心虚，李当归说得结结巴巴。

"才不久你被绑架差点没命，怎么好了疮疤又忘了痛，还穿成这样子。"

关琥完全没有对富豪子弟阿谀奉承的想法，皱着眉上下打量他，教训道："冒充司法人员也是犯罪行为，你知道吗？"

"是，是，我就是好奇，想来看一看。"

"凶案现场有什么好看的？不会是那人的死跟你有什么关系吗？"

为了套话，关琥故意把声音拉长，李当归是搞学术研究的，完全没有豪门子弟的心机城府，连连摇头，说："当然不是，我只是来研究现场的，为了那个……你懂的……"

听着他的解释，关琥的目光落在了挂在他胸前的照相机上，顿时明白了他的目的——这个笨蛋想讨好他的梦中情人，所以用这样的方式来帮谢凌云提供消息。

"嗯，你们挺配的。"他说。

以前谢凌云也曾为了查案子，弄了套鉴证人员的服装在现场浑水摸鱼，就这一点来说，他们的交往有发展空间。

"是吗？我也觉得我们挺般配的，这还要感谢你哥，是他提醒我的，与其每天搞跟踪，不如在工作上帮助她，让她切身感受到我的存在，我才有机会。"

没想到真相在这里！

想起之前张燕铎对李当归说过的话，关琥气得攥紧了拳头，这是今天他第几次听到张燕铎的名字了？那家伙走了跟没走有什么两样，还不是阴魂不散地缠着他？

如果现在张燕铎在面前，关琥一定给他一拳头，但他现在能做的只是干生气，看看两个外国男人还有那个其貌不扬的老者，问李当归，"这都是你的保镖？"

"是啊是啊。"

李当归扳住关琥的肩头，将他带到没人的地方，小声说："因为上次的事，我差点被勒令回国，后来在我的交涉下，哥哥们总算没逼迫我，但条件是不管去哪里，都要带保镖，所以就变成这种状况了。"

看李当归愁眉苦脸的样子，他一定对现在被半软禁的状态不满意，不过关琥没心情理会富三代的事，教训了他几句，让他不要再做这种妨碍警务人员工作的行为，否则闹大了，不用他的哥哥们勒令他回国，这里的政府当局就会把他驱逐出境了，到时更别想追求谢凌云。

听了关琥的警告，李当归连连点头，很钦佩地说："听君一席话，如醍醐灌顶，受教受教。"

看他这反应，应该不会再给他们找麻烦了，关琥也不想为这一点小事跟菲利克斯家族为难，教训完后，拍拍他肩膀，示意他可以离开了，自己转身准备回现场。

谁知他没走出两步，又被李当归拉住了，小声问："你有没有觉得不对劲？这里发生了这么大的案子，谢姑娘都没有来。"

关琥记得谢凌云曾提过报社有人针对她，所以在判官案中，谢凌云被调去查其他案子，结果反而在事件的追踪上大爆冷门，再次让自己的报道上了头版，所以这次多半也是有人故意不派她过来。

不过这些话他可不敢对李当归说，以免他捅出更大的篓子。

"你想多了，报社跑消息的又不是只有谢凌云一个人。"

他随口应付完，掉头就走，李当归在后面亦步亦趋地跟着他，说："以我对她的了解，这么大的事件，她不可能不出现的，会不会是出事了？"

关琥停下了脚步，李当归见状，开心地问道："你是不是也觉得我所言甚是？"

"不，是你的话提醒了我，有东西我忘了拿。"

关琥拿起挂在李当归脖子上的相机，抽出了里面的 SD 卡，冲他微微一笑，然后在他目瞪口呆的注视下扬长而去。

有关死者的情报搜索进展得不顺利，现场勘察完毕后，路段封锁陆续解除，江开跟老马负责查看交通监控记录，李元丰向案发当时在场的目击人录口供，关琥检查了死者的遗物，根据他口袋里的便利店付款收据，去店里搜寻情报，当晚，大家在办公室开会交流信息，却发现没有太大的收获。

监控记录的内容跟巡警的证词基本吻合——死者史密斯从便利店

买了香烟，出来后边走边打电话，但没走多久就出现了异常，先是一个人在道边撕抓自己的喉咙，又弯腰抱着肚子跟跄，手机跟眼镜依次掉落，他向前挣扎着走了一段路后，捂着耳朵大叫，又将背包丢到地上，胡乱翻找着拿出刀子，戳进了自己的肚子里。

在附近巡逻的警察很快就闻讯赶了过来，但史密斯的表现太疯狂，警察担心行人被伤害，一边用无限通话联络同事，一边忙着疏散人群，这时史密斯已将自己的肚子划开了，又拿着刀子不断往里戳，形同疯癫，其疯狂的表现，就像他刺的不是自己，而是仇人。

老马在汇报案情时，对面的大屏幕应景地播放着案发当时的画面，虽然是监控录像，但其冲击度完全不亚于任何恐怖片，在反复播放了几遍后，蒋玎珰终于撑不住了，把头低下不再去看，见其他人的脸色也不好，关琥干脆把录像关掉了，专注于分析案情。

接下来萧白夜把他搜查到的有关史密斯的资料传给大家，作为晕血症一族，他不擅长在案发现场做事，不过在收集资料方面，动作还是很迅速的，短短几个小时的时间，有关史密斯的出身、就学跟工作履历就全查清楚了。

史密斯出生在美国阿拉斯加州，就学期间成绩优异，大学毕业后顺利进入纽约最大的报社工作，并因工作成绩突出而破例升职，成为时事报道专栏的主管——这些都是表面上的记录。

跟史密斯风光的工作相对应的是一些见不得光的东西，比如他因为撰笔某位政府官员的私生活而被起诉；经常利用一些不合法的手段搜取消息情报；甚至有利用手头上的资料讹诈当事人的案例，这其中随便拿出几条就能把他投进监狱了，但奇怪的是每次他都能大事化小，让当事人撤回诉讼。

等大家看完资料，萧白夜说："虽然暂时还没有查到史密斯的背景，但他背后一定有人撑腰，看他被起诉的次数，憎恶他的人不少，设计干掉他也不奇怪。"

"那也拜托不要在我们的地盘上动手啊，害得我们接下来又不用休息了。"老马抱怨说。

"因为在远地杀人，不容易留下马脚，当前大家首先要做的是继续搜集史密斯近期的行动资料，他来这里的目的是什么？是单纯的旅游，还是为了搜查情报？在他到达的这两天里都去过哪些地方，见过什么人，全部都要查到。"

关琥低头翻看史密斯的出入境记录，他近期没来过，这次入境的目的写的是旅游，用来自杀的弹簧刀随处都可以买到，从这方面应该追不到什么线索，再加上死者身份的特殊性，看来这件案子有得查了。

大家接下了萧白夜的指令，蒋玎珰说："史密斯出事前接听的电话来自美国，我们还在想办法联络手机的主人，希望有所收获。"

李元丰沉吟说："不知道他有没有精神病。"

蒋玎珰不赞同地瞥他，"在大报社任重要职位的精神病吗？"

江开说："我说是被人下了降头。你们有没有看到史密斯在便利店买东西时还挺正常的，但到了大街上他就突然大吼大叫，就算想自杀也不会那么偏激吧，那状态根本就是一副中了邪的样子。"

"说的就好像你亲眼见过中邪是什么样子似的。"

"关琥你不要不信邪，你们不记得崔晔那事了？那时的警员也是中降头的反应，唉，才过了半个多月，就出现了第二桩事件，不知道是什么原因，诡异事件层出不穷。"

江开说到最后，论点完全歪掉了，不过没人纠正他，因为他提到的崔晔的案子让大家的情绪都有些沉重。

半个多月前，判官案的侦破并没有让案件顺利画下句点，案件策划者人之一的韩教授畏罪自杀，有帮凶嫌疑的助手崔晔也在路上中枪，作为目击证人的张燕铎潜逃，更加深了案子的神秘感，这也是组员们在关琥面前忌讳提到张燕铎的原因之一。

　　但诡异的事件不是这些，而是之后发生的问题——崔晔中枪后没有马上死亡，而是在运往医院的途中被确认死亡的，紧接着一名护士突然发病，夺下了随行警察的配枪乱射，导致司机受伤翻车，护士自己最后也开枪自杀身亡。

　　当时救护车的油箱破裂，情况危急，随后跟来的警察们忙着救助受伤的同事跟其他医护人员，等混乱过去后，大家发现被安置在空地上的崔晔的尸体不翼而飞了。

　　车祸发生在偏僻路段上，究竟是谁趁乱盗尸无法查证，更无法推测出盗尸的原因，有人曾提到会不会是崔晔假死，趁机逃走，但这个怀疑被当时在场的医护人员否定了，救护车上的医疗监控器也显示出死者处于重伤垂危的状态，不可能制造假死。

　　就这样，崔晔之死跟尸首的离奇失踪成了悬案，至于那名突然疯癫的护士则更诡异，她的尸体上出现了大量的类似蜈蚣、蝎子等毒虫的斑点，但尸检中却找不到中毒的迹象，最后只能当作巧合来处理。

　　由于护士生前患有轻微的神经衰弱等病症，所以被判断为她的发病是事前被韩东岳催眠导致的，虽然这个解说很勉强，但除此之外，大家找不到更好的理由来定案了。

　　假如没有这次史密斯离奇死亡事件，护士的死大概很快就被大家遗忘了，但江开的话提醒了他们——从尸体上出现大量毒虫斑纹的状况来看，被下降头的说法似乎说得过去。

　　看出气氛的诡异，萧白夜用手敲敲桌子，提醒道："我们是警察，一切推理分析都要讲求依据。"

李元丰起身去倒了水，一人一杯。

自从绑架那件事后，他变得有眼色多了，做事也勤快了，虽然舆论方面对他的影响不大，但事件的发生多少波及李家在警界的声誉，他这样做也有一部分是自省，不管是发自内心的还是为了明哲保身，至少都比之前那个趾高气扬的家伙要顺眼得多。

江开接过水杯，却没有马上喝，而是盯着里面的水，疑惑地问："这里面不会被下蛊吧？"

"你最好一辈子都不吃东西。"

关琥将资料拍到了他的脑门上。

萧白夜拍拍手，将任务安排下去后，宣布散会，关琥整理好文件，起身准备离开，眼神掠过身后的空沙发，不由得一停。

以前大家开会，张燕铎都会坐在那里看报纸，像是在参与他们的会谈，又像是单纯的休息，他最初对张燕铎这个外部人员的存在感到微妙，后来便慢慢习惯了。

但等他习惯了这个转变时，却发现那个人不在了，以后也不会再坐在那里——那晚张燕铎杀了很多人，自己却放他离开，身为一名警察，这已是他能认可的极限。

这本来才是正常的状况，但他却隐约有种失落感，关琥把目光掠开，以免再增添不必要的烦恼。

萧白夜注意到了他的反应，他用手指划动着手机触屏，像是不经意地问："你哥还是没有消息吗？"

"嗯。"

关琥含糊地应了一句，转身要走，被萧白夜叫住了。

"关琥你留下来，还有李元丰。"

萧白夜走进自己的办公室，等两人进来后，他将门关上，从抽屉里拿出一份资料，放到桌上。

"史密斯这件案子你们暂时不用跟了。"

"为什么？"

面对两人异口同声的质问，萧白夜淡定地指指他们面前的资料。

"这位要员跟上头说他最近被暗中监视跟恐吓，让我们派人去充当保镖，你们就跑一趟吧。"

关琥瞟了眼资料，什么要员？不过是一个普通官员而已，再看他长得富态的样子，关琥冷笑道："他是油水搜刮多了，担心被出局吗？"

"可以理解，这世上越是有钱有势的人，就越怕死的。"

"既然他这么怕死，那怎么不找特种兵去当保镖？比起警察，特种兵更适合这种工作吧？"

"这要问他本人跟我的上司，我的工作是把上头下达的命令执行下去，"萧白夜靠在座椅背上，笑眯眯地对他们说："你们就去一趟吧，过几天没事就可以回来了，啊，对了，有额外高薪拿的，还包吃包住。"

听到这里，李元丰冷笑起来，"你觉得我们缺那么点钱吗？"

作为要努力供房贷的人，他很缺。

关琥想说的话被李元丰盖过去了，问萧白夜，"派我出外勤是你的意思？还是上头的指令？"

"有什么不同吗？"像是完全没看出李元丰的不悦，萧白夜微笑问道。

李元丰没再说话，转身掉头就走，随后门砰的关上了，关琥看看萧白夜，"他又发什么神经？"

"还不是上次那件事，把他弄得神经兮兮的，"萧白夜一句话带过去了，问关琥，"你呢？"

"我去……不过案子我也不想放手。"

"只要你陪在这个人身边，你想遥控查什么是你的事。"

萧白夜说完，又叹道："作为上司，我其实也不想调你们离开，假如接下来再有这种诡异血腥事件，我就不得不亲自上阵了。"

"头儿，你今天没有亲自上阵，脸色也很难看。"

"因为不小心瞄了一眼，我是肉食动物啊，你让一个肉食动物看那种场面，今后还让他怎么进食？"

"说的就好像我跟舒法医是草食动物似的。"

"你们不正常，还有你哥更不正常，我想他一定很爱看到这种凶案现场……"

发觉自己说溜了嘴，萧白夜咳嗽了两声，把话题扯开，将自己盖过章的申请表还有被保护人的资料塞给关琥，让他去领取防弹衣跟手枪，明早直接去资料上提供的地址报道即可。

关琥收好资料离开了，门关上后，萧白夜拿起手机，手指滑动触屏，在昵称 0° 的联络人上按下了拨打键。

电话很快接通了，听到熟悉的嗓音后，萧白夜直接进入正题，将他接到的指令跟接下来的行动计划讲述了一遍。

对方什么话都没说，听完后，说了声再联络就挂了电话。

萧白夜放下手机，将老板椅转了个头，探身拉开百叶窗，随着叮铃铃的轻响，窗帘升起来，挂在窗上方的晴天娃娃来回摇晃着，纯白色的小饰物，映衬着外面的夜色更加深沉。

"希望一切顺利。"他轻声说。

关琥先去领了必要的装备，接着又赶去鉴证科——他明天要出外勤，无法自由行动，要想知道更多有关凶案的线索，只能抓紧今天的时间。

不巧的是，舒清漪不在鉴证科，解剖室房门锁着，这种状况很不常见，关琥有点惊讶，只好请鉴证科的其他同事再提供死者的遗留物品给自己确认。

史密斯的手机跟笔记本电脑送去了小柯那里，余下的物品除了凶器弹簧刀外，还有眼镜、照相机、钱包、香烟、打火机，甚至口香糖、曲别针等一些小物件，看上去没有特别有价值的东西，关琥给物品拍了照，又翻看那个一次性打火机，打火机的背面写着"鑫源酒家"，不知道是史密斯住宿的地方，还是只是碰巧经过。

关琥把名字拍了下来，又请小柯将史密斯入境后拍的照片备份了一份给自己，顺便问起舒清漪的事，小柯也不知道，只说舒清漪中途接了通电话就出去了，也没报备去哪里。

关琥拿了需要的资料，离开鉴证科，快回到重案组办公室时，他顿了下脚步，拐角里并排放了几个自动贩卖机，舒清漪就坐在前面的长椅上喝饮料。

看到她手里拿的印着番茄汁的饮料罐，关琥忍不住赞叹一句——"美女，每次看到你，我都会想起那句话——内心强大才是真正的强大。"

"你心情看起来很好啊关琥？"

"那一定是你的错觉，"关琥靠着她坐下来，自嘲地说："我只是在苦中作乐，在看了那样的尸体后，正常人都不会心情好的。"

"me too。"

关琥看看舒清漪，这位大美女表情平静，完全看不出哪里心情不好了。

"是尸检不顺利吗？刚才我去找你，你同事说你出去了。"

"那倒不是，只是临时有事离开了一会儿，基础尸检我已经做完了，不过具体的数据分析报告需要明天才能出来，查案别那么心急，慢慢来。"

明天他就要出外勤了，不能不急啊。

"那有关尸体内脏出现的虫蚁现象，有什么解释吗？"

"……还没有，不过以我个人的经验来看，最大的可能是死者在生前吃过带有虫卵的食物，而导致病变，只是虫卵在人体内这样大量繁殖，而本人却没有觉察到，这种现象很难想象。"

关琥对这些医学知识不了解，他只听说过生吃一些活的动物，会导致寄生虫在体内繁殖，甚至侵蚀大脑，所以史密斯遭遇这种情况，也许原因类似，只是毒物幼虫大量繁殖的渠道是什么，他还想不到。

"他会突然发狂，会不会是寄生虫侵蚀了他的神经中枢导致的？"

"不排除这个可能性，所以接下来我会解剖他的大脑，有消息会第一时间通知你的。"

"这两天我出外勤，你通知结果就行了，千万不要给我看照片。"

舒清滟笑了，一副你真是胆小鬼的表情，问："你去哪里出外勤？是查到有关死者的什么线索了？"

"是完全不相干的外勤。"

关琥简单说了自己去做要员保镖的事，舒清滟听完后，若有所思，关琥注意到了，问："你知道这位要员？"

"不知道，我只是突然想到了一件事，今天江开在现场提到了降头，结合之前护士离奇死亡的案例，我想也许真的是降头也说不定。"

"你们学医的居然也信这些迷信的东西？"

"这不是迷信，是有科学依据的，像判官案里韩东岳利用人的心理意识加以暗示，就可以让目标按照自己的想法去行动，这其实也是'降头'的一种表现方式，也就是所谓的精神控制法，而降头又利用了虫蚁的细菌跟寄生虫，所以比起韩东岳的心理控制杀人，降头杀人更显得离奇，但只要掌握了规律，那就有迹可循了。"

"所以死者不是自杀。"

"不能说自杀的可能性完全没有，但是站在法医的立场上，我认为系数很低。"

"那你说的精神控制法是不是可以结合药物刺激，而让人遗忘或改变自己的想法跟经历，或者衍生出不属于自己经历的幻想？甚至形成人格分裂？"

舒清滟奇怪地看他，"你问的这个跟今天的案子没关系吧？"

"是我个人想问的问题……最近我遇到了一些头痛的事。"

"是关于张燕铎的？"

"……"关琥囧囧地说："这么漂亮还这么聪明，你还要不要别人活了？"

"如果是张燕铎的事，那你还是不要头痛了。"

"为什么？"

"虽然我不知道你们之间发生了什么事，但我想张燕铎要做什么，你是控制不了的，所以你头痛只是自己找虐，假如你是担心有人控制他的想法跟行为，那更是杞人忧天，那个人应该比你想象的坚强得多。"

舒清滟说完，站起身，将喝完的饮料罐丢进了垃圾桶，关琥问：

"你要去做事了？"

"如果你想陪我一起解剖的话，我很高兴多一个助手。"

"免了，我还有案子要查，不过你小心点，如果真是有人利用寄生虫作案，死者体内应该还有这样的细菌。"

舒清滟双手插在白大褂里，看着他说完，然后点点头。

"谢谢你的提醒，不过我想，这世上没有一种病菌毒得过人心。"

第二章

舒清滟离开后，关琥回到办公室，照着小柯给的资料，上网查找史密斯在笔记本电脑里提到的几个地方，发现都是普通的娱乐场所跟风景区。

关琥翻看史密斯拍的照片，史密斯拍了不少风景照，单看照片，没有什么奇怪的地方，但照片的排序数字有跳，这种现象只有一个解释，一些照片被删除了。

问题是谁删除的，假如删除，为什么不直接全部删掉，而是费事地挑选着删？

关琥想不通，只好转去搜索鑫源酒家，那是个类似民宿的小旅馆，他打电话过去说明情况，还没等报史密斯的名字，对方就告知这几天没有外国人住宿，直接打消了他的期待。

没有去过的地方，史密斯是不可能有他们家的一次性打火机的。

关琥把几个疑点依次记下来，决定亲自去小旅馆询问。

等他都忙活完，才感觉到肚子饿了，看看时间，已经晚上九点了，除了早上随便吃了一餐外，他滴水未进——这是他的工作常态，一忙起来饥一顿饱一顿是常有的事，如果张燕铎还在的话，一定会骂他的。

身边有个手艺很好的厨师，是件幸福的事，可是厨师还动不动就杀人的话，那就令人头痛了。

所以关琥现在是头痛加胃痛，本想直接开车去鑫源酒家，但身体撑不住了，他跑出警局，准备先找个地方吃饭，经过街道拐角时，看到那个熟悉的涅槃酒吧的招牌，他停了下来。

想起白天小魏给自己的电话，关琥决定去看看，反正要吃饭的，在哪吃不是吃？

关琥穿过马路，来到商业大楼前，又顺便给叶菲菲打电话。

今天一整天他都在忙碌中，把叶菲菲的事完全抛去了脑后，现在才注意到叶菲菲突然来电，说了一大堆莫名其妙的话，有点不对劲。

叶菲菲没有接电话，电话铃响了很久，关琥只好挂掉了，在微信留言给她，问她是不是有事，有时间的话，回自己一下。

很快，回信传了过来，一只眨眼睛卖萌的卡通小老虎后面连着两个字——没事。

没事打电话来干什么？害得他做事分心……好吧，虽然他分心的时间只有几秒，但也不能说他不关心朋友吧？

关琥进了大楼，顺着楼梯往下走，给叶菲菲回了一个用拳头攻击的小老虎图片，说——没事少来刷存在感。

叶菲菲再没回应他，关琥还要再写字，一抬头，就见两个黑衣男人双手背在身后，昂首站在酒吧门口，那架势很像黑道打手，再看他们的体格，绝对是练过功的人，他愣了一下，停止敲字，在对方的注视下走进了酒吧。

难道他半个月没来，这里改为黑道谈判的地方了？

关琥的疑惑在听到熟悉的欢迎光临的问候语后消散了。

酒吧还是原来那种雅致又冷清的气氛，萨克斯乐曲轻悠地回荡着，关琥进去后，首先看到站在收银台前的店员小魏，其次是一直延伸到里面的吧台，以往通常这个时候，张燕铎都会站在吧台里，或是调酒或是擦拭酒杯，灯光从上面照下来，柔和地映在他的脸颊上。

"关警官，你来了。"

小魏的招呼声打断了关琥的臆想，他回过神，走了过去，想问他特意把自己叫过来有什么事，这时厨房传来响声，一个身材消瘦的男人正在里面拨弄炒勺，他围着糕点师的白围裙，站在锅灶前，一副忙碌的样子。

依稀熟悉的身影，关琥愣住了，情不自禁地叫了声——"哥？"

男人闻声转头，是他认识的人，却不是张燕铎。

"关琥你来了？吃饭了吗？我还没吃，要并箸成欢吗？"

谁要跟你并箸成欢啊。

关琥用手扶额，不知该怎么回答李当归，同时也明白了为什么酒吧门口会立了两尊门神。

小魏将湿毛巾跟冰水放在了关琥面前的吧台上，"看你这样子还没吃饭吧？一起来吧，僵尸李做了不少，啊对，老板不在，不用担心被坑钱。"

关琥想拒绝，可是看到盛到盘子里热气腾腾的意大利面，他就放弃了坚持，问李当归，"你怎么在这里？"

李当归忙着摆菜盘，小魏帮他回答了，"僵尸李最近常来这里玩，你知道的，要追女孩子，总要有个据点才行，不过老板走后，凌云就不怎么来了。"

"不过我还是会等的，"李当归将意大利面的盘子放到关琥面前，认真地说："我相信守得云开见月明！"

"你……可以正常地说汉语吗？"

"好，那就一起吃饭吧。"

李当归说完，坐到关琥的旁边低头吃饭，小魏坐在另一边，边吃边说："幸好你会做饭，否则我又要回到每天都凑合的模式了。"

"其实我只会做几种菜，不过为了追到谢姑娘，我会继续努力翻食谱的。"

"那我支持你，你需要什么，除了钱以外，我都可以帮的。"

听小魏跟李当归的对话，他们应该很熟了，李当归的厨艺比关琥稍微好一点，跟张燕铎完全没法比，不过作为一个富三代，他能做到这一步，已经很厉害了，想到他去哪里都要被迫带保镖，关琥便不由得对他抱了几分同情。

"小魏，你说谢姑娘是不是在故意躲我？她不在家，也不在公司，我跟她的同事打听，她同事也说不知道，我真担心她是不是被绑架了？"

"不会的，绑架也是为了赎金，她哪有钱啊？"

"我有啊，她对我有救命之恩，就算不为了追她，我也会帮她交赎金的。"

"可是又没人知道你们的关系，你们连朋友都算不上，"小魏说完，看看李当归脸色不太好，急忙安慰道："好了好了，反正你也不是想跟她做朋友，你想当她男朋友对吧？"

"其实我最主要的目的是做她的老公。"

关琥听不下去了，他来这里有事要做，不是来听别人的爱情故事的。

"小魏，你叫我来有什么事吗？"打断那两位的谈心，关琥问道。

"喔，是这样的，你看老板走了，也不知道什么时候才回来，我也不会做菜，所以酒吧要关掉，我把钥匙给你，你看是另外找厨师做下去，还是把铺子盘给别人，你来决定吧。"

为什么要让他来决定？他跟张燕铎根本没关系的好吧。

关琥的郁闷心情都写到脸上了，小魏连连摆手，"这些都是老板走之前叮嘱我的，我只是转述而已，你有什么想法，请直接问他。"

"走之前？是什么时候的事？"

"就是我在医院养伤时，老板来探望过我，他跟我讲的。"

说是养伤，其实小魏只是因为被绑架受了点惊吓，再加上在天台撞到头导致昏厥而已，至于昏厥之前看到的残暴画面，张燕铎解释说那是他被下药导致的幻觉，小魏就相信了，因为他无法把总是笑嘻嘻的老板跟杀人犯联系到一起。

关琥没想到张燕铎会去医院探望小魏，那时候医院内外到处都是警察便衣啊，心头猛地一跳，有种感觉，张燕铎的真正目的不是探病，而是去跟小魏交代事情。

肚子很饿，却失去了胃口，关琥几口将意大利面吃完，问："他还有跟你说什么？"

"说酒吧他预付了三年的租金，所以你不用担心要帮他付钱。"

谁担心这个了？

"还有呢？"

"还让你保证一日三餐，看你这样子也没有女人缘，你如果累倒了，不会有人照顾你的。"

关琥冷笑起来，那家伙操心的事还真不少，人都走了，还不忘损他一顿。

"关警官你别瞪我，这话是老板说的，不是我说的。"小魏吃着饭，对他说："我知道你们吵架了，但亲兄弟哪有隔夜仇啊，而且老板那么关心你，所以你也别太生他的气了，你们早点和好，让他回来吧。"

那晚张燕铎在天台上大开杀戒时，小魏大部分时间都处于昏迷状态，关琥想如果小魏知道了真相，还会说这些兄弟需要相互体谅的话吗？

张燕铎杀人他可以理解，在你死我活的斗争中是不可以心软的，但作为一名警察，他也不能不履行身为警察的责任，那晚他没有逮捕张燕铎，而是放他离开，就已经是渎职了，所以他这些天一直气的不是张燕铎，而是他自己，尽管他知道，假如一切重新再来，他还是会做出相同的决定。

也许哥哥真是张燕铎杀的，但关琥从来没想过要恨他，因为那不是张燕铎所能决定的，张燕铎不是罪犯，他只是杀人工具，比起被杀的人，活下来的那个才更痛苦。

他有多了解张燕铎，就有多了解他所承受的痛苦。

但那个放虎归山的决定到底是做对还是做错了，他无法知道。

"其实我也不想离开的，你知道现在很难找到时薪好又这么好混的工作了。"小魏两眼亮晶晶地看着他，再三叮嘱说。

"我记住了，假如我哥回来，我一定让他不要请你。"

关琥把空盘子推给小魏，站起身，在他不忿的吵嚷声中清点了酒吧里的东西，又收了酒吧的钥匙准备离开。

外面传来急促的脚步声，关琥在现场见过的那两个保镖匆匆跑进来，看到李当归，跑到他身边耳语了几句，李当归立刻变了脸色，转头看看关琥，说了声失陪就跑了出去，连白围裙都忘了解下来。

"喂，别把我哥的围裙带走啊。"

关琥觉得李当归想跟自己说什么，甚至保镖跟他说的话也与自己有关系，但既然对方不说，他也无法勉强，看着李当归离开，他用下巴指指那堆餐盘，对小魏说："看来只能有劳你了。"

"我做可以，不过酒吧再开张，记得一定要请我啊，你回头见到老板，也要常跟他提到我，免得他忘了我，我这么好用的伙计，现在也不好请了……"

关琥就这样在小魏滔滔不绝的自荐声中出了酒吧。

原本站在酒吧门口的那两个人不见了，关琥来到外面的街道上，夜风迎面拂来，让他突然浮起一个奇怪的念头——会让那个神经有点大条的富三代那么慌张，难道谢凌云真被绑架了？

他越想越觉得可能性很大——李当归的保镖在寻找谢凌云的过程中发现她被绑架，但由于受到了威胁，所以李当归不敢跟他说，怕惊动警方，所以选择自己想办法，反正绑匪是为了钱，李当归要多少有多少，根本不需要报警。

可是反过来想，正如小魏所说的，知道李当归追求谢凌云的人不多，确定他会付赎金的人就更少了，关琥想来想去，不知为什么，吴钩的影子在他脑海里冒了出来。

判官事件中，张燕铎曾稍微跟他提过吴钩在其中扮演的角色，关琥怀疑这次是不是又是他在兴风作浪，他不敢肯定自己的判断，为了稳妥起见，先打电话给谢凌云。

谢凌云的手机关机，关琥又打给叶菲菲，叶菲菲没有接听，没多久在微信回了他一个炸毛老虎的拳头——不要影响我睡美容觉！

关琥送出一个赔礼的表情，问她能不能联系到谢凌云，叶菲菲的回复是她这两天休息，一直跟谢凌云在一起，问他有什么事。

发现自己差点闹出乌龙，关琥赶紧说没事没事，让她继续补美容觉。

还好，叶菲菲甩给他一个写着杀无赦的飞刀后，没再理他，关琥收好手机，顺着街道往家走，心里为自己的行为作解释——不能怪他多疑，谁让最近古怪的事出现得太多呢。

公寓快到了，冷风加重，关琥紧了紧外套，快步往前赶，谁知从对面街道上传来争吵声，拉住了他的脚步，他转头看去，就见一辆黑色奔驰停在道边，车旁的两个男人正在口角，其中一个是李元丰，另一个稍微矮胖的人背对着关琥，无法看到他的样子。

事不关己，关琥本来不想管，可是他们的争执变得越来越激烈，李元丰竟然双手抓住那个男人的衣领，将他顶在车门上，看这架势马上会演变成殴斗，关琥没法坐视不理了，跑过去，从后面将李元丰拖开了。

"别拦着我，让我揍这个混蛋！"

李元丰没法动手，索性直接踢腿，还好关琥及时将他拖开，否则矮个男人绝对会被李元丰踢倒。

"冷静点，有话好好说。"

关琥教训完李元丰，又向对面的男人赔不是，目光掠过男人身后的轿车，发现车里还有个年轻人，那人坐在驾驶座上，手里拿着相机对准他们。

一瞬间，关琥弄懂了眼下的状况——在判官事件中李元丰经历的风波还没有完全停止，要是再弄出个打人事件，他这份工作就真别想做下去了，李元丰是好是坏暂且不论，对面这个玩偷拍的男人绝对不是什么好鸟。

秉承宁得罪君子不得罪小人的原则，关琥更加夸张地向矮个男人点头哈腰地道歉，又将李元丰继续往后拖。

那个男人长了一张冬瓜脸，大约五十靠后的年纪，头顶半秃，一身衣服倒是很高档，但这并没能提高他的气质，最多让关琥感觉到他的官威，他曾见过萧白夜家的一些亲戚，也都是这样的。

他的模样有一点点面熟，应该在警局的一些活动里见过，但要说他叫什么，是做什么的，关琥却想不起来。

"你是？"对关琥这个不速之客的出现有些不满，男人问道。

"我是他的同事，刚才我们萧组长说有紧急会议要开，让我叫他回去，不好意思，他要是有什么冒犯的，请跟我们组长说，让他解决，还是我打电话叫他过来？"

关琥不想得罪人，故意把萧白夜的名字提了出来，反正萧白夜的后台硬，麻烦就让他去顶好了。

男人还没说话，李元丰先开了口，骂道："少提萧白夜，那只狐狸跟他们是一伙的，想联手打压我，没那么容易！"

关琥听到了男人的啧嘴声，他表现得很不屑，上前拍拍李元丰的肩膀，笑道："世侄啊，有事好好说嘛，别这么冲动。"

他说完，又冲关琥摆摆手，"快去做事吧，最近出了不少案子，你们也辛苦了。"

车门自动打开，男人上了车，轿车开出去的时候，男人落下车窗，对李元丰说："你再这样闹腾下去，你爸的工作恐怕不好做啊。"

车开远了，李元丰的挣扎也停了下来，关琥松开手，谁知李元丰转身，对他挥手就是一拳，还好在张燕铎的特训下，关琥的反应力有了明显的提高，眼看拳头逼近，他及时侧身闪开了，否则鼻子一定会被打出血来。

"我说你这人怎么好歹不知啊。"

差点挨揍，关琥有点火了，"你没看到人家设了套在害你吗？到时你打人的视频曝出来，跟上次的事两罪并罚，你以后别想干这行了。"

"那老家伙骂我妈，妈的，我宁可不做警察了，也不想饶了他！"

上次被人害得差点没命，李元丰都忍下来了，反而今天没忍住，不过关琥理解他的心情，如果有人敢骂他的家人，他也不会轻饶了对方。

"那又怎样？除非你把他打死了，否则你揍他一顿出了气，自己却丢了工作，到头来不合算的还是你。"

"不用你管！"

李元丰说完掉头就走，就好像关琥是帮凶，这样的态度让关琥忍不住摇头，也转身离开，早知如此，他就不出头劝架了，真是里外不讨好。

两人相背而行，逐渐拉开了距离，听到身后脚步声越来越远，李元丰放慢了速度。

其实关琥说的话他都明白，只是感情上无法接受，不过不管怎么说，刚才关琥都算是帮了他，他正犹豫着要不要回去道个歉，眼前人影闪动，有人迎面走了过来。

看到对方的模样，李元丰立刻警觉起来，"是你？"

"也许我们应该谈一谈。"

李元丰一言不发，伸手就要掏枪，男人没有阻止他，而是轻描淡写地说："如果我是你，就什么都不做，因为你现在是俎上鱼肉，做什么都是错的。"

"至少比你的状况要好。"

"所以要不要选择双赢的做法？"男人伸手托了下眼镜，向他微笑说："你应该很清楚为什么你会被特意指派去当保镖。"

几件事凑到一起，等关琥想起鑫源酒家时，时间已经很晚了，现在去跟老板问案子，回头一定会被投诉扰民，所以他决定先回家休息，鑫源的情报传给江开，让他有时间先查查看。

第二天清晨，关琥早早起来，梳理完毕后，在避弹衣外面套上外套，又配好手枪，骑上摩托去了指定的地点——一个高级住宅区里的私家楼房门前。

关琥要保护的人叫林晖峰，他在财政部门任职，进了林家后，关琥发现里面有不少随行人员，而且以林晖峰的身份，完全可以请专门的私人保镖，真不明白为什么要找他们这种小警察。

所以最大的可能就是——林晖峰有什么秘密不想外泄，才会找不相干的人员来保护。

来之前关琥查阅过林晖峰的资料，林晖峰刚过五十，不过本人看上去比实际年龄要年轻，长得很富态，仪表服装得体，戴着无框眼镜，举手投足中带着官员的气派，不会让人太讨厌，至少要比关琥昨晚见到的某个官僚要好得多。

林晖峰的态度也很客气，看了关琥带来的调令跟警察证后，让秘书将自己一星期的行程安排报给他，又介绍了其他几名随行人员给关琥认识。

关琥看了林晖峰的日程，有几个出席酒会的活动，这种公众场所最容易发生问题，大概林晖峰就是担心这点，才会申请警察保护。

没多久李元丰也到了，他表现得很正常，跟林晖峰以及其他人寒暄时也很有分寸，这让关琥松了口气，他早上还有想假如李元丰不来的话，要不要通知萧白夜临时换人，现在看来是他多虑了。

第一天他们的工作很简单，林晖峰没有外出活动，政府机关里的警备设置本身就很严格，所以他们随行只是摆设。

午间休息，关琥在吃饭时接到了蒋玎珰的电话，告诉他史密斯临死前通话的人是他的朋友，他们顺利联络上了那位朋友，在询问中得知史密斯来这边的确是为了搜集情报的，据说如果顺利的话，那将是很大的爆料，史密斯在电话中还提到自己拿到证据了，可以赚一大笔，但就在这时，电话断掉了，后来警察联络过来，史密斯的朋友才知道他出事了。

"他有没有提到搜集的是什么情报？"

"有稍微透露一点，好像是跟美国政府官员有关系，你知道的，那些政府官员没几个是干净的，史密斯很可能抓到了他们的把柄，所以每次被起诉，他最后都可以没事。"

但这种要挟的手段不可能一直用下去，所以他把算盘打到了新的目标身上，却没想到因此丧了命。

"你们有查鑫源酒家吗？"

"去过了，我们给老板看了史密斯的照片，他说史密斯前天去过他们那里，但不是住宿，而是做旅游采访的，鑫源是个小民宿，每天住宿的人不多，欧美国家的人就更少了，老板也希望有人可以在旅游网站上为自己免费宣传，所以同意让史密斯拍照，打火机是他们免费提供的物品，大概是史密斯拍照时顺手拿走的。"

这些要说是情报，也算是情报，但价值不大。

关琥问："既然史密斯想做民宿宣传，为什么没有住宿？"

"我们查到了史密斯住宿的地方，这两天他都住在五星级酒店的总统套房呢，他怎么可能住小民宿？"

蒋玎珰夸张地表达完自己的感想，又说："酒店那边我们还在询问情况，不过暂时没找到什么线索，史密斯这两天都是一个人留宿的，没有带人回去，酒店记录也没有访客，他入境后曾打过几通电话，但都没有机主登记信息，很难追踪到手机的主人。"

"那只能照着他相机里的照片去挨个调查他去过的地方了。"

"还好他去的地方都不难找，下午我跟江开去查，你就好了，跟太子爷去当保镖，多轻松啊。"

关琥一愣，蒋玎珰的话让他的思绪卡了一下，突然想到他在凶案发生的节骨眼上被调开，会不会不单纯是巧合？

蒋玎珰误会了他的沉默，以为他生气了，忙说："我开玩笑啦，你跟李元丰搭档，一定也很辛苦的，那就先这样，有消息我再联络你。"

她说完就匆匆挂了电话，关琥还在为刚想到的问题而困扰，随手打开史密斯拍的照片，一张张看下去，里面都是普通的风景照，偶尔有人物，也是陪衬的存在。

关琥学着张燕铎的做法，把自己放在狗仔队的位置上，思索假如他是史密斯的话，想调查政府官员的隐私，那肯定要随时跟踪官员的行踪，所以他不需要外出跟人会面，因为跟踪的目标本来就和他住在同一家酒店里！

关琥急忙将自己的想法传给了蒋玎珰，让他们调查是否有跟史密斯同一天入境并且住同一家酒店的美国人，如果找到了目标，一定要密切监视。

讯息传出后，关琥看着照片，继续往下想——史密斯一定要挟过目标，才会惹来杀身之祸，杀人手段究竟是利用寄生虫还是下降头暂且不论，史密斯在出事前应该跟目标接触过，说不定他已经拿到了钱，并将照片还给了对方，所以相机里才会少了一部分。

但这些喜欢玩要挟的人，通常都会多留一份，假如那一份没有被拿走的话，那就是最好的线索。

问题是如果有备份的照片，史密斯会藏去哪里？

关琥边看照片边思索，突然发现了一个奇怪的地方——史密斯去的旅游景点有个共同的特点，那就是都是当地很灵验的庙宇道观，如果政府官员有什么隐私诸如偷情之类的话，会选择这里吗？

思绪到这里卡住了，关琥发现就算他学到了张燕铎的一些做事方法，也学不到精髓，如果张燕铎用这种代入分析法的话，绝对做得更完美。

脚步声传来，是李元丰，关琥将手机关掉，放回口袋里。

"做保镖还不忘查案，你可真拼啊。"

李元丰主动搭讪，关琥也不好无视，随口敷衍道："警察当久了，这也算是职业病了。"

李元丰去对面的贩卖机里买了两瓶饮料，一瓶递给关琥，自己拿着另一瓶坐到了他旁边，小声说："昨晚……谢谢你。"

关琥惊讶地看他，今天当保镖，他们一直没有直接对话，他没想到这位二世祖会主动搭讪，还……道歉？

· 对方先示好了，关琥也顺便给了他台阶下，"下次请记得在道歉之前别出拳头。"

李元丰咧嘴笑了，这让他看起来没那么难沟通，问："你真看到那家伙录像了？"

"他的司机用相机对着车外，总不会是为了拍夜景吧？"

"妈的。"李元丰恨恨地骂完，又问关琥，"昨晚组长找我们做什么？"

"你当真了？那是我随口说的，为了不让胖子找我的麻烦。"

"没想到你看起来一脸正气，居然也会耍滑头。"

"虽然听起来不像是好话，不过还是谢谢你的称赞。"

关琥喝着饮料，随口说："我还有二十年的房贷，所以不管发生什么事，我都可以忍下来，这些是你这种打小含着金汤匙长大的少爷们不会懂得。"

"我昨晚是太冲动了，但他骂我妈，我不揍他，那我就是白活了。"

"你也可以骂他妈，如果他能忍下来，那你也可以忍不是吗？"

"他会忍的，那老家伙叫刘茂之，是警务处的干事，做很多年了，最会溜须拍马，据说还会往上升。"

听李元丰一说，关琥终于想起了老胖子的身份，有时候局里开总结大会或是颁发奖项什么的，刘茂之都会出现，不过存在感太弱，所以见过很多次，关琥都没记住。

"既然他喜欢溜须拍马，那按理说应该奉承你才对啊。"

"别天真了，警界里又不是我们李家的，如果真是那样，在判官事件里我就不会被算计了。"李元丰冷笑道。

经过那件事后，为了不给家里惹来麻烦，李元丰的行事作风收敛了很多，昨晚是刘茂之先挑衅他的，先是在路边特意截住他，又嘲讽他，见他无动于衷，就拿他父母当笑料来提，所以他才没忍住。

事后想想，李元丰也知道自己太冲动了，幸好关琥及时出现，否则被算计到的话，他丢工作是小事，他们家里今后如何在警界立足才事关重要。

所以不管从哪方面说，关琥都算是帮了他，他犹豫着要不要将自己怀疑的事说出来。

关琥喝完了饮料，将易开罐丢去垃圾桶，准备离开，事不宜迟，李元丰说："关琥，你有没有想过我们在这时候被调职，是有人预谋的？"

关琥停住脚步，李元丰继续往下说："有人想搞垮我们李家，所以联合了萧家来对付我们，萧白夜他们怕踢开我太明显，所以顺便叫上你，假如我们这次的保镖任务有差错的话，就会被放冷箭了。"

关琥心一动，李元丰的怀疑他之前也有想过，但也只是想想，反正他是小卒，没人会对付他。

"你说的'有人'是谁，我不知道，也不想知道，我是警察，我的工作就是查案，那些警界官场里的纷争离我太遥远了。"

关琥说完，在李元丰辩解之前快步离开，他对那些尔虞我诈没兴趣知道，而且他跟随萧白夜做事很久了，在感情上他还是倾向于信任萧白夜。

下午，两人陪林晖峰出去视察工作，李元丰没有再跟关琥搭话，甚至连看都没看他一眼，关琥没在意。

至于工作方面，一切都很顺利，在跟随林晖峰行动的途中，关琥没有发现怪异现象，时间就这样缓慢又平静地度过了，晚上八点，倒班的随从来报道，关琥二人下了班，离开林晖峰的家。

李元丰是开车来的，他提出送关琥回家，关琥以骑摩托的理由回绝了，等李元丰走后，他把摩托停在道边，给江开打电话。

下午江开有给他的手机留言，碍于其他人在场，关琥没有回信，他猜想是跟史密斯的案子有关，所以一下班，就迫不及待地联络江开。

不过通话结果让关琥有点失望，有关史密斯入境后的行踪，他们没有太大的收获，舒清滟的尸检报告也出来了，尸体内脏除了有少数孵化后的幼虫外，没有其他异常，脑部也没有寄生虫现象。

所以从尸检结果来分析，史密斯之所以会发疯，最大的可能是食用了附有虫卵的食物，导致内脏出现异常，他在极为痛苦的状态下精神失控——这只是一件普通的自杀案。

关琥听到一半就听不下去了，叫道："是哪个低智商的家伙这样定案的？这是自杀案的话，天底下就没有他杀了。"

"组长说这是开会时一致的判断，尸检结果是这样的，上头会这样想也很正常吧，你也知道这事闹得挺大的，死者又是海外人士，为了安定人心，做出这种结论也是迫不得已的。"

听到这里，关琥觉得上边那些只会夸夸其谈的人也是挺辛苦的，他冷笑道："所以这就算是结案了？"

"假如没有新的证据，恐怕案子不会再翻盘了，所以我们今天查到的线索也白查了。"

"你们有查到线索？"

"别小看我们好吧，我们好几个人还比不过一个诸葛亮吗？"

江开不服气地辩解完，说："你不是让我们查跟史密斯同一天入境，并入住同一家酒店的美国人吗？我们查到了一个，那家伙叫乔尼·希尔，是做电器进出口生意的，经常几个国家来回跑，我们现在查到的情报是希尔是个私生活挺糟糕的家伙，据说在不少地方养情妇，还有私生女。"

关琥听着江开的讲述，不说话。

原本照他的推测，史密斯这么注重这次的消息，他跟踪的目标至少与美国政府官员有关系，一个商人的私生活有什么好爆料的？除非这些八卦对某些人有好处，但史密斯是大报社的主笔，不是侦探更不是狗仔队，那点钱还不至于让他这么激动吧？

"不过我们只查到这些，组长说反正要结案了，不用再查了。"

"头儿说的？"

"是的。"

"可是这个案子还有很多疑点，就算史密斯是精神失控导致自杀的好了，那还有其他需要调查的东西，这样才好向死者的家人交代……"

"别激动别激动，你说的这些头儿应该都想到了，他这样做肯定有他的理由，"说到这里，江开压低声音说："说不定这也是上头的意思，我们照指示办事。"

怕关琥再啰唆，江开说完，就急急忙忙地挂断了电话。

关琥用腿支着摩托在道边站了一会儿，他明白江开的意思，但无法认同这样的做法，所以最后还是决定直接问萧白夜。

可是萧白夜的手机没有开，警局里的电话也没人接，通常这种情况就是案子结了，大家早早下班，可问题是这次的事件搞得没头没尾的就结束了，萧白夜还联络不到，怎么想怎么奇怪，那感觉就像是在特意躲他似的。

官方不查，他自己查好了。

关琥的脾气上来了，坐在摩托车上，先给小柯留言，请他帮忙查乔尼·希尔的资料，又上网搜索有关史密斯死亡的报道，果然，网上几乎没有相关的新闻出现，偶尔有一两则，也是匆匆带过，这表示史密斯的案子被一些人压住了。

到底是谁在忌讳这件事被扩大化，并且有能力完全压制住？

关琥很好奇，打电话给谢凌云，想问问新闻界有没有爆料，谢凌云的电话还是接不通，他只好留言说有事询问，让谢凌云有时间回电一下。

留完信，关琥骑着摩托一路直奔，来到鑫源酒家。

鑫源酒家坐落在郊外靠近山麓的地方，在去民宿的乡间小路上，可以看到稀稀落落的村庄房屋——虽然这里离城里没有太远，但已完全是乡间田园风光，这一带改造成民宿的建筑物非常多，完全没有想象中的冷清感。

鑫源酒家是个很有传统建筑风格的房子，看外观有点陈旧，屋檐下挂着一排通电的小红灯笼，门口还放着四角地灯，关琥到达时，旅馆还在做生意，一位六十多岁的男人靠在柜台上，百无聊赖地看电视。

男人叫王鑫源，是这家旅馆的老板，他长得矮小干瘦，貌不惊人，看到关琥，似乎猜到了他的身份，表现得很抗拒，虽然没有明说，但排斥感很重，手指在柜台上敲打着，有些神经质的样子。

关琥取出自己的警察证，说明了来意，老板看看表，一脸的不情愿，先是嘟囔今天一天都在被警察烦，又说这么晚还不让人休息，不过嘟囔归嘟囔，最后还是答应了关琥的请求，带他进了旅馆里面，又说了史密斯那天来旅馆的详细经过。

旅馆是木质建筑，走廊上点着线香，味道浓郁得让关琥感觉自己像是进了庙宇，正对着门的墙上挂着叫不上名字的佛像图，两旁还配有天干地支的周易图符，另一边则供奉着跟绘图相同的木雕塑像。

跟随老板往里走，关琥注意到旅馆里这类塑像很多，而且神像跟平常大家见到的不太一样，它端坐的不是莲台，而是熔火，背后各自向外伸展着六只手臂，有点类似于千手观音的造型，却又不尽相同。

关琥对这些不感兴趣，随便瞄了两眼就走了过去，两人在旅馆里走了一圈，老板也将有关史密斯的事情说完了，内容跟江开和蒋玎珰提到的差不多——史密斯对这里很感兴趣，却没有留宿，只是拍了不少照片。

"可是史密斯的照片里没有神像，他没有拍吗？"听完老板的话，关琥问道。

老板惊异地看他，然后嘴巴咧开，做出堆笑的表情，却因为笑得太做作，导致眼角跟嘴角上积满皱纹，反而让人感觉不舒服。

至少关琥对他没好感，说不上是什么原因，大概是气场的问题吧。

"你看得还蛮仔细的啊，"王老板先是称赞了关琥，然后说："其实他很想拍的，只是被我拒绝了。"

"为什么拒绝他？"关琥回到玄关的柜台前，看着对面的佛像，不解地问。

"那是我们的信仰，怎么能出卖自己的信仰赚钱呢？"老板一本正经地说："也许他正是因为得罪了厉害的人，才会横死的。"

关琥对商人的信仰这个说法嗤之以鼻，至少眼前这个老板不是个有信仰的人。

不过他的说法让关琥对神像产生了好奇心，不免多看了几眼。

神像挂轴的两旁贴了不少照片，柜台里面的墙上也挂着很大的合照，照片里大部分是穿着制服的民宿员工，正中坐了一位白发老人。

关琥又去看另一面墙上的照片，发现也有老人跟其他人的合照，老人穿着少数民族服装，手里拿着一个很大的烟斗，乍看去有点面熟，但又想不起是在哪里见过。

"这位老先生是？"

"这就是塔里图大人，他是我们这里有名的巫师，很厉害的，燶也是他为我们请来的供奉神。"

关琥一只脚都踏出门槛了，听了这话，他又转了回来，问："巫师？"

老板脸上的笑纹堆得更多了，说："听着吓人，其实就是我们这里的大夫，你知道去一趟医院要花费不少的，所以小病小灾的就请塔里图大夫看一下就行了，燶是他族里供奉的神，所以我也请了一尊。"

关琥这才明白所谓的"燶"，就是指那尊塑像，他问："这位大夫是佛教徒吗？"

"不是，大夫是苗人，不过在这里住很多年了，据说燒是他们的先祖。"

关琥对苗人供奉的神明略有耳闻，据说十里不同乡，同样的族人，信仰也不尽相同，换了平时，他对这些俚俗不会太在意，但老板口中的巫师让他联想到了史密斯的死因，在传说中，苗疆蛊毒跟南洋降头术算是一脉相承的。

"请问这位大夫住在哪里，我想去拜访他。"

"真是不巧，大夫半个多月前就过世了。"

老板的笑容在关琥看来，带了种幸灾乐祸的味道，问："你不是要查外国人吗？怎么又对巫师感兴趣了？"

"过世了？"

"对，那天下大雨，大夫在整理祠堂时，被落下来的瓦片打到了，他本来岁数就很大了，所以没救得过来。"

这番话浇灭了关琥的期待，他本来以为塔里图跟史密斯的死有关联，至少他可以向老人打听一下下蛊或是降头的事，没想到会这样，只好问："那大夫有弟子吗？或是跟他那样会巫术或下蛊的人？"

"大夫没有家人也没有弟子，他一直独居，这里除了他，也没人会下蛊，我们要打烊了，你看是不是就到这里？"

老板做出请他离开的暗示，关琥只好装听不懂，仰头仔细端量那塑像，突然发现神像伸展的六臂有奇异之处，跟其他手托净瓶莲花的神像不同，它的手掌上托的是各种虫类，有足爪众多像是蜈蚣的生物，也有类似蟾蜍蝎子的毒物。

这样依次算下来，神像的五只手里刚好托着五毒，还有一只空下来的手托的是金钵，所有毒虫的头部都冲向金钵，让关琥怀疑神像接下来的动作是将五毒放在钵里练蛊。

再细看神像的脸部，关琥不由得毛骨悚然。

神像没有口鼻，而是嵌着扁长的眼睛，另外眉间还有一只竖着的长眼，每只眼睛都呈弯曲状，乍一看，像是在微笑，关琥却看得心惊胆战，他不是密集症患者，但这种排列太诡异，他看了一眼后就立刻把眼神瞟开了，以免晚上做噩梦。

要说这怪物与练蛊和降头无关，应该没人会信吧？

关琥心里狐疑着，却不敢把这话讲出来，尤其是在见过史密斯的神秘死亡之后。

"喔，雪花来了，你不是想多了解那个外国人的事吗？也许她可以告诉你。"

老板打断了关琥的思绪，指着刚从外面进来的女孩子，很好心地对他说道。

她穿着旅馆的制服，怀里抱着一个杯面大纸箱，听到老板的话，转头看过来，却是个眉清目秀，很有眼缘的女生。

老板大概是想尽快把关琥哄走，主动跑过去，接过了雪花抱的箱子，对她说："那个老外来时也跟你搭过话吧，你们都聊了什么，你跟警察先生说说，这里我来。"

他抱着箱子跑去了里面，把麻烦丢给了不是很了解情况的小服务生。

关琥将自己的警察证亮给她看，又自报了名字，雪花这才反应过来，面对警察，她显得很拘谨，垂着眼帘，小声说："我看新闻了，那位史密斯先生死得很惨。"

"所以如果你有想到什么线索，请告诉我。"

"其实我跟那位先生也没说几句话的，只是介绍了一些这里的风土人情。"

"他有没有向你询问你们的供奉神？"

"有，不过我不知道该怎么解释，我的英语不太好，太复杂的汉语他也听不懂，后来他发现沟通不了，就没再问了。"

"有没有问起塔里图的事？"

"没有。"

"那有来这里找什么人吗？"

"不知道，他什么都没说。"

"塔里图真的是巫师，可以给人下蛊算命吗？"

"塔里图爷爷是好人的，他不会害人！"

雪花看起来没经历什么大世面，几句话说得结结巴巴，在关琥的注视下，她很紧张地用双手扯动衣角，又不时往里看，希望离开的态度很明显。

关琥没再逼她，又问了几个问题，便告辞离开。

雪花松了口气，送他出门，走到门口，关琥突然问："可以借一下打火机吗？"

雪花愣了一下，急急忙忙地跑去柜台里翻找，却半天没找到。见她要去里面的房间，关琥叫住了她，说不需要了，然后走出了旅馆。

看来一次性打火机都放在特定的地方，史密斯只是普通游览的话，拿到的可能性很低，所以打火机多半是其他住宿的人送他的，也就是说是他的眼线。

关琥没走出多远，身后传来叫声，雪花追了上来，指着前面的招牌，对他说："我想起来了，史密斯先生曾跟我问起那间酒吧，也许他去过那里。"

酒吧离民宿很近，招牌上的霓虹灯不断闪烁着，映出飞皇二字，夜幕下非常醒目，关琥道了谢，骑上摩托车，没用一分钟，就到了酒吧门前。

他锁车的时候，口袋里传来手机的振动声，小柯回留言了，却不是他想看到的内容——留言说有关史密斯的事，上头已经发了通告，严禁再追查，这次他帮不了关琥，希尔的资料他也没法查，让关琥不要为难他。

看完后，关琥气得差点将手机丢出去，但想到这只手机的价格跟自己目前的存款金额，他最后还是忍住了。

迄今为止，对于他的请求，小柯没有拒绝过，这让关琥明白了事情的严重性，他放弃继续拜托小柯，改为联络谢凌云，期待靠谢凌云在新闻界的关系，能帮他查到什么。

但是跟以往几次一样，谢凌云的手机依然处于无法接通的状态。

关琥开始起疑心了，以谢凌云的处事风格，不应该一直联络不上，他怀疑自己昨天的推测应验了，想了想，在微信上给叶菲菲留了言，说自己有急事找谢凌云，让她马上联络自己。

发完信，关琥进了酒吧，里面意外的热闹，内部装潢得也很华丽，虽然处处透出乡土风情，但也不失为一种风格，所以吸引了不少来自外地的观光游客。

关琥在吧台前选了个空位坐下，跟服务生要了瓶汽水，打量着酒吧的环境，他有点明白这里受欢迎的原因了。

酒吧里的女服务生都打扮得很暴露，对于跑来游山玩水的外地游客来说，这种刺激的夜生活刚好可以帮他们减轻旅途的疲惫，所以游客的人数远远多过本地人，除此之外，角落里还有些凑在一起赌博的年轻人，看来这家酒吧除了提供特殊服务外，还沾手了其他违法的勾当。

不过关琥今晚不是来查风纪的，这种鱼龙混杂的环境反而对他查案有帮助，听着周围客人的对话，他大致了解了这些人多数住在附近的民宿，通过他们，也许可以了解到这里的风俗人情。

汽水到了，关琥拿起瓶子正要喝，手机铃响起来，叶菲菲在微信上敲他——关王虎，不要乱喝东西！

瓶口几乎要碰到关琥的嘴边了，看到这句话，他及时将瓶子拿开，迅速看向周围，却没看到叶菲菲的身影。

不过叶菲菲的话提醒了他，想起史密斯死亡前的经历，他心里一凛，看看瓶子。汽水瓶是刚打开的，瓶口部分还在冒气泡，要说下药什么的，有点杞人忧天了，但小心一点总没错，他将瓶子放去吧台上，给叶菲菲打电话。

叶菲菲没有接听，在拨打数次却被无视后，关琥改为留言——叶菲菲你不要玩偷窥，赶紧出来！

——没偷窥你，我只是在提醒你。

——提醒？你能把时间把握得这么分毫不差？

——关王虎你真是好歹不知，那你随便乱吃东西吧，出事别找我。

——是是是，都是我的错，那姑奶奶，能让谢凌云联络我吗？

——凌云去报社了，她在闭关赶稿，你有什么事就跟我说吧。

你懂怎么查新闻人物的资料？还是你懂降头？

关琥在心里吐槽，却不敢说出口，回——还是让她有时间找我吧，我在线等。

——好的，小心你周围。

结束聊天，关琥无所事事，拿起汽水瓶，看了一下瓶口，又放下了，用手指划动着手机的触屏，思索叶菲菲的话，总觉得有点奇怪。

那家伙真的没有暗中跟踪他吗？还是他太多疑了？

手指的滑动在触到某个画面时停了下来，那是史密斯拍的照片合集，关琥本来想找出几张有特色的，向这里的伙计询问，可是在开口之前，他先发现了问题。

那是一张餐厅内景的照片，取景是餐厅里的花卉跟吊饰布置，里面客人不多，而且比较模糊，所以关琥最初忽略了，但是在看到塔里图的照片后，他发现其中一位客人正是那位老人。

这就是为什么他在民宿看到塔里图的照片时，会觉得他面熟的原因！

塔里图跟一个男人面对面坐着，男人背对着镜头，半边身子被装饰植物遮住，很难确定他的身份，关琥不知道是不是自己有了先入为主的想法，总感觉这个男人是自己认识的人，而且越看越觉得眼熟，却偏偏想不出他是谁。

不过这张照片让塔里图跟史密斯再次有了交接点，这样的交集一次是巧合，两次就耐人寻味了。

关琥在塔里图身上做了标记，接着继续找类似的照片，心里有了奇妙的想法——也许他从一开始就判断错了，从塔里图过世的时间上来推测，史密斯相机里的照片不是他这次照的，而是半个多月前的东西，假如那时史密斯是在美国的话，那拍照的可能是他的线人。

史密斯将线人卖给他的照片转卖给了他的跟踪目标，而且是在筛选后卖掉的，所以照片排列的数字没有连接起来，至于这张偷拍他是故意没卖掉还是无意中遗漏了，那只有他本人才知道了，不过至少关琥可以确定跟史密斯有交易的人不是塔里图，因为塔里图已经过世了。

难道史密斯的交易对象是照片里的这个男人？他跟乔尼·希尔又

是什么关系？

关琥一边翻找着其他照片一边想，但可惜杀了一大半脑细胞，他还是想不出照片里男人是谁，其他照片里也没有类似的画面出现，最后他只好把希望寄托在餐厅上——直接去这家餐厅询问的话，也许会问到线索。

虽然这个可能性也很渺茫，但是在毫无头绪的情况下，不如赌一赌运气，他现在反而对塔里图跟史密斯之间的关系比较好奇，塔里图的过世只是意外吗？史密斯的死亡像极了被下降头的反应，那是塔里图死之前做的手脚？还是乔尼·希尔的杰作？

正想得头痛的时候，一位衣着暴露的女孩子走在关琥身旁坐下，点了两杯啤酒，其中一杯递到了他面前。

"先生你一个人？这杯请你喝。"

女孩说着话，又主动往他身上凑，浓烈却不高档的香水呛得关琥很想打喷嚏，他想把女孩推开，但手还没伸出去，对方的手已经搭到了他的大腿上，染着鲜红指甲油的手指在他的腿上轻佻地滑动着，其目的不言而喻。

室内灯光昏暗，女孩又浓妆艳抹，关琥看不清她的长相，只觉得她的岁数不是很大，却出来做这种招徕客人的生意。

"不用了，我自己有饮料。"

关琥不太擅长拒绝女孩子，眼看着对方的手逐渐往自己的隐私部位延伸，他慌忙向后躲，却不小心碰到了吧台上的汽水瓶，导致瓶子滚到地上，洒了一地。

"看来你不喝都不行了。"

看到关琥手忙脚乱的样子，女孩笑了，将啤酒推到他面前，"我很少请别人喝酒的，你这么不给面子，以后我很难在这里混下去了。"

关琥眼前一亮，"你对这里很了解？"

"那要看你想知道什么了。"

女孩向前倾身，在递酒的同时，有意无意地展露自己的胸部，关琥被她弄得眼神没处放，只好接过了酒，为了方便询问，他选择喝酒，谁知酒杯刚举起，手机就响了起来，他瞄了一眼，又是叶菲菲的留言。

——关王虎，不许找女人，不许乱吃陌生人给的东西。

还说没暗中监视他？不监视怎么会知道他现在的行动？

面对这样任性的人，关琥都懒得吐槽了，直接将留言送出去——小姐，你这样管你的前男友，是不是太过了？

——如果你还想继续活着，就照我说的去做。

——你到底知道什么？你是不是知道塔里图的事？是谁跟你说的？

——离开那个女人，我考虑告诉你。

对话越来越奇怪了，关琥皱起了眉头。

他跟叶菲菲认识很久了，叶菲菲的个性看似任性，但其实很懂得尊重别人，这不像是她平时说话的口气。

再联想她一直不接电话的举动，关琥的疑惑更大了，无视还在努力向他展示风情的女人，他将酒杯放下，跳下高脚椅，匆匆走去人少的地方，继续跟叶菲菲对话，同时装作不经意地看向四周，寻找在暗中窥视自己的人。

——我现在离开了，你可以说了。

——这件事说来话长，等我先整理一下，慢慢跟你说。

——你可以先告诉我谢凌云在哪里，我直接去找她好了。

对话有短暂的停顿，关琥迅速输入字符——为什么不说？是不是你根本不知道？

——关琥你的疑心病越来越重了。

——你根本不是叶菲菲，你是谁？

——我是叶菲菲。

——那就接我的电话！否则你再敢骗我，别怪我不客气！

——暴躁可不是一件好事。

——对你来说，的确不是一件好事。

居然敢冒充叶菲菲来骗他，关琥的火气上来了，气哼哼地想，如果这混蛋现在在自己面前，他一点都不介意用拳头告诉他疼痛二字怎么写。

可以对他的行动了解得这么清楚，这个人肯定就在酒吧里。

关琥的手指在触屏上敲动着，思索怎么把他引出来，身后传来叫声，刚才搭讪的女人走过来，看得出女人对他颇有兴趣。

"抱歉，小姐，我还有事，我们下次再聊。"

关琥没等她开口就先拒绝了，他穿过人群往里走，四处寻找目标，就见不远处有个白影子晃了一下，那是个盘着头发，穿长裙的女人，有点像叶菲菲，为了弄清真相，关琥加快脚步追了过去。

酒吧里的人客人很多，等关琥走过去时，白裙女人已经不见了，他在周围转了两圈，都没找到目标，再看微信画面，叶菲菲已经下线了。

到底是谁在冒充叶菲菲？叶菲菲的手机在别人手里，不就等于说是她出事了？说不定谢凌云也出事了，但有人不想让他知道内情，所以假借叶菲菲的名义拖着他。

正胡思乱想着，指节上传来麻痛，关琥一开始没注意，等他发现麻痛的部位是戴钻石戒指的小指时，才觉察到不对劲。

那个小钻戒是关琥在僵尸事件中获得的胜利品，戒指的原主人是双面间谍艾米，戒指也是用于追踪信号的工具，事件解决后关琥把它当纪念品留了下来，没想到时隔这么久，这个小通讯器会再次发出信号。

也就是说艾米或是她的同伴就在附近！

这个结论让关琥很吃惊，作为国际间谍，艾米去哪里都不奇怪，但她在这个敏感的时间里出现在自己的附近，究竟是巧合，还是针对史密斯之死而来的？

小指上的麻痛很快就消失了，关琥没有在酒吧里找到可疑的人，想到那个一闪即逝的白衣女人，他怀疑就是艾米，于是急匆匆地出了酒吧，就见外面的街道冷清，一个人都看不到。

事情越来越诡异了，想到在德国跟艾米等人一起遭遇的麻烦事，关琥的头开始痛起来，他坐到摩托车上，双手揉着跳痛的太阳穴叹气，手机里叶菲菲的头像显示仍然是离线状态，他不抱期待地留了言，告诉她不管她是谁，有什么目的，请她直接说出来。

留言送出很久，叶菲菲都没有回他。

关琥抬头看了一眼酒吧的招牌，叶菲菲的留言让他的心有点毛毛的，除了担心酒吧的饮料有问题外，他还在意谢凌云的去向，看看手表，最后决定直接去找谢凌云。

第三章

时间已经接近凌晨，关琥本来还担心这个时间段去拜访女孩子的家，会不会太失礼，但是在到达之后，他发现自己所有的担心都是多余的——谢凌云的房门没有锁，他轻松进去了，然后看到里面乱成一团的客厅。

那绝对是搏斗后的现场，而且狼藉的状况告诉他，搏斗有多激烈，他拔出枪，小心翼翼地去检查了其他的房间，里面没有人，也没有打斗跟翻动的迹象，看来谢凌云是在客厅跟歹徒搏斗，失手后被绑架或是出了其他意外，更糟糕的可能是，叶菲菲当时也在场，所以一起被带走了。

关琥不敢再往更坏的方面想，他又仔细检查了一遍现场，没发现血迹留下，稍微放下心，掏出手机找到谢凌云的报社电话，把电话打了过去。

谢凌云的部门每天为了追最新报道，通宵都有人在公司待命，关琥的电话很快就接通了，听说他要找谢凌云，那人很不爽地说谢凌云已经两天没上班了，也没有提前打招呼，昨晚她朋友才打电话来帮她请假，关琥问起那位朋友的性别，对方说是个男人，而且是个发音非常字正腔圆的男人。

关琥想到那是谁了，联系昨晚李当归在保镖出现后的反应，他猜想李当归肯定已经知道谢凌云出事了，但出于某种原因，他把事情压了下来，还为了不引起怀疑，特意帮谢凌云请了假。

难道伪装叶菲菲跟他对话的人也是李当归？

关琥很快否定了自己的怀疑，李当归说话不是那调调的，可以轻松模仿叶菲菲的语气，那个人一定是很熟悉他们的人。

不好的预感腾上脑海，不知为什么，关琥想到了吴钩。

那个英俊得过了头的男人，在以往数次交锋中，他的存在那么出众，但同时也那么可怕，即使不想承认，关琥也知道自己内心对他是抱有恐惧感的。

因为那是个连死亡都毫不畏惧的家伙。

他们都有在意或紧张的东西，但那个人没有。

想到这里，关琥按下手机的数字键准备报警，但就在电话接通的那一瞬间，他突然感觉到了来自身后的杀气。

以关琥的警惕度跟敏捷度，他居然没有留意到有人靠近自己，等觉察到不妙时已经晚了，在他转身的同时，额头传来剧痛，眼前顿时一片黑暗，他保持着握枪的状态倒在了地板上。

昏厥的时间并没有很长，准确一点说，应该是搬运关琥的几个人动作太粗暴了，导致他在途中就被晃醒了。

微微睁开眼睛，关琥隐约看到了在不远处摇晃的光芒，等神智再稍微清醒一些，他才知道那是路灯的光芒——他已经在公寓外了，前面停了一辆车，看他们的移动方向，那些人是要将他推到车上。

为了防止再被打晕，关琥没有乱动，很快他就确定"搀扶"自己的有两个人，除此之外他们身后还有人跟随，他的手机跟手枪都不知去向，他想这些人应该不会好心地把它们放回到自己的口袋里。

车位快到了，关琥低垂着头，注意到架住自己的其中一人腰间略微鼓起来，如果没猜错，那应该是手枪，他暗中运运气，然后攥起拳头，用力挥到了那人的软肋上，又趁着他吃痛弯腰，拔出他腰间的手枪，转身对准另一个架住自己的人。

厉风逼近，拳头挥到了关琥面前，那个人的反应力比他想象的要快得多，没等他持枪威胁，枪管就被拳头打歪了。

关琥被迫往后退，起先被他打到的男人缓过气来，也向他反击，他只好将背部靠向车身，借力翻到车顶上，再就地一旋，双腿齐出，踢向那两个人的头部，将他们踢倒后，又从车上翻下，再次举枪对准了他们。

昏厥没有消减关琥的体力，关键时刻，他本能地使出了张燕铎教给自己的功夫，这两招做得既漂亮又狠辣，转眼间就将有利的局势扭转到了自己这边。

"不想死就马上后退！"

关琥呵斥完，才发现攻击自己的居然是两个外国壮汉，他微微一愣，正考虑要不要再用英语说一遍，一位老者的话声从前面传来。

"请把枪放下，关先生，我们并没有伤害你的意思。"

关琥顺声看去，随着那两个人的撤开，他看到了站在后面的老者。

跟外国大汉相比，老者的身高仅勉强达到他们的肩膀，但他却是三个人中气势最强的，一身对襟唐装，脚穿功夫鞋，半白发丝向后梳理，让他多了几分道风仙骨，关琥记得他，昨天他在案发现场追踪李当归时，这位老人曾出手阻拦他。

熟人的出现并没有降低关琥的警觉心，他保持持枪的姿势，冷笑道："假如动手打人都不算伤害的话，那一半罪犯都可以出狱了。"

老者脸上露出抱歉的神情，冲关琥拱拱手，"在下夙照青，在菲利克斯家里谋职，刚才我一时情急导致出手过重，还请关先生海涵，不过我对关先生并无恶意，只是不希望谢小姐被绑架的事张扬出去。"

夙照青？

关琥这些年跟这类人也算混了个脸熟了，但他完全没听说过这号人物，看老者的气度，多半是习武之人，被菲利克斯家族聘请来保护李当归的，他应该没有撒谎，不过被一个老人一招就打晕了，更让关琥觉得悻悻然。

无视老人诚恳的表情，他说："所以你们绑架我是李当归的授意了？"

"当然不是，我们并没想绑架你，只是不希望警方出手干预，绑匪警告过李先生，如果泄露了谢小姐被绑架的秘密，就会对她不利，所以李先生宁可花钱消灾。"

看来他的推测无误，昨晚李当归就知道谢凌云被绑架了，却没有对他说。

关琥看看另外两个人，把枪放下了，问："你们打算怎么做？"

"这件事李先生会一手处理，具体怎么操作我不清楚，我的工作是防止有人擅自插手。"

"为了防止有人泄露秘密，甚至不惜杀人吗？"

"关先生说笑了，如果我真要对你不利，刚才在房间里就会干掉你了，至少不会让你这么快醒过来。"

也许夙照青说的是事实，但是在关琥听来分外刺耳，问："那叶菲菲呢？"

凤照青愣了一下，看他的反应，根本不知道谁是叶菲菲，关琥又问："是谁绑架了谢凌云？"

"我不知道，李先生没有跟我提过。"

"你什么都不知道，却不让我管？"关琥冷笑起来，摸摸口袋，发现手机跟手枪都被缴了，他说："请把我的东西还给我。"

凤照青没有直接回复他，而是说："请相信李先生的能力，他会处理好这件事。"

基于李当归在楚格峰基地上还有之前他被绑架时的表现，关琥对他的处事能力抱有极度的怀疑，说："我是警察，我有我的责任。"

他可以针对眼下的情况选择是否报警，但是要让他对朋友被绑架之事束手不理，他做不到。

关琥说完，见老人没有让步的表示，他把手枪在指头上转了个花，插到了腰上，微笑说："看来要想拿回自己的东西，得凭真本事了。"

这里是谢凌云公寓的停车场，劫持他的也不算是真正的敌人，所以关琥做出了靠拳头解决问题的决定。

他的行为赢得了那两个外国大汉的好感，主动将他的手机跟手枪拿出来，放到了车头上，然后拍拍车，做出相同的示意。

凤照青见状，摇了摇头，"关先生你这又是何必呢？君子和气生财，我们也只是想请你去小住几天，你应该相信菲利克斯家族的实力。"

"我只相信自己的实力，"关琥举起拳头，一前一后放在胸前，做出打架的姿势，"赢了我，任凭处置。"

他的话音刚落，大汉的拳头就冲他挥了过来，紧接着另外一个人也迎头冲上，看他们两人的拳脚速度，都是练过拳击的，拳头挥得又快又重，关琥个头没有他们高，论力量，也不是他们的对手，仗着张燕铎对他的教导，利用快拳跟奇怪的攻击方式，让他们防不胜防。

关琥的攻击着陆点都是对方虚弱的部位，没多久两个大汉的头部跟肋下还有腿弯等部位就接连中招，痛得连连后退，连声叫道："你这是什么打法？这不是功夫！"

"这是打人的招数。"

关琥一招领先，乘胜追击，伸手按住车身，腰身弯起，凌空旋了个半弧，将全身重力放在右脚上，脚背踢在一名大汉的太阳穴上，将他放倒后，又屈膝撞向另一个人，再借着冲力，将膝盖顶在他胸前，又一个扫堂腿，四两拨千斤，将他踹了出去。

两个人瞬间便被他打倒在地，在地上叫嚷着痛爬不起来，关琥站稳身形，取下放在车头上的手枪跟手机，跟他们说了声谢后转身便走。

前路被挡住了，夙照青站在他面前，微笑提醒说："关先生，还有我这一关。"

"我不打老人的。"

"我还没有老到让后辈礼让的程度。"

对方都这样说了，关琥没再跟他客气，双手握拳冲了过去，不过在挥拳时他还是留了后劲，以免真把老人家打坏了。

不过在拳头落下时，关琥就发现自己的想法太天真了，夙照青是几个人中岁数最大的，但也是实力最强的，他那一拳可以将大汉轻易打倒，可是打在夙照青身上，就像是落在棉花上，不仅完全使不上力，反而被对方借力打力，弹了回来。

为了不被反弹回来的力量打到，关琥只好被迫向后退开。

夙照青没给他躲避的机会，紧跟而上，一只手扣上他的手腕，另一只手握成拳，击向他的喉咙，气势柔和之中还带着阳刚之气，完全不输于那两名壮汉。

关琥不敢再掉以轻心，加重力道再次发出攻击。

他的拳脚偏向于硬家功夫，又融汇了张燕铎指点的怪异打法，换了其他人，一定应接不暇，但凤照青刚才看过他们的对打，对他的招式多了些了解，所以面对他猛烈的攻击，表现得柔韧有余，双手随意画着阴阳鱼圆圈，刚柔并济，将自身封得密不透风，再将关琥的拳脚打回去，关琥使的力越大，反弹回去的力量就越大，没多久额头上便冒出了汗珠。

时间一点点地过去了，关琥可以轻松打倒那两个大汉，却拿一个貌不惊人的老人毫无办法，自始至终，凤照青都显得悠闲从容，一拳一脚看似软绵，后力却是无法想象的大，他知道自己这次遇到了劲敌，不由得心浮气躁起来。

手枪已经顺利拿回了，他一心想着离开，焦躁之余，冷不防小腿被凤照青踢到，顿时下盘失去了气力，向前一歪，摔倒在地。

等关琥腿关节的麻痛过去，他活动着双腿想起来时，两边已被那两个大汉挡住了，再向前看，凤照青站在自己面前，依然一副气定神闲的姿态，负手在背后，微笑问他，"现在关先生同意随我们走一趟了吗？"

关琥当然不可能跟他们走，除了谢凌云被绑架的这件事外，他还身负保镖的重任，假如无故失踪，之后的麻烦会数不清，看着凤照青给两个大汉摆头，示意他们动手，他犹豫了一下伸手要拔枪——虽然这样做有些胜之不武，但他是警察，在这种状况下这么做也是被逼无奈的。

手摸到了枪，就在关琥准备拔枪威吓的时候，对面传来话声。

"怎么陈派太极拳的后人沦落到做人走狗的份上了？"

这话说得相当刺耳，但诡异的是声音却柔和温淳，随着深夜微风传来，既不突兀，却也让人无法忽视。

关琥很惊讶在这时候会有人出现，听口气应该是友非敌，但他又确定自己并不认识这种口音的人，就见夙照青的表情比他还要惊讶，三个人忘了对付他，一齐转头看过去。

对面不远处站着一位同样身穿软缎唐装的男人，不过跟夙照青不同的是，这个人既胖又壮，一张脸也肥嘟嘟的，看他的样子应该是观战已久，见众人的目光落到自己身上，他表现得很满意，昂首负手缓步走近，带着藐视一切的高傲姿态。

"你……"夙照青上下打量着这位不速之客，表情惊疑不定。

胖子没理他，伸出一根手指冲关琥勾了勾，"你，过来。"

关琥已经爬起来了，看到大家的注意力不在自己身上，他本来想找机会偷溜，却没料到被胖子直接点名，简直气不打一处来，不过面对这种嚣张的行为，他偏偏没法拒绝——这家伙应该不会对他不利，至少不会像夙照青那样软禁他。

不知为什么，直觉这样告诉关琥，于是他挪着步准备走过去，却被夙照青伸手拦住，面朝胖男人，冷笑道："我道是谁，原来是你。"

老爷爷一定是岁数大了，武侠片看多了，这种废话只有电影里才会出现。

胖男人为关琥解了惑，说："敝姓张。"

张燕铎吗？

这句话差点脱口而出，害得关琥被自己的荒唐想法吓了一跳。

胖男人站在路灯下，灯光清楚地照在他的脸上，别说跟张燕铎神似，他们就连基本的轮廓都没有，他长得不难看，但就是普通，普通的长相，普通的个头，普通的胖度，唯一不普通的就是嚣张气焰。

看着他，关琥想自己之所以会把这个胖子跟张燕铎联想到一起，可能就是因为这种嚣张到让人想揍他的气焰。

关琥的直觉错了，胖男人没有说出他想的那个名字，而是道："敝姓张，张三枫。"

"噗！"明明身处在这种诡异的情势下，关琥还是忍不住喷了。

那两个老外听不懂笑梗，转头莫名其妙地看他，夙照青却沉下脸来，冷笑道："果然是你张胖子，几年不见，你不仅更胖了，人也变得更讨厌了。"

原来他们是认识的。

关琥的目光在张三枫跟夙照青之间转了转，发现自从胖子出现后，原本云淡风轻如世外高人般的老者一秒打回了凡人的原形，看来他们不仅认识，而且还是死对头。

敌人的敌人就是朋友。

这是关琥一贯信奉的准则，所以现在不管张三枫的出现是出于什么目的，都对他有利，他在很短的时间里做出了站在胖子那边的决定，夙照青还在跟张三枫眼瞪眼，等觉察到时，关琥已经移到了张三枫那边。

"张胖子，我现在在工作，你不要捣乱，想打架，回头我陪你打个痛快。"

"哦，所谓工作，就是给有钱人充当打手吗？"

关琥看到夙照青的脸色变得更黑了。

"我凭能力做事，有何不妥？总比某些人只会游手好闲的强。"

"对于这个问题我也深表遗憾啊，"张胖子低头叹了口气，像是真的很难过，"可是投胎在有钱人家真的不是我的错，所以我现在只好游手好闲地跟你争宠物了。"

喂，他是警察，还是负责重案要案的现役刑警，不是宠物！

没等关琥开口，夙照青就抢先冷笑道："那也要先看清自己的实力，还没动手就把东西抢过去，是不是太托大了？"

很好，他成功地由"宠物"变成"东西"了。

关琥揉着两边的太阳穴，对眼下的状况既无奈又充满疑惑——他现在应该没做梦吧？为什么整件事变得这么古怪？这些奇怪的人都是从哪儿冒出来的？

面对夙照青的指责，张三枫笑了笑，堆起他的胖脸，说："反正过会儿打输了，你们照样还是要放人，不如就省点工夫吧，您岁数也够大了，时间能省一分是一分。"

看着夙照青黑得如同锅底般的脸色，关琥觉得不同情他都很难。

夙照青被激怒了，冲上前挥手向张三枫打去，张三枫依旧保持负手的姿势，上身向旁边略微倾斜，躲开了夙照青的拳头。

夙照青一击不中，紧接着继续攻上，这次张三枫出手了，抬掌格在夙照青的手腕上，顺势向外荡去，竟然不费一分气力，仅借着对方的挥来的气势便化解了他的力道，随即拳头挥过去。

夙照青上身半弓，想吸气化解，谁知张三枫临时化拳为掌，四指并伸，先是击在他胸前的穴位上，再握拳，以拳骨撞去，夙照青没防备，被他打得向后连跌几步。

张三枫没有就此罢手，脚步在地上踩着阴阳鱼，迅速绕去夙照青的身后，手肘在虚抱太极的途中撞向夙照青，看似弱如棉絮的掌风，在他肥胖身躯的带动下，竟然变得坚硬如铁。

夙照青连续中了两招，太极步又因张三枫的快速攻击踩得不成章法，他失去了跟关琥对打时的余裕，在又一次被拳头打到后，晃出了阴阳鱼，气急败坏地叫道："你这根本就不是陈派太极，你打的这是什么乱七八糟的……"

"只会墨守成规，难怪你们夙家传人一点长进都没有了，"张三枫脚踏九宫步，淡然回道："赚钱固然重要，但是连赚钱的本钱都没有了，那就本末倒置了。"

"你！"

"不过好久没跟所谓的正宗传人交手了，我还是挺开心的，虽然你的拳脚柔韧有余，刚烈不足，但做个推手陪练还是绰绰有余的。"

夙照青不再说话，近前一阵抢攻，张三枫嘴上谈笑，不过在太极高手面前，他出手却不敢有半点含糊。

两人拳来脚往，掌风绵长平缓间充满了煞气，只看得在外沿观战的三个人心旌摇曳，关琥对太极的了解仅限于见过张燕铎打拳，不过看到这里，他差不多确信了，夙照青的拳头看似浑厚刚猛，却不是张三枫的对手，再加上他被对方的话挑衅得心浮气躁，更增加了赢拳的难度。

"他们在干什么？像是在玩游戏。"旁边一个外国大汉操着不熟练的汉语说。

"这叫太极，下次你们遇到打太极的人，一定要离他们远一点，因为打太极的人心肠都很黑。"关琥一语双关。

至少他遇到的几个人都是这样，不管是真正的太极功夫还是为人处世的作风，而且其中以张燕铎最难应付。

这样一想，关琥就又有种错觉——张三枫跟张燕铎在某些地方可以重叠起来，看着两道在阴阳鱼中飞速穿梭的身影，他想起第一次看到张燕铎打太极——当时是清晨，张燕铎穿着功夫装，在自家的阳台上打拳，一拳一脚也是这样的平缓温和，又充满自信。

发现自己想多了，关琥急忙晃晃头，把这个奇怪的想法晃出去——他一定是因为被夙照青打到脑袋，神智迷糊了，才会随便看到一个人打太极，就联想到张燕铎，不过说起来也奇怪，时间过去了这么久，张燕铎到底去了哪里，为什么一直打听不到他的消息？

对面那两个人的身影还在灯下飞快地跳跃穿梭，拳来脚往动作迅疾，带着老人跟胖子不该有的轻盈姿态，看得关琥的心里也跃跃欲试，想来练一练太极了，不过现在他要做的不是观望，而是逃跑。

那两名大汉都在注意对打，关琥悄悄向后退，挪出战圈，快步跑到了自己的摩托车前。

两边打架打得起劲，正是跑路的好机会！

关琥这样想着，握住摩托车的把手，将支腿踢开，正要跨上去，突然觉得不对劲，车身下面软软的，失去了应有的弹性，他低头一看，差点被自己的口水呛到——他的摩托车前后两个轮胎都扁扁的，一点气都没有了。

关琥伸手捏了捏车胎，不确定轮胎是被扎了还是被放气了，不过不管是哪种结果，都不是他乐于见到的那种。

眼前晃过黑影，关琥抬起头，看到那两名大汉一左一右站在他的前方，双手交抱在胸前挡住了去路，这态度很明显，他只好站起身，自嘲地说："我觉得我从来没像现在这么倒霉过。"

两个大汉一齐点头，表示万分同意。

关琥又说："那你们可以高抬贵手，让我离开吗？"

两个人同时抬起手，做的却不是让路，而是耸肩的动作，关琥只好也举起了拳头。

"OK，武力解决问题也是我的强项。"

反正以他的功夫，对付两个动作笨拙的老外还是绰绰有余的。

关琥做出了出击的动作，但还没等他的拳头挥过去，就听对面传来痛呼，凤照青胸前被拳头击到，跌在地上爬不起来，张三枫负手站在他面前，他已收势，这代表了这场比武是凤照青输了。

那两名大汉急忙跑了过去，凤照青在他们的搀扶下站了起来，手捂胸口，狠狠地瞪向张三枫，露出不忿的表情。

张三枫完全没在意他的怒瞪，微笑说："胜败乃兵家常事，您一把年纪了，体力不济也是情理之中的，还请节哀顺变。"

"你用的根本不是陈派太极！"

"我只是在其中加了自己的一些创意而已，要不怎么能赢你？"

"擅自改换拳路，根本是无视师门。"

"赢了就好，你管我是怎么改换的呢。"

张三枫这个人说话，就跟他的拳脚一样，明明圆滑温和，却字字针锋，凤照青被呛得说不出话来，他身旁的大汉见状，掏出枪对准张三枫。

关琥本来想趁机跑路，看到这一幕，他无法坐视不理了，回到张三枫身边，也学着对方的样子掏出枪，并且是双枪，一左一右指向对面，微笑说："要比试吗？是要比谁的枪法快？还是谁的子弹多？"

其中一只手枪是他之前抢的外国大汉的，那个人气不忿地在对面叫起来，一连串的英语，大致是说关琥抢别人的东西之类的，关琥耸耸肩，回道："这你们要去找我哥，是他告诉我东西到了自己手里，就是自己的了，不服来战啊。"

又是一串叫骂声传来，内容太低俗，关琥听不懂，那两人还想再冲过来挑战，被凤照青制止了，示意撤退，离开的时候，他对张三枫恨恨地说："张胖子你不要太得意，我们才是陈派正宗传人，你抢不走的。"

他把话撂下后，负手走人，那两名大汉见关琥没有还枪的意思，只好跟着离开。

关琥双手持枪，看着他们上了车，没多久轿车消失在夜幕中，他这才放下枪。

看看身旁的胖男人，关琥甩动双手，将两支枪在手上很漂亮地转了几个花，然后插到腰间——虽然这次出行的过程有点糟糕，但结局还算不错，不仅抢回了枪，还顺手夺得了战利品。

"你这是在故意卖弄吗？"

夜风将张三枫的话传过来，同样的柔和，也同样的带了轻慢的色彩，面对这样一个人，关琥觉得胖子容易带给人好感的这种说法简直是天大的笑话。

他双手叉腰，保持握枪的姿势，说："看得出你跟那老爷爷之间的仇不少。"

"还好，只不过在谁是陈派正宗传人这件事上，我们两家争执了几十年。"

两人相对站立，关琥发现张三枫并不矮，只是肥胖造成了他矮壮的错觉，他没有戴眼镜，可以清楚看到他黑黑的眼瞳，里面充满了自信坦荡的气场，这跟张燕铎完全不同，张燕铎的眼神是闪烁的，他的自信奠基在自卑的心态上，这一点，关琥在这个胖子身上看不到。

为了确定自己没有判断错误，关琥突然伸手捏住了张三枫的脸。

两人靠得太近，张三枫没防备，被他捏个正着，气得伸手推他。关琥手上的麻筋被弹到，疼得松开了手，他再接再厉，用另一只手去捏对方的脸，而且这次捏得很重，死不放手。

张三枫被他弄痛了，叫道："你搞什么？"

"看你是不是去整容了，这张脸是不是硅酮胶堆出来的？你别再反抗哦，你反抗就代表你心虚了。"

关琥虚张声势地叫道，张三枫没跟他一般见识，为了证明自己没整容，他停止了攻击，说："老子天生就这长相，不信你捏个够。"

有了他的认可，关琥又捏了几下，确定那不是硅酮，他松开手，讪讪地说："抱歉，认错人了，最近我被骗得太多，不得不小心一点。"

"说得就好像你小心一点就不会被骗似的。"

听听这口气，要让他不怀疑这人跟张燕铎没关系，也很难的好吧。

关琥张张嘴想反驳，在看到张三枫被自己捏红的脸颊，他有点心虚，呵呵干笑道："谢谢你帮我赶跑了敌人。"

"不谢，我本来也不是想帮你。"

"啊……哈，那……"关琥词穷了，摸摸头，看着胖子那身好像摄影棚里的装束，他抱抱拳，说："那我们就青山不改绿水长流，就此别过吧。"

他说完，转身去取摩托车，但是看到瘪下来的摩托车胎，想到了现状，转头看去，刚好看到那个胖子去了停在附近的轿车前，事不宜迟，他飞快地冲过去，叫道："英雄请留步！"

张三枫回过头，一脸惊讶地看他，"这么快青山绿水就转一圈了？"

"其实是我的轮胎没办法转圈了，"关琥指指他那辆趋于报废状态的摩托车，又拍拍张三枫的车，笑问："你不介意载我一程吧？"

"介意，我又不认识你。"

张三枫推开他，准备上车，关琥跟在后面问："你们江湖中人的话，这就是不打不相识啊，更何况刚才我还帮你对付老爷爷了。"

"是我先出手救你的，"胖子一脸鄙夷地看他，"如果你的武功不是太烂，我就不需要现身，也就不会被他们用枪指着，所以罪魁祸首都是你。"

"这……对不起英雄，是小的武功太烂，所以你就帮人帮到底吧。"

现在有求于人，关琥不惜自降身份，张三枫本来要上车，听了这话，转过身来，打量着他说："我比较喜欢下一句——送佛送到西。"

"什么？"

关琥还没反应过来，头部就被狠狠拍了一记，在他昏厥倒地的时候，脑海里只盘桓着骂人的话——我靠，这些江湖中人都喜欢打人脑袋，这到底是什么毛病啊？

关琥是被吵嚷声吵醒的，他的神智还处于迷糊状态，首先的反应是自己在案发现场，但随着喧闹声越来越响亮，他混乱的记忆终于恢复了正常。

睁开眼睛，晨光刚好射在脸上，他急忙抬手遮挡，在视力慢慢适应后，他发现自己现在正蜷缩着靠在墙角上，吵嚷声是来往行人发出的。

全身传来酸痛，关琥活动了一下手脚，随即觉察到了行人们投来的奇怪目光，人群中还隐约有关于他的对话声。

"乞丐也可以这么帅的吗？"

"给他点钱吧，挺可怜的，看他一直捂着眼睛，可能是盲人。"

叮当当……

清脆响声传来，关琥低头一看，发现他面前的塑胶托盘里居然堆了不少硬币，他顿时气得鼻子都歪了，敢情在他昏睡的时候得到了不少接济嘛——眼睛有问题的是这些人吧？他哪里像乞丐了？乞丐有他穿得这么好吗？有他这么帅吗？

为了证明自己的身份，关琥匆忙站起来，却因为腿脚蜷得麻掉了，在站起时往前晃了一跟头，眼神落在自己的衣服上，不由倒吸口冷气。

经过昨晚一夜的摸爬滚打，他的高档衣裤上沾满了灰尘，膝盖部位还蹭破了，再摸摸头发，也是一团糟，身边没镜子，他看不到自己的脸，想来也好不到哪儿去，怪不得会被人误认为是乞丐，他现在的形象的确很糟糕。

在发现了这个事实后，关琥首先做的就是立刻低头，并用手遮住自己的脸——除了保护他个人的形象外，还要保护他身为警界精英的形象，然后背过身，用另一只手飞快地掏口袋。

还好还好，他的手机外加两只手枪包括警察证都完好无损，关琥揉揉头，有点不明白那个死胖子特意打晕自己的目的，他用手机地图搜索了一下自己的位置，惊讶地发现他竟然就在警局附近，从这里步行回家连十分钟都不用。

我靠，这就是所谓的送佛送到西吗？那能不能拜托死胖子直接送他回警局，也好过把他扔在道边丢人啊。

关琥扶额无语，确认了手枪的状况完好，他那辆报废的摩托车也在附近后，就越发搞不懂张胖子的想法了，再看看表，不由吓了一跳，六点了，他八点要去换班的，再磨蹭下去就来不及了。

无视行人投来的怪异目光，关琥慌忙跑去推摩托车，经过脚下那个盛钱的塑胶盒子，他犹豫了一下，最后还是拿了起来——那是个盛放便当的普通盒子，不知道怎么会被丢弃在这里，害得他被人误会是在要饭，他已经为此出卖色相了，不拿走钱也实在太说不过去了。

关琥一手推摩托一手拿着盒子，顺着马路一口气跑回了公寓。

在公寓门口巡逻的保安跟他打招呼，他随口应和着，飞快地回到家，先去洗了澡，可能因为在外面昏睡了大半夜，有点受寒，被热气熏到，感觉鼻子痒痒的，连打了几个喷嚏。

洗完澡，关琥换了干净衣服，再将避弹衣跟手枪备好，出门时看到放在玄关柜子上的盒子，里面有几张纸钞，他随手抓起来塞到了口袋里。

于是公寓保安再次领教到了关琥超乎常人的奔跑速度，他的招呼声还没发出，就见关琥风一样地旋了出去，不由连连咋舌。

"跑这么快，难道又有大案了？"

关琥跑到停车场，掏车钥匙时发现它没拴在钥匙扣上，他懒得再回去拿，先跑去附近的便利商店买早餐，顺便做出了搭公车上班的决定。

买早餐耽搁了关琥很长时间，原因是他的钱包里一张纸钞都没有，仅有的两枚硬币不够早餐钱，店员站在柜台对面，表情上明显写着——你买得起名牌钱包，却塞不鼓钱包？

接收着其他客人投来的目光，关琥再次感受到了在道边当乞丐的尴尬心境，偏偏汤都盛好了，没办法退货，他下意识地翻动口袋，突然想到临走时在玄关取的钱，急忙拿出来，还好票额挺大的，付了饭钱后还有剩余。

唉，他还真沦落到当乞丐的地步了。

坐在便利店的角落里吃早餐时，关琥为自己当下的命运默哀了一下，不过时间不允许他多愁善感，为了不迟到，他火速吃完饭，就急忙跑去最近的巴士站坐车。

正值上班高峰，巴士里塞得像是沙丁鱼罐头，关琥很少有坐公车的经验，在人挤人的状态下，他被成功地挤到了车门上，在紧贴在车门往目的地行驶的途中，他突然想到一个重要的问题——为什么他的钱包里会没钱？

关琥在理钱方面有点马虎，但钱包里大致有多少钱他还是记得的，要说钱包在昨晚的打斗中失落了，还可以理解，可是没理由有钱包却没钱，想来想去，他只想到一种可能——有人趁他不注意，把他钱包里的钱都取走了。

能做到这一点的只有一个人，车外的风景在关琥的眼前飞速闪过，一个胖乎乎的身影浮现了出来，一定是那个叫张三枫的死胖子动的手脚，他被打晕后，那家伙想做什么都是有可能的！

不过话说回来，胖子这样做的目的是什么？难道所谓的"有钱"都是通过这种方式搞来的？说不定爆他车胎的也是死胖子，不管他的目的是什么，都罪不可赦！

车里的暖气风吹来，关琥又仰头打了几个喷嚏，在继讨厌眼镜男之后，胖子也成功地列入了关琥讨厌的类型列表中。

关琥打着喷嚏把张三枫骂了一顿，又开始想谢凌云的失踪问题。

李当归的插手还有夙照青的出现让事态变得复杂化了，他个人没打算放弃追踪谢凌云的去向，但是正如夙照青所说，贸然报警或许会干扰到他们的营救工作，李当归的为人他不了解，不过李当归对谢凌云的感情是真实的，否则也不会这样如临大敌地把随行保镖都派出来了。

至于张胖子的出现跟目的，关琥仍是一头雾水，再加上昨晚收集到的有关塔里图的线索，还有给史密斯提供爆料的线人身份，以及史密斯之死的真相，线索太多了，又错综复杂，他越想越觉得脑子里一片混乱，有心给萧白夜打电话汇报工作，却因为周围太拥挤而无法把手机掏出来。

　　"奶奶的，要死了……"关琥把额头靠在车门上，品味着巴士在行驶中晃动的感觉，嘟囔道。

第四章

离林家住宅最近的车站到了，车门一打开，关琥就被后面的乘客挤下了车，他没踩稳，往前踉跄了几步后趴在了地上，手表上的时间刚好落入眼帘，在看到还有三分钟就到八点了，关琥不顾得摔痛的膝盖，一个高跳起来，向前猛跑。

七点五十九分五十八秒，关琥终于跑进了林家，完成了跟其他保镖的交班工作，李元丰早就来了，看到关琥衣着凌乱，头发蓬松，交接班时呼呼喘个不停，他狐疑地说："你看起来很糟糕。"

任谁大半夜的不睡觉、跟人打架、还露宿街头的话，状况都不会比他好多少的。

"被抢钱包了。"关琥在交接班表上签了字，喘着气说。

李元丰的眼睛瞪得更大，"抢刑警的钱包？"

"嗯。"

"那你报警了吗？"

"老子就是警察，报个屁警啊。"

好在手枪没被抢走，并且在交接班时间内赶到了，这算是不幸中的大幸吧。

跟昨晚的冒险经历相比，保镖的工作就太简单了，一整天的时间里，关琥都在陪林晖峰视察工作，或是在政府机关里开会，林晖峰的工作内容他不了解，他所负责的只是跟随而已，并且是无所事事地跟随。

　　中午休息的时候，趁着周围没人，关琥打电话给萧白夜，想询问史密斯的案子，谁知萧白夜的手机关机，他又打去重案组，组里同样没人，电话铃响了很久，萧白夜才接听了，不等关琥询问，就告诉他上头让迅速将史密斯的案子结案，让他不用再查。

　　"可是我刚找到了一些新的线索，这个案子绝对不单纯。"

　　"是指乔尼·希尔吗？我已经让江开他们查过了，他只是个普通的商人，在入境后没有跟史密斯有过接触，所以他们会住在同一家酒店只是巧合。"

　　"我说的不是这件事，而是史密斯可能真的是被降头术害死的。"

　　稍微沉默后，萧白夜问："关琥你在说笑话吗？"

　　"我没在开玩笑，我打听到史密斯在临死前对这些邪术很感兴趣，可能他还去拜访过降头师。"

　　关琥将自己在鑫源酒家打听到的消息，还有他对塔里图的怀疑以及史密斯的照片备份等事情都跟萧白夜做了汇报，不过为了不节外生枝，他没有提谢凌云的事，也没提自己昨晚遭遇了武林高手。

　　萧白夜听完后，沉思良久，问："这件事你还跟谁说过？"

　　"没有了，我昨晚才查到的消息，还不知道对查案有没有帮助，怎么敢乱说？"

　　"一定会有帮助的，没想到你当保镖的同时，还能查到这么多线索，真是辛苦了。"

　　被赞扬，关琥有点不好意思，"嘿嘿，只是顺路去查了一下，我也没想到会有收获，如果可以的话，我想请舒法医再重新做一遍尸检，我想史密斯的尸体里一定还存在着寄生虫，还有啊，头儿，你能不能让小柯把希尔的资料报给我一下，我跟他要，他一直打官腔说不行。"

"这是上头的命令，也是没办法的事，我私底下跟小柯说说看，舒法医的尸检报告我看过了，内容没问题，要想再申请尸检，恐怕得费些工夫，你先别急，至于降头的传闻，为了避免不必要的恐慌，你不要跟江开他们提。"

"好的。"

两人说完案情，萧白夜又向关琥询问了李元丰的工作表现，听到他的工作态度还算正常，萧白夜松了口气，交代关琥好好注意他后，放下了电话。

关琥接着又打电话给叶菲菲的公司，了解到叶菲菲在下班后没有跟任何人有过联络，这奠定了他的怀疑——叶菲菲应该是在去谢凌云家的时候被绑架的，并且有人为了不让警察介入，特意使用叶菲菲的手机跟他保持联络。

有些累了，关琥靠在椅背上睡了过去，迷糊中忽然想到谢凌云没有身家，但李当归却大大的不同，假如谢凌云只是诱饵，幕后人的目的是绑架李当归的话，那赎金一定飙到亿万那么高。

更有可能绑架并不单纯是为了钱，而是为了获得更大的利益，要知道菲利克斯家族在德国的势力，这份势力直接影响到了政界甚至军方内部的操作，假如可以利用到的话，那将是一个非常有利并且强固的靠山。

关琥被自己的想法吓到了，打了个寒战醒了过来，周围有点冷，他打了个喷嚏，却看到李元丰站在对面看他，表情若有所思。

"你好像心事重重的。"李元丰说。

关琥在梦中的思绪被打断了，他不知道自己的猜测对不对，随口说："我在想史密斯的案子，总觉得哪里有问题。"

　　李元丰没再多问，转身走开，只丢下一句话，"你是个好警察。"

　　关琥耸耸肩，跟了上去，"我觉得这句话就跟被发好人卡一样，让人完全开心不起来。"

　　下午的工作同样简单而无聊，这给关琥提供了继续深思的机会，但手头上的线索太少，他想来想去也没有理清头绪，到了傍晚，他打算下班后再去一趟鑫源酒家，林晖峰的秘书突然来通知说晚上临时插进一个商界联谊酒会，林晖峰被邀请参加，为了他的安全，所有保镖都要随行出席。

　　关琥忍不住在心里骂脏话了，很想问为什么要去参加商界的联谊酒会，但这不是他能发表建议的事情，林晖峰要出席，作为保镖，他的工作就是随时保护要员的人身安全，仅此而已。

　　大家没有吃晚饭，因为秘书说为了不引起怀疑，他们将作为普通工作人员参加酒会，晚餐也可以在酒会上解决。

　　时间安排好后，其他保镖跟林晖峰同坐一辆车先走，关琥和李元丰还有另外两名保镖坐另一辆车在后面跟随，路上趁着等红灯，关琥特意对着后视镜整理自己的衣着跟发型，以保证在出席酒会时不出洋相。

　　李元丰忍不住吐槽他，"关琥，你的身份是保镖，不用这么臭美吧？"

　　"你懂什么？随时随地注重自己的形象，这才能称得上是有品位的男人。"

　　坐在后排座上的保镖也说："听说酒会是亚太经济协会的首脑举办

的，今晚会有不少大人物出席，运气好的话，还能跟当红明星合影呢，是要好好打扮一下。"

对他们这些小人物来说，能在这样的宴会中增长见闻，并且有幸近距离接触到明星，是件很幸运的事，不过关琥只在意他能吃到什么丰盛的晚餐，要知道这样的夜宴平时可是很难遇上的。

至于女明星，应该还没有他自身的形象重要。

换绿灯了，关琥踩动油门，将车开过十字路口，对面的车辆也开始行驶，在跟其中一辆车擦肩而过时，关琥无意中发现开车的居然是萧白夜。

不过车不是萧白夜的，关琥有点惊讶，不免多看了几眼，发现有个半秃顶的外国男人坐在萧白夜的身旁，两人正在交谈，再加上关琥的车窗做了特别处理，萧白夜完全没有注意到他。

车开过去了，李元丰发现关琥不断地看后视镜，问："你在看什么？"

"没什么，可能是认错人了。"

萧白夜开的不是警局的配车，也不是他自己的车，关琥猜想他是在办案，车里还有其他人，他含糊了一句，把话岔开了。

酒宴设在国际贸易酒店三楼的大餐厅里，这一整层都由举办方包了下来，宴会采取自助餐方式，酒具器皿都是选用的上等精品，餐厅内部也布置得高贵奢华，大厅正中悬挂着水晶大吊灯，光芒相互辉映，锦簇炫目，人一进去，就先被灯光晃花了眼睛，更别说那些举杯谈笑的贵妇名媛，一个个都满身的珠宝光气，只恨不得把会场上所有人的目光都吸引到自己身上。

这些不同的光芒汇总在一起，凝聚成耀眼的绚丽色彩，让人有种误踏入不同世界的错觉，跟关琥同来的几个人进入会场后，就照事先安排的分别站到离林晖峰不远的地方，关琥跟李元丰则负责观察全场的动向，还有确认靠近林晖峰的人是否可疑等等。

关琥站在属于自己的岗位上，观察着会场的状况，顺便扫描食物，肚子饿了，他现在无比期盼林晖峰赶紧上台致辞完毕，他就可以开动伙食了。

林晖峰大概抱着跟关琥同样的想法，他的演讲很简短，英语跟汉语加起来不到两分钟就说完了。

掌声过后，主办人再次向大家行礼致谢，那是个六十多岁扎着小辫子的外国老头，他叫什么关琥没留意，只觉得他气质很好，身边不乏美女贴靠，林晖峰跟他谈笑风生，看起来两人很熟稔。

宴会气氛欢腾融洽，端着各种糕点名酒的侍应生很有礼地在宾客之间穿梭，美女们三三两两凑在一起，大胆地展示她们的服装跟首饰，男人则重在谈论商业经济等话题，关琥观察了一会儿，觉得除了档次不同外，这个酒会跟普通宴会没什么区别。

现在他只希望林晖峰不要在这里待很久，他早点回家的话，自己也可以有时间去查案。

侍应生从身旁经过，关琥随手从托盘里取了一盘点心正要品尝，小拇指突然传来疼痛，跟昨晚相同的痛感，让他一下子失去了食欲。

关琥放下盘子，环视四周，没发现属于艾米的身影，但戒指发出感应，就代表了眼下的状况没有看上去那么平和，他留心观察周围，掏手机准备联络李元丰，一张纸条随着他的动作飘了出来。

他捡起来，就见纸条上写了四个字——小心饮食。

字迹歪歪扭扭，像是左手写的，关琥急忙将纸条攥进手心里，再次环视会场，想知道是谁把纸条塞给他的。

这种神不知鬼不觉的神偷之技是张燕铎最擅长的，但关琥确信今天他没有跟外人接触过，在会场中他又一直留神周围的状况，所以不可能有人靠近而他毫无觉察。

关琥的额头上冒出了冷汗，不管纸条上的提醒是不是真的，他都对眼前的美食提不起兴致了，一想到史密斯死前的惨状，他就不由得心里发毛。

他站在角落里观察了半天，没发现异常，只看到同来的保镖们都开始吃东西了，他羡慕地咽了口口水，正考虑要不要出去买瓶饮料喝，忽然看到林晖峰正在跟一个外国人聊天，那人他刚刚才见过的，就是坐在萧白夜车里的人。

难道组长也来了？

会场里的人太多，关琥没看到萧白夜，倒是李元丰走了过来，手里拿着放了点心的托盘，问："你不吃东西？"

"我……刚吃过，吃太饱。"

说话时，关琥听到了自己的肚子咕咕叫的声音，还好会场嘈杂，李元丰没听到，说："这是我刚选的，你也尝尝吧。"

"不用了……你也别吃了，我们是来工作的，一直吃东西不像话。"

关琥不由分说，夺过李元丰手里的托盘，放去对面桌上，又推推他的肩膀，示意他去做事。

其实在看到纸条后，关琥更想对全体会场人员大声说食物有问题，请停止饮食，但那样做不现实，只怕没等他说完，就会被"请"出去了，但至少他可以警告一下同事，尤其是李元丰，这家伙平时做事嚣张又刻薄，得罪了人被下降头的可能性实在是太大了。

大概是他的表情太严肃，李元丰没有反驳他，耸耸肩离开了，关琥又站了一会儿，忽然看到一个熟人迎面走来。

"我没看错吧？"看着西装革履的同事，关琥皱起眉，问："你应该是江开吧？"

"是我啊，平时不穿西装，偶尔穿一次，感觉全身都不舒服。"江开扭动着领带，发出抱怨。

"我的意思是问——你怎么会来这里？难道也是被派来当什么要员的保镖？"

"我们才没你那个好命呢，我们是来查案的，就是你说的那个乔尼·希尔，他也来参加酒会，头儿让我们盯着他，留意跟他有来往的所有人，老马跟盯珰也来了，我们分头行动，不管怎么说，这也算是美差了，可以顺便吃这么多美食。"

江开说着话，将餐盘里的糕点塞进了嘴里，关琥想拦他，已经晚了。

"别吃这里的东西，不干净。"

"我刚吃了鱼子酱，的确名不副实，我也怀疑回头可能会闹肚子。"

误会了关琥的话，江开随口说着，又开始吃另一盘点心，见他吃了这么多，要中毒早就中毒了，关琥只好放弃了阻拦，问："哪个是希尔？"

"刚才还在呢，一转眼不知道去哪里了。"

江开打量四周，没找到了，他拿出手机给关琥看，"不过我有偷拍他几张照片，你按图索骥吧。"

照片亮到关琥面前，看到里面的人就是刚才跟林晖峰聊天的秃头男人，他一愣，把手机一把夺过来，滑动屏幕往下看。

里面几乎都是希尔跟别人的合照，有林晖峰，也有酒会的举办人，还有两个看似明星的女人，另外还有一个人关琥前不久才接触过，他在警务处做事，挑衅过李元丰，叫什么来着？

"这个人……刘……"关琥指着那个男人说。

"刘茂之，是个很会趋炎附势的家伙，"对视关琥投来的讶异目光，江开伸出大拇指往旁边指指，"老马说的，刚才看到他，老马就把他的八卦扒给我们听了。"

"等等等等，头儿是什么时候派你们过来的？他是不是也来了？"

情报冒出来得太突然，关琥好像懂了，又好像没懂，脑子里有点混乱——上午他跟萧白夜联络时萧白夜的反应；前不久萧白夜跟希尔同乘一辆车；现在又派属下暗中调查希尔，这几件事之间是不是有什么联系？

"命令是临时发的，不过头儿来没来不知道，有什么问题？"

关琥答不上来，将江开拍的照片传去自己的手机里，说："要是再拍到新的照片，记得传我一份。"

"哦。"

江开答应了，等他离开后，关琥除了留意林晖峰的举动外，还顺便观察其他人——希尔会在这里出现，出乎他的意料，更让他惊讶的是希尔跟政府官员认识，这会不会就是上头禁止他们调查史密斯之死的原因？

潜意识的作用下，关琥越发觉得小拇指不对劲了，他揉着指头扫视会场，宾客的喧闹声中夹杂着某种不和谐的音符，像是暴风雨来临前的先兆，关琥照张燕铎教给自己的做法，徐缓地深呼吸，让心绪保持镇静，这样他才可以辨明不和谐的地方在哪里。

僵尸事件中，虽然他最后康复了，但僵尸毒素并没有完全从他身上清除，所以他的感应力偶尔会超乎正常值，这种力量有时候会妨碍到他的生活，但是对一名警察来说，拥有这样的能力是幸运的，至少现在他可以不受噪声的影响，清楚听到远处不同的声音。

关琥屏气凝神，很快的，他明白了不和谐的原点在哪里，有人在拨动手枪的安全栓，这个声音他曾听过不下百次，绝对不会听错的。

林晖峰还在对面跟朋友谈话，他的附近站着保镖，看起来没什么不妥，但关琥无法控制心头的不安，他离开自己的岗位，拨开人群，朝林晖峰的方向走去。

他不知道狙击手的目标是谁，但作为保镖，他首先要做的是确保林晖峰的安全。

路走到一半被挡住了，一位名媛正在向同伴展示她的钻石戒指，大家围成一圈，让关琥无法顺利通行，他只好绕路过去，半路却被叫住了，李元丰追上来，问："你怎么了？"

"没什么。"关琥无视他，继续快步往前走。

李元丰跟在后面，又问："是不是出了什么事？"

"我不知道，只是觉得或许有危险。"

"谁有危险？"

关琥答不上来，他凝起神，希望再次听到拉动枪栓的声音，谁知就在这时，前方传来宾客的惊叫声，随即大家纷纷向周围闪避。

由于动作太急促，有人被长裙绊倒在地，害得其他人也陆续摔倒，顿时求救声哭叫声混作一团，欢乐的宴会气氛一转，空间里充满了紧张慌乱的气息。

眼前被突然大批涌来的宾客挡住，关琥不知道出了什么事，推开他们，穿过人群往前跑，就见会场当中空出一大片，有人蜷着身躯，在地上扭曲翻滚，桌布在他的挣扎中被扯落了，导致桌上摆放的餐盘碗碟摔了一地，不同的食物在他的翻滚下被碾到一起，红红绿绿的摊开，再被灯光照射，映出诡异的颜色。

关琥冲过去，但是在看到挣扎者的状况后，又情不自禁地退了两步。

他认识林晖峰的西装领带，但这张异常肿胀的脸让他不敢确认对方的身份，周围的人叫的叫逃的逃，其他几名保镖也都吓呆了，想要靠近，看到林晖峰的状况后，又本能地向后躲。

这些人都是经过特别训练的有经验有能力的保镖，但是他们却不擅长处理这种诡异的状况。

就像现在，林晖峰的脸陡然间鼓起来，像是脸骨里有个圆盘撑住了一样，导致五官在挤压中变得异常微小，他本人因为痛苦不断地发出咳咳叫声，一只手用力扣住喉咙，另一只手伸进口中，努力地抠挖着，整张脸涨得比猪肝还要红，身体剧烈扭动着，一开始动作很迅速，但没多久就变得缓慢，脚后跟交替着蹭动地面，做出垂死挣扎。

关琥听到人群里传来干呕的声音，面对这种画面，会作呕是正常的，见保镖们一个个呆若木鸡，他吼道："快报警！叫救护车！"

江开跟老马及时赶到，听了这话，急忙报警，蒋玎珰跑出去联络酒店负责人，关琥想就近观察林晖峰的病情，但刚一靠近，就被他伸腿踢了过来，水晶灯的强光照射下，他看到一些小虫子从林晖峰的口鼻还有耳朵眼睛里爬了出来。

关琥打了个寒战，即使他亲手处理过各种诡异案件，也无法在这样的状况下保持冷静，大声喝问："刚才出了什么事？林先生怎么会突然变成这样？"

"不知道，前一秒他还很正常的，在……在跟人聊天，"一个保镖结结巴巴地回道："然后他喝了一杯酒，就、就变成这样了。"

"是什么酒？"

"红葡萄酒，那瓶……"

顺着保镖手指的方向，关琥看到了长桌上放的一排酒瓶，那都是供客人随意选用的自助酒类，每个人都在喝，如果酒里有问题，那其他人也会有中毒迹象，可是现在看来，出事的只有林晖峰。

他又看向周围的宾客，一些胆小的已经跑了出去，但宴会的负责人还有主宾都站在附近，大家表现得还算镇定，主办人还凑过来想查看林晖峰的状况，却被他夸张的挣扎方式吓到，慌慌张张地退开了，双手不断在胸前画着十字，做出祈祷的状态。

关琥没心思去留意其他人的反应，忍住肠胃里翻腾的不适感观察林晖峰的状况，看着他的动作逐渐缓慢下来，他从吓傻了的侍应生手里夺下他的手套戴上，小心翼翼地靠近，蹲下来搭住林晖峰手腕上的脉搏。

林晖峰的脉搏跳动超乎了正常的范围，呼吸也异常急促，眼睛上翻，露出大半的眼白，一些幼虫从他的七窍里爬出来，他的嘴巴痉挛似的颤抖着，像是在说什么，却无法听清，四肢间断性地抽搐着，以关琥的经验来看，他撑不了多久了。

关琥伸手握拳，击打林晖峰的心脏，在重力的刺激下，林晖峰稍微清醒了一些，停止了抽搐，关琥趁机问："是谁害你的？你接触过什么人？吃过什么？"

他救不了林晖峰，但作为警察，他可以帮林晖峰找出凶手，所以在林晖峰弥留之际，他的每句话每个字都极为重要。

"钱……小……降……头……"

林晖峰的嘴巴开阖着，半天才吐出几个字，这是他说的最后一句话，接着头便向旁边一歪，停止了呼吸，眼睛仍然瞪得大大的，让他充血外凸的眼珠显得更惊悚。

那些虫子还在争先恐后地往外爬，关琥放弃了对林晖峰的救助，观察虫子，发现是蜘蛛跟蜈蚣等毒物的幼虫，他担心会有病菌传染，向后退开。

李元丰站在旁边，像是看傻了，半天才说："怎么看起来像是中了降头，就像史密斯那样子……"

"说不定真是中了降头。"

关琥不信邪术，现在他更倾向于这是利用病菌或寄生虫害人的邪恶手段。

出现了死亡事件，周围的状况变得更混乱了，尖叫声呕吐声不绝入耳，关琥反而冷静了下来，站起身掏出手机准备联络总部——死者身上可能带有未知的病菌，为了防止病菌感染，他需要特殊部门的支援。

但就在他把手机搭到耳边的一瞬间，怪异的心房鼓动声再次传来，在嘈杂的会场当中，他清楚地听到了扣动扳机的声音。

危险来袭，关琥本能地向旁边闪去，几乎与此同时，枪声响了起来，却不是冲他，而是打中了他身旁的李元丰。

手枪加了消音器，开枪没有引起太大的恐慌，但它的威力却是强大的，李元丰前胸中枪，被震得向后跌去，周围宾客发出尖叫，继续向后躲避，关琥回过头，就看到李元丰平躺在地上，上半身被人群遮住了，看不清伤势。

宾客在枪声过后不久，又再次骚动起来，尖叫着向外跑去，这次连宴会主办者跟负责人也包含在内，在发现生命受到威胁时，大家都争先恐后地逃窜，导致现场更混乱了，江开等人极力维持秩序，却是螳臂当车，反而被人群带动着向外挪去。

关琥迅速摘了手套，掏出手枪，越过在身边疯狂奔跑的众人，冲到李元丰身旁，李元丰挣扎着爬起来，他胸前的衣服破了个大洞，却没有流血。

关琥抓住他的肩膀，帮他坐起来，确认他没事后，松了口气，说："感谢头儿让我们穿避弹衣。"

"感谢避弹衣的高效能。"

李元丰喘息着附和，同时从腰间拔出手枪，推枪上膛，做出反击的架势。

关琥做出跟他相同的动作，迎着跑过来的人群向前冲，他相信凶手还在宾客当中，他没有得手，一定还会再次发起攻击。

这时会场变得更乱了，只有林晖峰躺倒的地方腾出一大片空地，关琥连叫几声保护现场，却根本控制不住混乱的场面，人流汹涌如潮，瞬间就跑出去了大半，关琥只能专注精神，侧耳倾听周围是否有异常的响声。

很快的，他再次寻到了响声的源头，立刻举枪指过去，却在下一秒愣住了，在混乱的人群中他看到了一张熟悉的脸庞。

那是属于张燕铎的脸，尽管周围有很多人，却遮不住他的存在，他手中拿着枪，朝这边指过来，关琥晃了一下神，张燕铎的出现太突然，让他一时间无法确定自己该怎么应付。

就在这时，头顶传来巨响，还伴随着众人的惊叫声，关琥抬起头，就见头顶骤然间异常的耀眼，原本悬挂在大厅正中的多层水晶吊灯被子弹连续打到，向他当头坠落下来。

千钧一发之际，关琥的肩头被抓住，强烈的撞击下，他被扯着向前扑倒。

几乎在他倒地的瞬间，大型水晶灯落到了他身旁，就在他眼前炸开，响声震得他双耳轰鸣，水晶碎片排山倒海般地向四周飞溅，光华晃得他睁不开眼睛，慌忙抬手遮住头脸，以防被飞来的碎片刺伤。

震响回荡了好久才逐渐停止，等关琥的视力慢慢适应过来，他看到了面前溅了一地的玻璃碎片跟庞大的灯具，衣服上也沾满了亮晶晶的碎玻璃碴，周围的人都吓得傻掉了，空间里有好一阵的寂静。

想到几十公斤重的水晶灯砸到身上将会造成的后果，关琥的额头上冒出了冷汗，缓过神后的第一件事就是寻找及时将自己撞开的人，但现场乱成一片，除了站在不远处吓得脸色惨白的李元丰，他没看到熟人。

"关琥你怎么样？"江开跟老马赶了回来，看到这一幕，急忙问道。

耳膜还没有完全从震响中缓过来，他们的声音在关琥听来有些遥远，随口应付着，双手握枪迅速看向四周。

此时大厅里的人已经不多了，张燕铎的身影浮光掠影般的闪过后，也消失无踪，呻吟声此起彼伏，却是被水晶灯砸到的伤员发出来的，地上到处都是血，突然之间无法确认他们的伤势轻重。

关琥脸沉似水，听到警笛声由远及近地传来，他对同事说："照顾好这些人，保护现场！"

"这、这还有保护的必要吗？"

看着眼前像是被龙卷风袭击过后的会场，江开整张脸都皱成了苦瓜状，老马见关琥冲出去，叫道："你去哪里？"

"捉贼！"

这两个字落下的时候，关琥已经跑出了会场。

会场外的气氛同样很混乱，许多人跑出大厅后直接去了楼下，也有一部分人聚集在外面观察情况，看到关琥持枪冲出来，脸上身上溅了斑斑点点的血迹，不知道他的身份，吓得纷纷躲避。

这给关琥的追踪提供了便利，他穿过人群跑到楼梯栏杆前，攀着栏杆往酒店的楼下大厅看，下面也有不少人，但没有张燕铎的踪迹，他恨恨地捶了一下栏杆，又转头看向人群，就见不远处一个黑色人影一晃，依稀是张燕铎的身形。

关琥追着那人跑了过去，一直追到紧急出口前，男人冲了进去，门板在撞动下来回剧烈地晃动着，被关琥一脚踢开，为了不中埋伏，他在进去的同时扣下扳机。

枪声响起，让楼梯上的脚步声陡然止住，关琥冲进去，张燕铎已经跑到了楼下拐角，看到他，立刻冲他举枪，关琥没有躲闪，迎着枪口举起自己的双枪，喝道："开枪啊，有本事就比比谁的枪法快！"

没想到他的应战方式这么直接，男人一愣，关琥冷笑道："真是孬种，玩暗杀还套用别人的脸皮，你根本就不是张燕铎！"

不错，张燕铎永远都不会把枪口对准他，更不会在他面前肆无忌惮地杀人，他刚才被骗了一次，但不会被骗第二次。

确定这是个假货后，关琥扣下扳机，杀手闪身避开，也冲着他连射几枪，趁着关琥躲避，他飞快地向下跑去，关琥紧跟而上，但没跑几步，就见一个冒着白烟的椭圆物体飞了过来。

关琥还以为是炸弹，挥起枪管将那东西撞开了，谁知随着物体飞舞，呛鼻的白雾瞬间弥漫了周围的空间，关琥被呛得泪涕齐流，眼睛完全睁不开，这才知道是催泪弹。

"你爷爷的！"

他在雾气中挥舞着手脚，骂了句脏话，却导致气体呛进喉管里，引发一连串的咳嗽，只好用手捂着口鼻，另一只手在空中胡乱挥舞，拨开迷雾，顺着楼梯慢慢往下蹭。

等他好不容易跑到一楼，从紧急出口冲到酒店大厅，那里已被赶来的警察包围了，伪装成张燕铎的凶手早已不知去向。

为了不造成误会，关琥提前掏出警察证亮出来，一路跑出了酒店，就见酒店门口也围满了警车跟救护车，数名警察在维持现场秩序，他从手机里调出张燕铎的照片给同事看，问他们是否有看到这个人，其中一名警察指着远处不肯定地说，好像有个长得类似的人刚开车离开，车型是银色奥迪 A1。

关琥拨开人群冲到马路上，车流来来往往，挡住了那辆车的行踪，他气得一脚踹在台阶上，转过身准备找同事借车，一辆黑色轿车冲到了他身边，车门自动打开，里面的人招手让他上车。

一瞬间，关琥还以为是真正的张燕铎出现了，上了车才发现是李元丰，他很惊讶，"怎么是你？"

"那混蛋差点杀了我，不干掉他，我实在对不起自己。"

李元丰脸色冷峻，跟他平时刻薄又怕事的形象完全不同，等关琥坐好，他一扳手档，踩油门朝前冲去。

李元丰驾驶手法娴熟，不时转换车档，在密集的车流之间轻松地闯出道路，偶尔撞到两边的车辆，惹来咒骂声跟警告的喇叭声，他完全不在意，反而继续加快车速，关琥没想到他开车这么猛，在几次连续撞击后，他终于忍不住了，问："这是你的车？"

"不是，刚才看到它停在门口，没上锁，就顺手了。"

"……"关琥终于见识到了比张燕铎更彪悍的人格，说："这算是偷窃吧？"

"在警察执法时，任何公民都有提供帮助的义务，大不了回头赔钱给他。"

"只要账单不寄给我，怎么都好说。"

说话间，车外又陆续响起砰砰砰的撞击声，李元丰开车跟张燕铎一样快，但他的驾技与其说是好，倒不如说是疯狂，反正车不是他的，撞了也不心疼，但对于被撞得不时东倒西歪的东西来说，这并不是一个好的体验，关琥甚至怀疑在没追上歹徒之前，他就先被撞昏了。

为了保证生命安全，关琥系好安全带，他缓了口气，这才感觉到脸颊上的疼痛，凑到后视镜一看，就见脸上有好多小划伤，都是被水晶灯的碎片划到的，伤口不深，但乍看去还是很惊悚。

"我去，我要是破面了，绝对不会放过那些人！"

"难道不受伤，你就会放过他们？"

"至少可以让他们死得痛快些。"

"记得在杀人之前录口供。"

"我会记得的。"

在这种疯狂的风驰电掣后，他们终于远远看到了一辆奥迪的车屁股，李元丰问："好像是这辆车？"

"不知道，我只知道歹徒是个化妆成张燕铎的家伙，能不能再接近一些？"

"小意思。"

李元丰说完，继续加车速，那勇猛的开车架势，根本是把车水马龙的道路当作无人之境，关琥已经习惯了不时从外面传来的刹车声，紧盯着奥迪，随口问："你是在哪儿考的驾照？"

"怎么？被我的车技感动了？"

"不，我只是想建议今后考驾照的朋友，一定不要去那家。"

"其实我的驾技是无师自通的，我好像没说过想当年叛逆期的时候，我在飙车界的外号叫小霸王。"

"这名字让我品味到了浓浓的时代气息。"

两辆车之间的距离越拉越近，李元丰踩着油门直接将车头撞到了人家的车屁股上，砰的响声中，关琥的身体被带动着前后猛地一晃，要不是在僵尸事件中他见识过张燕铎的飙车技术，学到了一些应对技巧，被这样折腾的话，一定会扑出去的。

他紧握手枪，做出备战的状态，叹道："看来这种撞击法是飙车族的必备技能之一。"

接下来的话淹没在了再次响起的撞击声中，关琥竭力稳住平衡，问："你确定你没撞错目标？"

李元丰给了他一个很无语的回答，"不知道，先撞了再说。"

他们很幸运，没有撞错车，在撞到第三下时，前面传来枪响，为了躲避子弹，李元丰把车头转开了，对关琥说："该你了。"

这时车辆已经开到了偏僻的地段，车道上几乎看不到其他的车，这给李元丰提供了继续加速的机会，两车的距离再一次拉近，很快就呈平行奔跑的状态。

看到车里那张形似张燕铎的脸庞，关琥冲他开了一枪，叫道："你是不是长得很丑啊，才不得不顶着别人的脸出来现眼？"

奥迪驾驶座的车窗被打碎了，但凶手躲开了子弹，他沉着脸一言不发，挺枪回击，子弹射在车门上，发出清脆的响声。

关琥俯身躲避，把枪口搭在窗上，靠感觉辨认凶手的位置，连续扣着扳机。

不知道子弹都射去了哪里，外面不时响起噼里啪啦的声音，紧接着是车轮在道路上滑动的摩擦声，他在嘴里嘟囔道："我最讨厌玩飙车枪战片了。"

话音刚落，两车又撞到了一起，却是李元丰扭动方向盘，迎着对方的车身冲了过去，关琥趁机又是几枪，那人好像受伤了，发出嘿的叫声，慌慌张张地把车转去另一边。

这反应让关琥放下了心，他本来担心乔装打扮的是吴钩，不过吴钩没这么怂，射击应该也没这么差，他士气大振，给李元丰打了个手势，让他继续靠近，谁知就在这时，他们的车后传来轰响，轿车被撞得向前滑去，他们两人也被惯性带动着同时往前猛扑。

"靠，怎么回事？"

关琥趴在前面的桌板上转头看去，却什么都没看到，车后窗像是被什么挡住了，一片黑乎乎的，他还要细看，就听撞响再次传来，后窗被撞碎了，玻璃碎片一齐飞进车里，他们的车也随着向前滑行，跟后面追尾的车辆暂时拉开了距离。

借着两旁路灯的光芒，关琥这才看到挡住车窗的原来是一辆大型集装箱货车，货车车盘很高，光是车头就高出了他们的车一大截，如果继续撞下去的话，他们的车被卷进对方车轮下的可能性很大，他急忙给李元丰打手势，让他加快车速。

为了躲避货车的威胁，李元丰只好踩紧油门向前直冲，至于那位被他们追得很狼狈的凶手，一转眼就不知被甩去了哪里。

他们的车速快，但货车的车速更快，只要李元丰稍有减速，车屁股就会被撞到，几次下来，即使不用看，关琥也想象得出这辆车的后面该是怎样的惨状，偏偏货车的车盘比他们的高很多，想开枪都找不到下手的位置。

关琥只好开着枪做出威胁，抽空对李元丰说："我们还是选择跑路吧。"

"我一直是这样想的。"

"那还等什么？快加速啊小霸王！"

"这已经是最快的速度了，关先生。"

李元丰的话里透着深深的无奈，不过为了逃命，即使无奈，他也要全力以赴，将车头来回摇摆着，以图躲开货车的追击，看到小路，他直接冲了进去，这样的状况持续了十几分钟，后面属于货车的噪声终于渐渐变远了。

关琥松了口气，抹了把额头上的冷汗，放下枪的时候，他发现自己的手都在发抖。

"好像没事了哈。"

"好像……"

"我觉得利用车的优势搞撞击这种行为实在太恶劣了。"

"如果货车是你开的话，你一定不会这样说。"

"所以我决定如果将来遇到设计我们的家伙，我一定也用货车撞他们，让他们尝尝这个滋味。"

李元丰看了关琥一眼，很想说先生你的大脑思维是不是也被撞混乱了，说了半天，到底是对撞车行为批判还是认可？

轿车在不知名的道路上飞速行驶着，路途不平，导致轿车不时颠簸起来，两旁没有路灯，关琥转头看后面，没有看到车灯的光亮，他说："那家伙应该没追来，你可以放慢车速了。"

李元丰没回答，双手握着方向盘，目视前方，保持冷峻的表情。

过了好半天，关琥发觉车速完全没减下来，他转回身，说："警报解除了，你还这么拼干什么？"

"不是我想拼，而是我停不下来，"李元丰不断地转动方向盘，又猛踩刹车，焦躁地说："刹车踏板失灵了，怎么踩都没用。"

"不是吧？"

"你看我像是在开玩笑吗？还不快想办法，看要不要跳车？"

在时速一百的状态下跳车？

关琥觉得头大了，转头看外面，四周一片漆黑，看不清两边的道路状况，贸然跳车会很危险，他去搜车上的 GPS，不幸的是，那东西早在撞击中报废了，只好转为用手机定位，这才发现他们早出了郊外，不远处就是海边了，他们现在正在冲向海岸线的路上。

难怪周围会坑洼不平了，原来到了入海口的山路，关琥自嘲地说："你还真会开啊，是不是打算一口气开进海里？"

"这时候你还说风凉话，快点想想该怎么办。"

李元丰边说边往外面看，但夜色太黑，车速又太快，根本找不到可以安全跳车的地方，他皱起眉头，见关琥不说话，只好先发问："要不要赌一把？"

"我觉得你这种赌法把命赔掉的概率更大。"

事到如今，关琥反而冷静了下来，滑动着手机的定位屏幕，说："加速好了。"

"啊哈？"

"加速装置应该没出问题吧？那就加到最高挡，照我说的方向开，在五分钟后我们可以享受到云霄飞车的乐趣。"

身处极端危险当中，李元丰没反驳，顺从地照他的吩咐做了，在不断的提速中，问："你不会是想跳海吧？"

"用现在这个高度来分析，跳海比你跳车的安全系数要高得多，对了，你会游水吧？"

"会，想当年我是泗水小霸王。"

关琥不知道李元丰是在开玩笑还是说真的，说："那现在我们就再霸王一次吧。"

随着速度的加快，轿车几乎变成了在地面上弹跳，关琥不得不用力抓住把手，才能保证自己不被甩出去，眼看着手机里的 GPS 显示，他们已经快到崖边了，他让李元丰注意，做出冲去围栏的准备。

就在这时，后面闪过光亮，关琥回头一看，被货车突然打亮的前照灯光芒晃得睁不开眼睛，急忙用手遮住，骂道："他爷爷的，他还真是阴魂不散啊！"

"不是吧？"李元丰也看到了那辆差点要了他们命的货车，叫道："他们居然追来了。"

"嗯，他们让我切身感受到了什么叫执念。"

"关琥你脑壳坏掉了吧，这时候还有心情开玩笑。"

"我是为了缓解你的紧张，比起被货车撞进海里，我们自动投海的生存率更大。"

"你是要我再提速是吧，可这已经是极限了。"

"生命可以自己找到出路的，谢谢。"

李元丰被关琥打败了，要不是双手腾不出空，他真想揍这家伙，一边爆着粗口一边照他说的方向冲去，就在货车快接近他们的那瞬间，轿车冲出了围栏，向着海面坠落。

"跳！"眼看着海面近在眼前，关琥大声喝道。

他纵身跳出了车厢，几乎同一时间，他就被海水吞没了，海水冰冷，在强烈的冲击下，他的神智有短暂的腾空，但随即就被疼痛刺激醒了，脸上受伤的地方被海水浸到，火辣辣的疼。

关琥以最快的速度脱了外衣，划动双臂钻出海面，想寻找李元丰的踪迹，但海面太暗，别说找人，连轿车在哪里都看不到。

他心里有些焦急，伸手抹了把脸上的海水，大声呼叫李元丰的名字，但刚叫了两声，就看到山腰上闪过光亮，像是货车的灯光，随即尖锐声划过夜空，向他射来。

关琥看不清那是什么，但直觉感到不妙，急忙吸气，重新汹入水中，没等他向下方游很远，就感觉到剧烈的波荡传来，海面被火光笼罩了，强大的气流迅速向四面蔓延，震得海水冲起丈高的浪花，伴随着火苗在海面上翻腾咆哮。

关琥也被震荡波及，冲力震得他全身酸痛，真想大叫出来，却知道这里不可以停留，他咬牙忍住痛，划动双臂向前游去，就听随后又传来几次震荡，空间这才逐渐静下来。

关琥不知道敌人还会在海上攻击多久，他不敢回头，憋着气用力划动四肢，只觉得脑袋沉甸甸的，有种想睡过去的困乏感，他咬了下舌头，在疼痛的刺激下，神智稍微清醒，凭着感觉向前游着，直到无法再憋气，这才游上海面大口呼吸。

海水浮浮沉沉，寂静无声，既找不到李元丰跟车辆的踪影，也看不到敌人在哪里，远方偶尔闪过微光，像是灯塔的光芒，冷风吹来，他打了个寒战，又连打几个喷嚏，觉得自己的感冒又加重了。

划动着麻木的四肢，关琥竭力向岸边游去，他的方向感很好，运气也很好，在一番努力后，终于看到了海滩，海水逐渐变浅，让他不用再像刚才那样费力地游泳。

等四肢接触到柔软的海沙，关琥体会到了所谓筋疲力尽的感觉，他的脑袋更晕了，几乎站立不稳，又连游带爬地往前挪动了一会儿，只觉得双腿像是灌了铅，迈一步都是一种惩罚，他索性放弃了，向前一扑，直接趴在了海滩上，大口喘息起来。

海风呼啸着刮过，带来一种不属于静夜里的危险气息，关琥马上感觉到不对劲，但还没等他有所行动，就听四周脚步声杂沓，很快就冲到了他面前，将他团团围住，他仰起头，看到微弱的月光下站着四五个身材高大的男人。

这些人都穿着军用服装，手持冲锋枪，枪口一起对准他，看那熟练敏捷的动作，他们的身份应该是职业军人，现在只要他的对应稍有差池，就会被射成马蜂窝。

意识到眼下的危险状况后，关琥首先做出的反应是——"不需要这么大的阵仗吧？"

回应他的是迎面挥来的枪把，硬物砸在关琥的脑门上，在失去意识的那瞬间，他只来得及说出一句话。

"靠，怎么每个人都喜欢玩这招。"

接下来昏睡了多久，关琥完全没印象了，他只记得自己睁开眼睛时，不断晃过脸上的亮光。

他平躺在床上，房间不大，只在墙角亮了一盏地灯，让空间多了层阴暗的色彩，周围没有什么布置，墙上贴的年画晒得掉了颜色，有些地方的壁纸翻卷起来，带着年代的痕迹。

晃醒他的灯光来自窗外——他的床正对着窗，那是两扇样式很旧的木框方格窗户，现在几乎看不到了，窗外挂着一个大灯泡，风吹过时，灯泡左右晃动，在房间里投出一层层光影。

木床随着关琥坐起发出吱呀响声，反而衬托得空间更加寂静，突然起身让关琥的头晕了一下，脸上有些发胀，还好没有痛感，他揉着两边的太阳穴，又低头看看自己的装束，他随身带的东西都被搜走了，现在全身上下只有一件普通的单衣，也不是他昏迷前穿的那套。

看来在他昏迷的时候，有人帮他换了衣服，衣服有点薄，失去了棉被的包裹，关琥感到了冷意，不过状况比他想象中要好，他还以为在被暴力打晕后，醒来时会是枷锁加身呢。

这又是哪里？难道在他失去意识的时候，同事将他从敌人手里救了出来？

随着意识的逐渐清醒，关琥否定了这个可能性——假如救他的是同事，那他现在应该在医院里，而不是这种偏僻又复古的地方。

为了解惑，关琥下了床，床头搭了一件半长的外套，他随手拿起，穿到了身上，推门走了出去。

外面是一条同样阴暗的走廊，木质地板在脚步的踩动下发出吱呀吱呀的响声，房子里好像没有人，走廊尽头有扇小门，关琥走过去拧动门把，把门打开了。

随着开门，冷风呼地吹了进来，关琥来到外面，看到了那个在他的窗檐下晃动的灯泡，灯光照着青石板地面，道路不宽，向前徐缓延伸，两旁林立着普通的住家跟小卖店，有些木质楼房的屋檐下挂着红灯笼，站在街面上看过去，让人感觉进入了民宿旅游区。

已是傍晚，行人不多，不远处传来说话声，关琥顺声走过去，发现是小卖店的老板在看电视。

店铺的门帘往上卷起，里面放了一些日常生活用品跟民俗工艺品，柜台对面还摆放着两张桌椅，看到他，老板随口问："要点什么？"

带了轻微方言的说话声，虽然听得懂，却让人不太适应，被搭讪，关琥突然想到——他被打晕时是深夜，现在又是晚上，也就是说他至少昏睡了一天。

见他不说话，老板没再问，又转回头看电视。

电视里正在播放新闻，记者身后的背景是国际贸易酒店，现场停放着很多警车跟救护车，有伤员陆续被抬上救护车，看到那是有关枪击事件的报道，关琥的注意力马上被吸引了过去。

新闻下方滑动的横条提示这是重播新闻，记者对着镜头讲解了没多久，画面就转到了针对这次的暴力枪击事件，警方高层所做出的回应片段。

先讲话的是个胖胖的中年男人，其后是个比较干瘦的老人家，屏幕下方分别打出了他们的姓名跟职务，胖子是警务处副处长萧炎，这个人关琥认识，知道他就是跟萧白夜八竿子打不到一起的亲戚，另一位干瘦的人是高级助理处长陈世天，也是个在警界中举足轻重的人物。

但是这两位警界高官所做出的反应让关琥很失望，他们冠冕堂皇地说了很多场面上的话，却对如何解决问题只字不提，记者再追问下去，得到的回答就是因事件尚在调查中，为了保证相关人员的人身安全，具体情况他们无可奉告。

"无可奉告"真是个最常用的社交术语，当遇到不想回答的问题时，它简直是所有高层的爱用语，不过这不能怪他们，因为即使是被卷进事件当中的关琥，都无法探明其中的真相。

看看新闻报道的时间，再看看放在柜台上的电子钟，关琥确信了自己完整昏迷了一整天。到了晚餐的时间，店铺里面传来饭香，关琥感到饥饿，摸摸肚子，又摸摸口袋，侥幸地期盼自己能找到零钱买东西。

零钱没找到，他却听到有人在叫自己的名字，是从电视里传来的。

关琥抬起头，看到新闻报道员正在公布在枪击事件中殉职的警员名单，他的名字首当其冲，其次是李元丰，报道的同时，电视屏幕里显示出关琥的照片，旁边并列的还有李元丰，照片下方是他们的生卒年月日，还有他们参加工作的时间。

关琥的嘴巴张大了。

新闻还在往下播放，但都没有进入关琥的脑子里，他现在大脑里不断循环的只有一件事——他没死好吧，这是哪家电视台这么不负责任！

等等，没有警方提供资料，电视台就算想搞噱头，也不敢报道他的个人情报，所以是——他的死亡已被警方认可了？

想到这个可能性，关琥急了，见老板要换台，他急忙拦住，叫道："再看看，再看看。"

"有什么好看的？今天一天都在播放这东西，还以为有进展了，结果还是老生常谈。"

关琥无视老板的牢骚，探身抢过遥控器，就见新闻镜头拉到海岸附近，记者在现场做采访，报道说殉职的两名警员是在跟歹徒的追击中落海的。

坠海的轿车跟李元丰的尸体已经被打捞到了，关琥的尸体一直没有找到，不过根据当晚的气温还有他们坠海的状况来分析，关琥已经遇难。

新闻声称关琥殉职前曾与案犯有过接触，他手上掌握了大量的与案件有关的线索，但由于他的死亡，导致案情再度陷入胶着阶段，不过警方声称会加派侦查人员，尽快侦破此案等等。

至于林晖峰的离奇暴死部分，新闻里完全没有提到，点到为止地播放了酒店内部的枪击事件后，就切换了其他的新闻，关琥越看越觉得心口堵得慌，见新闻就这样没头没尾地结束了，他立刻换其他新闻台，老板想抢回遥控器，被他闪身避开。

"再让我看会这则新闻，它的报道有问题。"

他不知道记者口中所谓的"据称"是从哪里弄到的消息，但这种不负责的说法太令人气愤了，他根本没有掌握任何线索，还说跟案犯有过接触？他从头至尾就不知道凶手是谁啊！

越想越气恼，关琥掏手机，在口袋里摸了个空后，才想到手机早被收走了，看到柜台上放的电话，他伸手去拿话筒，被老板一把按住，叫道："拜托，这不是免费电话。"

"我知道不是免费，我会给你钱的，请让我先打个电话。"

"你这人很奇怪啊，我这也不是收费电话，你不买东西就快走吧，不要在这里妨碍我做生意。"

"我只是要打个电话，这对我很重要的，你知不知道这新闻报道有问题，我就是那个警察，我根本就没死！"

"神经病啊你，玩什么不好，玩死人扮演，看你这怂样，哪里像警察？"

"你！"

关琥气得说不出话来。

他好歹也做警察很多年了，论长相也是一表人才，怎么就怂了？根本就是老板看他没钱，所以才这种态度。

关琥急着打电话，放弃跟老板纠缠，探过身去抢电话机，谁知一抬头，刚好看到对面架子上的玻璃窗，灯光将一个胖乎乎的男人脸庞映在玻璃上。

他还以为是有人站在自己身后，急忙回头去看，却连个人影都没看到，店里只有他跟老板两个人，老板站在他的对面，所以玻璃窗映出来的人只有他自己。

突然之间，关琥没弄懂发生了什么事，茫茫然地转头看四周，玻璃上的胖男人也跟着他做出相同的动作，他急忙抬起手摸自己的脸，对面的胖子也开始摸脸，他又往前凑凑，于是玻璃上的模样变得更清楚了，男人的脸很肥胖，眼睛睁得大大的，里面充满了惊恐跟不安。

这画面看得关琥不由得后心发凉，不是因为男人的长相太可怕，而是他弄明白了一件事——这张肿脸是他自己的！

难怪醒来时觉得脸上胀胀的，原来是这个原因。

发现了这个事实，关琥的脑袋更混乱了，他抓不住意外的源头在哪里，也无法理解自己目前的状况，他甚至以为自己已经死了，现在的他是灵魂穿越，向后退了两步，茫然地看着对面的影子，问："我怎么会变成这个样子？"

"真是丑人多作怪，你不这样子，难道还是帅哥大明星啊。"

"我本来就是帅哥的！我还是警察，这个案子是我负责的，还有这新闻……"

关琥指着电视屏幕大叫，但是在看到老板怪异的表情后，他刹住了话，突然发现自己这样吼叫有多鲁莽，不管新闻报道的真实性有多少，都代表了他们的发言是被许可的。

也就是说……

没等关琥想通其中的利害关系，就觉得后腰上传来疼痛，有个类似枪口的圆形物体顶在了他的腰间，随后一个胖胖的家伙凑到他身旁，对一脸警觉的老板打招呼。

"没事没事，这是我那个有点神经病的弟弟，刚才我出去忘了关门，他就跑出来了。"

腰间被顶了家伙，关琥不敢乱动，用眼角往旁边瞥瞥，在看到张三枫那张胖脸后，他一口气没顺利喘上来，大声咳了起来。

"我很后悔没用绳子把你拴在床上。"

听到附耳过来的细语，关琥咳嗽得更厉害了，张三枫在他的后背拍了一巴掌，又按住他的头往下压，示意他给老板道歉。

老板看起来跟张三枫认识，摆摆手表示没事，说："原来是你弟弟啊，你们兄弟长得还挺像的，不过还是你富态，他就怂多了，可能是因为脑子有问题。"

喂，同样是胖，怎么到他这里，就变成脑子有问题了？

关琥正在为自己的容貌大变而担心，听了这话，气得攥紧了拳头，但随即腰间被用力顶了一下，张三枫凑近他，小声说："不想死，就听话。"

还是跟上次那样轻柔温和的语调，但同样也透着不可违抗的气势，关琥翻了个白眼，在毫无头绪的状态下，他选择了合作。

随后张三枫向老板买了几个杯面跟矿泉水，外加一些生活用品，老板打好包，他付了一张大钞，没要零钱，拿着购物袋带关琥离开。

听到老板在后面殷勤的道谢声，关琥问："你是不是常吃杯面，所以才长这么胖？"

身边传来轻笑，张三枫说："别惹我，我的射击技术可没有打拳那么精湛。"

关琥正要反驳，迎面走来几名看似游客的男人，张三枫小声警告道："闭嘴。"

那几个人长得都很高大，不过以关琥的经验来看，长得壮实不一定能打，所以就算他求救，除了让状况变得更糟糕外，不会有其他结果。

"上次真不该救你！"被张三枫强迫押回那栋木质房子里，关琥愤愤不平地在齿缝里挤字。

"what？"

看张三枫这反应就知道他不记得了，关琥气道："上次那个老外有没有用枪威胁你？我有没有救你？难道你除了胖以外，还有健忘症吗？"

"哦，你说那件事啊。"张三枫拽住关琥的胳膊把他拖进走廊，说："那如果我的上司要杀你的话，我会帮你求情的。"

"你还有上司？"

关琥惊讶的反应把张三枫逗乐了，好心地解释说："还是位美女。"

"美……女……"

等关琥鹦鹉学舌地把话说完，他已被拖进了一个大房间。

一位高个女人站在对面，她一身浅灰色连衣裙，腰上束着红色细腰带，身材凹凸有致，看到关琥，她脸上露出微笑，用英语对身旁笔直挺立的男士说："看吧，我就说他会平安回来的。"

男士没说话，看着关琥，紧绷的表情微微缓解，然后向他点头行礼，带着属于军人不卑不亢的气息。

这两位关琥都认识，而且都很熟，一位是算计过他数次的多面间谍艾米·卡佛，另一位是德国军官科林·冯·赫奇特，不过关琥还是习惯叫他克鲁格。

看到这两个人，关琥的心稍微放了下来，他们虽然不能称为是朋友，但至少暂时不会害他。

第五章

"关琥你好吗？"

艾米向他走过来，伸出双手做出拥抱的动作，关琥的后腰被枪顶住，被迫接受了她的拥抱礼，嘟囔道："在见到你之前，一切都好。"

"这是对美女应有的态度吗？"

"在被你们的人用枪托砸得差点脑震荡并且毁容后，我已经对美女这两个字不抱期待了。"

"看来你是对自己的模样不满意，我可是参照张先生的模样做的，你看看他，不是挺好的吗？"

关琥顺着艾米的目光看向张三枫，就见他将一直抵在自己腰上的手收了回去，一个圆形打火机在他的手中灵巧地转了个花，然后放进了口袋里。

"你没拿枪？"

"我有说过我拿枪了吗？"

张三枫笑吟吟地看他，那欠揍的样子让关琥瞬间握起了拳头，还好克鲁格适时地走过来，向关琥伸出手，说："很高兴又见面了。"

嗯，从各种意义上来说，这高兴度绝对是单方面的。

关琥苦笑着想，他跟克鲁格握了手，克鲁格又探身抱住他，拍拍他肩膀，安慰道："别担心，一切都会好起来的。"

"那请问我的脸什么时候可以好起来？"

"这个……"克鲁格看看艾米，为难地说："尚未可知。"

关琥很希望克鲁格不要总跟着李当归学着乱用成语，他可以用英语简单明了地告诉自己结果。

"别担心，这只是暂时性的，我们没有帮你整容，那很贵的，你知道这世上有很多人在意成本问题。"

艾米开了句玩笑，见房间里的三个人都没有捧场的意思，她耸耸肩，认真地说："这是我们国家最新的颜面变形术，不是整，而是改变，就像你们常说的那种易……"

"易容术。"克鲁格提醒道。

艾米打了个响指，"对，就是易容术，这种软胶技术的优点是它可以导温，所以触感跟正常皮肤是一样的，关琥，只要你用手搓揉颈部两边，找到接缝，扯下来，就可以恢复原来的样子了。"

关琥听完，立刻伸手去揭，艾米想阻拦，已经晚了，看着整个脸皮随着关琥的撕扯落下来，她惋惜地摇摇头。

"得，报废了，这面具是一次性的，做一次成本很高。"

"去他爷爷的成本。"

面具撕下来，关琥感觉总算可以透气了，他揉着脸颊，四下打量房间，克鲁格急忙把随身带的小镜子递过去。

看着关琥对着镜子照个不停，张三枫在旁边忍不住说："一个大男人，你有必要这么臭美吗？"

"你被人说猥琐看看。"

"人家没说你猥琐，只是说你怂。"

"那还不如猥琐呢。"

两人斗着嘴，关琥把脸检查了一遍，那些小划伤已经结疤了，大概过个一两天就可以愈合，他放下心，跟克鲁格道了谢，把小镜子还给了他。

艾米双手交抱，靠在对面的桌沿上，对关琥说："看来僵尸病毒造成的后遗症很大，我们照药物的注射量推算，你应该睡到明天晚上的，等你一觉醒来，我们就顺利过境了。"

过境？

关琥皱皱眉，难怪他醒来时房里空无一人，大概大家都没想到他会醒得这么快，所以放低警惕了，他揉着额头，讥讽道："你们应该找根绳子把我拴在床上，更保险。"

"假如有下次的话……"

艾米说完，就看到关琥投来的愤怒眼神，她急忙伸手做出安抚的动作，"OKOK，没下次。"

"那我们就聊聊这次的问题——你们间谍还有军部的人怎么会来这里？为什么用枪托打晕我，还把我绑架到这里？还有为什么我莫名其妙地变成了死人？还有，你们的出现……"

房间里传来不和谐的咕咕声，关琥揉揉肚子，张三枫笑眯眯地提醒道："也许你现在最该做的是吃饭。"

关琥很想坚持，但是在肚子再次叫起来后，他选择了妥协，"吃饭。"

一个大购物袋放到了桌上，看着张三枫陆续拿出来的杯面，关琥有种不好的预感，转头看其他人，克鲁格再次露出抱歉的表情。

"特殊情况，只能委屈你了。"

杯面嘛，也不是很糟糕了，关琥指指自己最喜欢的口味，说："我要麻辣面。"

张三枫看了他一眼，拿起麻辣面旁边的鸡汤风味面走了出去。

这根本是明显的无视嘛。

关琥不爽地看艾米，问"这个胖子是你的属下？"

"是我在这边的眼线，他很能干的，希望你们合作愉快。"

这可能比较困难。

关琥说："我现在明白为什么有人说他有钱了，因为除了干间谍外，他还爱偷钱包。"

张三枫捧着加了热水的杯面回来，听到他的话，问："你是在说我吗？"

"偷我钱包的难道还有其他人吗？"

"我好像只是拿了里面一点钱，没动钱包。"

这有区别吗？就因为那天清晨他没有"那点钱"，所以才会遭遇到各种意外，被人当乞丐看的。

关琥不爽地瞪他，直瞪到杯面放在自己面前，张三枫又拿出一个夹心面包递给他，外加一个钢制小叉子，面对关琥惊讶的表情，他笑笑说："没办法，这两位都习惯了用刀叉。"

"没事，不入乡我也可以随俗的。"

没多久杯面泡好了，关琥坐下来，大口啃着面包吃杯面。

"看来你真的很饿，"张三枫说："我有点同情你了。"

"你可以试试当警察，会减肥的。"

其他三人都吃过饭了，大家站在一边目视关琥吃饭，关琥被他们盯得全身都不对劲，说："为了节省时间，你们现在可以说你们来这里的目的了。"

"为了找塔里图。"

关琥手里的叉子一停，看看艾米，问："不会是为了降头吧？"

"除了它，还有其他的可能吗？"

"所以我在飞皇酒吧看到的人真是你？"想起那晚在酒吧里晃过的白影，关琥问："你的目的跟我一样？"

"对，我也是在听说了塔里图的死亡后，追着史密斯的线过去的，让张三枫去帮你解围的也是我。"

关琥看向张三枫，张三枫把倒好的水放到他面前，微笑说："不用谢我。"

"你想多了。"

关琥顶了他一句后，又问艾米，"你们找塔里图干什么？"

"这件事要从一个月前说起，我的雇主收到了一封来自某个恐怖组织的信函，说他被下了降头，假如不想凄惨地死去，就将一亿欧元汇入对方指定的户头，不过为了表示诚意，他'善良'地给我的雇主提供了一个月的考虑期。"

"这次又是谁雇你的？"

艾米挑挑眉头，做出无可奉告的表情，关琥退一步，说："不管雇主是谁，能请得起你的人，大概不会在乎那一亿欧元吧？"

"当然不会，但他们在乎被威胁的感觉——你要知道，一个人会威胁你一次，就会有第二次，而且下次很有可能不是钱能解决的。"

跟艾米有合作关系的不是政界就是军界的首脑人物，假如恐怖组织提出政权或是军权移交等方面的要求的话，那后果不堪设想，关琥猜想他们担心的正是这个问题。

"所以我接了任务，跟同伴开始查找所谓的降头，发现它是一种属于东方的奇怪诅咒方式，虽然暂时还无法用科学来解释，但它所造成的结果很恐怖，后来我跟克鲁格联络上了，很快就查到美国的 CIA

也在调查这件事，并派了情报员来这边，他接触过塔里图几次，我们怀疑塔里图就是做降头法术的人，但是当我们跟过来时，塔里图已经死了。"

"看来德国军部也有人被威胁了？"

关琥看向克鲁格，克鲁格点头承认，"有关内部情报我不方便透露，不过如果降头传说是真的话，那将会引起很大的恐慌，CIA 会插手，一定也是因为某位首脑人物受到了威胁，而且据我们查到的情报，被威胁的并不仅仅是我们几个，可能还有更多国家的要员被牵连进来。"

"所以 CIA 的情报员现在就在我们周围？"

"而且还离得很近。"艾米说："就是乔尼·希尔。"

关琥把刚喝进嘴里的水喷了出来，"那个跟史密斯同住一个酒店的家伙？做电器进出口生意的那个？"

"做生意只是个幌子，希尔的真正身份是 CIA 的情报分析员，跟这边一些官员私下也有往来。"

所以在夜宴上，希尔跟林晖峰聊天并不奇怪，既然其他国家的首脑都被威胁到了，那他们这边有要员被威胁也正常，这就是史密斯跟林晖峰的死亡事件被上头压下来的原因。

听着他们的讲述，一直困惑关琥的谜团终于得到了解答——史密斯可能是在调查其他情报时，无意中听到了一些有关降头的秘密，所以他特意跑来追查，但是这样的做法妨碍了某些人的利益，导致他被暗杀。

不过有一点关琥想不明白，为什么暗杀者要用下降头的方式杀人，难道他们不怕在这个敏感的时候暴露降头的存在，会影响到彼此的交易吗？

还是……他们其实是特意通过这种方式来警告某些人？

他问："为什么他们要杀林晖峰？以林晖峰的身份跟家世，不可能拿出一亿欧元吧？"

"也许是发现了我们有所行动，所以杀鸡儆猴，也许是林晖峰有参与这件事，被杀人灭口。"

这是最贴近事实的两种解释了，关琥想林晖峰自己也感觉到了危险，所以才特别要求追加保镖，但他们都没想到所谓的暗杀行动会这么不择手段。

想到这里，他扑哧笑了，把杯面盒推到一边，自嘲地说："事情的来龙去脉我大致了解了，但这跟我何干？我只是个拿薪水的小警察，国际恐怖组织也好，各国情报局或是军方也好，都跟我有什么关系？"

张三枫叹道："本来是跟你无关的，谁让你多管闲事，一定要查史密斯之死？还插手了恐怖组织对林晖峰的暗杀活动，所以你这也是不作死就不会死的典型。"

克鲁格也附和道："正所谓人在江湖身不由己，关琥，这也是没办法的事，请节哀顺变。"

关琥翻了个白眼，指着克鲁格对张三枫说："麻烦你教他正确的汉语，要不就直接说英文，不要再这样折磨我的耳朵了。"

"他们说的不是没有道理，关琥，从你插手查案开始，就没法回头了，新闻报道你也看过了，现在与这件案子有牵连的人都出事了，你被判定死亡其实是好事，否则一定有人对你穷追猛打。"

艾米的话让关琥想到了李元丰，李元丰在夜宴上逃过一劫，但最后还是没逃过死亡的命运，这个残酷的现实让他有些灰心丧气，问："那李元丰呢？他只是个小警察，为什么要杀他？"

"他的确是个小警察，但他的家族却很庞大，这从判官事件中有人对付他就能看出来，所以可能性有两个，一，警界里有人要对付他们家，拿他开刀；二，李家的人可能跟恐怖组织有来往，因为某些问题导致他被灭口。"

关琥看了艾米一眼，没想到他们连判官疑案的内情都查到了，看来警界内部也安插了他们的人。

艾米给张三枫使了个眼色，张三枫将准备好的资料放到关琥面前，说："这是史密斯的入境记录，这是塔里图的死亡证明书，你看一下。"

关琥将文件打开，一张张地翻看，越看越惊讶。

他们在调查史密斯案件时，警局内部资料里并没有提到史密斯在死亡前一个月里有多次往返入境的记录，甚至史密斯还在鑫源酒家住过两次，之后又住在离鑫源酒家较近的其他民宿里，只有这次他才选择了五星级酒店，可能是出于跟踪希尔的原因。

"假如你不知道这些情报，那就是资料事先已被做了修改。"观察着关琥的表情，艾米说。

接下来是有关塔里图死亡的资料，上面写得很清楚，塔里图死于颅骨损伤。

那晚暴雨，导致祠堂屋顶有一部分塌落，击中死者的头部要害，再加上死者的岁数较大，验尸官做出的结论是意外死亡，但是关琥看到死者膝盖跟脚背上有一些伤痕，伤痕呈椭圆形，比较集中，也很显眼。

塔里图死亡后，当地村民把这件事当意外处理，所以现场勘查等程序都直接跳过去了，只有两个小警察象征性地来做了调查记录，资料证明塔里图是俯卧在地死亡的，假如他是被塌落的屋顶瓦片砸到而导致死亡，那么正常情况下，他的膝盖跟脚背等部位不该有伤痕才对。

张三枫提醒道："看伤痕的形状，很可能是瓦砾碎片硌到的，一两片还说得过去，但是有这么多伤痕的话，那就耐人寻味了。"

"所以很有可能是瓦片塌落在先，塔里图被杀在后，然后凶手伪装了现场，这不是意外，而是谋杀，这些办案人员也太不负责任了！"

说到气愤处，关琥挥拳重重捶了下桌子，杯面盒跟水杯被震得跳起来，张三枫问："你的手不痛吗？"

激动过后，关琥本来是痛得想甩手，听了张三枫的话，他咬牙忍住了。

艾米耸耸肩，说："也可能他们这样做，是出于上面的压力。"

"所以关琥你跟李元丰出事后，警方就马上把所有问题都推到了你们身上，就是不想这件事继续扩大。"克鲁格说："不过这样做对你对我们都是好事，至少短时间内，恐怖组织的人不会找你的麻烦。"

"所以昨晚用枪托砸晕我的都是你们的人了？"

"对不起。"

克鲁格老实乖乖地向他低头认错，艾米笑道："我觉得一个真正的男人不该总是反复计较已经过去了的琐事。"

为了证明自己是真正的男人，关琥放弃了再去纠结这个问题。

"那说了半天，到底恐怖组织的领导者是谁？还是你们接下来打算去南洋寻找更出名的降头师？"

"不，每个降头师施降跟解降的手法都不一样，这种事无法冒险，所以其他的降头师我们会联络，但重点还是在寻找恐怖组织的老巢上。"

克鲁格将其他的资料也放到了关琥面前，里面是一水儿的英文，其中还有一部分是坐标地图，关琥大致看了一下，都是关于线索追踪的调查报告，地图上的红线范围逐渐缩小，最后定位在一处丛林地带里。

"看不出你们的工作效率蛮高的。"

"有兴趣跟我们一起干一票吗？"

"我可以拒绝吗？"

关琥对这些国际情报组织之间的纷争风云没兴趣，这超越了他的工作跟能力范围，他现在比较担心谢凌云跟叶菲菲的安危，如果可以，他想去寻找朋友。

"你好像还没有明白自己目前的状况啊，关先生，"艾米向他微笑说："你已经是死人了，你信不信现在你回去，会第一时间被关起来，然后神不知鬼不觉地被杀掉？"

"但我的朋友有危险，我不能跟你们去。"

"如果你指的是谢凌云跟叶菲菲的话，那就更不用担心了，我忘了说，我们查到了李当归的行踪，他现在就在那片山麓附近。"

听到这话，关琥惊讶地问："李当归也在那里？"

"你的脑子里装的都是豆浆吗？"张三枫说："从恐怖组织的行为方式可以推出他们的野心，菲利克斯家族被威胁到并不奇怪，而之前李当归被绑架过一次，现在身边到处都是保镖，要想再绑架他难于上青天，所以他们才会选择迂回的方式。"

"你的意思是，绑架者从一开始就没有真想对付谢凌云？他们怎么敢肯定李当归一定会为了救谢凌云以身犯险呢？"

"他们会这样做当然有他们的想法，事实上他们的确是成功了，"艾米说："所以你该明白，我们大家现在坐在同一条船上，你们不是有句话叫作同舟共济吗？"

关琥摇了摇头。

克鲁格选择跟他合作是出于多少真心，他不敢说，但艾米的目的绝对不止于此，他没有职业间谍常年养成的素质，也没有军人的坚韧性，要说推理判断力，他也没有高人一等的资质，艾米没必要冒险救他，还邀请他入伙。

"你们是不是还有其他的情报没说出来？"他狐疑地问。

艾米看看克鲁格，耸了耸肩，表示没有。

"如果真是这样，那至少要照着克鲁格的模样帮我易容，"关琥走到艾米面前，笑嘻嘻地说："我不喜欢胖子的。"

"太英俊了很容易被盯上，所以富态挺好的。"

"是吗？"

"欸，是的。"

两人像是开玩笑似的对话，但下一秒气氛就变了，关琥以迅雷不及掩耳之势扳住艾米的肩膀，将手上握的叉子顶在了她的颈部动脉上。

艾米没防备，被他轻易制住了，几乎与此同时，一只黑洞洞的枪管指在了关琥的头部，张三枫举枪对准他，脸上原本堆着的笑意消散一空，面容冷峻，充满了杀气。

克鲁格也在同一时间举起了枪，不过他的目标不是关琥，而是将枪口对准了张三枫的头，表情也同样的冷厉淡漠。

看惯了他平时害羞又拘谨的小兔子模样，这样的他关琥反而不适应，很想问——先生你是不是指错对象了，那边才是你的同盟军。

有人好心地替他把话问了出来，艾米微笑说："克鲁格先生，好像我们才是合作伙伴。"

"我只答应跟你合作解决降头事件，不包括伤害关琥。"

"现在好像是我在被伤害。"艾米用眼神示意顶在自己颈部的叉子。

看到这个局势，关琥心里有底了——万一冲突起来，克鲁格会站在他这一边，所以二对二，他未必会输。

"你真当我是傻子吗？"他冲艾米冷笑道："你想要的不是我的加盟，而是张燕铎的出现，你会冒风险救我，也是出于这个原因对不对？"

克鲁格惊讶地看艾米，艾米挑挑眉不说话，关琥又说："我很了解自己的能力，我只会拖你们的后腿，但张燕铎不一样，你需要他的帮助，有我在，张燕铎才有可能出现，你们对付恐怖组织才更有胜算。"

"关琥，你总是比我想象的要聪明一点。"

这样的回答就代表艾米承认了，关琥说："谢谢，这句话你说过很多遍了。"

"所以你还要坚持现在的立场吗？"艾米对克鲁格说："僵尸事件后，你们德国军部有调查张燕铎的身份吧？而且没有结果，我们都知道他是人才，但他隶属哪里没人知道，所以现在有不少情报组织希望重金跟他合作，你们应该也不会例外。"

这番话让关琥大吃一惊。

他没想到在他看来都已经解决了的事件，对某些人来说才是序幕的开始。

这些人都是情报活动里的中坚分子，他们会注意到张燕铎的存在不奇怪，但他没料到他们会对张燕铎这么感兴趣，难怪僵尸事件后张燕铎的反应一直很敏感，原来他早就知道自己被盯上了。

也就是说，他会选择离开，一个最大的可能是为了保护自己。

克鲁格误会了关琥的反应，抱歉地说："艾米说得没错，但是关琥，请你相信，我并没有为了跟她合作，而把你当诱饵。"

关琥没说话，艾米抢先对克鲁格说："你的出发点是什么不重要，重要的是现在我们大家的目的跟利益一致，你也很希望张燕铎出现吧？"

关琥看到在听了艾米的话后，克鲁格的表情显得很犹豫，显然他私下是想帮自己的，但作为军人，他首先要考虑的是国家跟军队的利益。

"我们还要再这样僵持下去吗？我的脖子都酸了，"艾米说："关琥，我没有要强迫你留下，你可以选择退出，问题是你觉得自己退得出去吗？"

关琥把叉子放了下来。

在这种情况下，他没必要再坚持下去了，三对一，他没有胜算，更何况艾米没说错，现在所有新闻都在报道他死亡的消息，张燕铎看到后一定会出现，一定会跟艾米等人合作，他见识过张燕铎愤怒时的样子，他敢断定那些对付自己的人，张燕铎将会怎样对付他们。

有这样一个大哥，也是件令人头痛的事啊。

关琥将叉子随手丢到一边，坐到椅子上，低着头，自暴自弃地用双手乱揉头发。

张三枫跟克鲁格分别将枪放下了，艾米看到关琥这副模样，扑哧笑出来，"你也不需要这么担心，以张先生的能力，他可以做得很棒的，他那样的人，本来就不该在小酒吧里混日子。"

"我真后悔，当初为什么要选择去德国旅行。"继续蹂躏着自己的头发，关琥说。

他甚至后悔当初不该去涅槃酒吧，假如那晚他不去涅槃，就不会认识张燕铎，就不会去德国，更不会跟这些国际情报员有交集。

可惜这一切的一切，都无法再改变了。

在接受了这个事实后，关琥放弃自怨自艾，抬起头，对艾米说："我跟你们合作，不过我有一个条件。"

"是什么？"

"你们明晚才出发，那白天的时间我要去处理几件事，是有关塔里图的，也许会查到对我们有利的线索。"

艾米不置可否，看向克鲁格，克鲁格说："我没问题。"

"我也没有，不过为了安全起见，让张三枫跟你一起。"

关琥瞟了那个胖子一眼，心想什么为了安全？根本是不放心让他单独行动罢了。

"还有，你需要改变容貌才能出门，并且要听从张三枫的指挥。"

"没问题。"

双方达成协议后，艾米离开，看着她志得意满的表情，关琥有点愤懑，忍不住说："别高兴得太早，也许张燕铎根本不会出现。"

至少他不希望张燕铎出现，他希望张燕铎可以远远离开这个是非之地，抛开与他有关的事，重新开始自己的人生。

听了他的话，艾米转身，微笑道："不会的，你会这样说，是你还不了解对他来说，你有多重要。"

她说完后给张三枫使了个眼色，张三枫随她出去了，房间里只剩下关琥跟克鲁格。

克鲁格看看关琥的脸色，犹豫了一下，说："虽然我不想在这种状况下跟你见面，但是能再次跟你合作，我还是很开心，还有……对不起。"

"我明白，你有你的立场。"

听了关琥的话，克鲁格的表情舒缓，露出两边的酒窝，他走到关琥面前，从口袋里掏出一个晴天娃娃，说："我把它也带来了，它会保佑我们成功的。"

喂，晴天娃娃的用法不是这样的。

"还有关琥，你不用担心，不管怎样，你都是我的朋友，我不会做伤害你的事。"

关琥的嘴巴张大了，如果他没记错，曾经在德国古堡里克鲁格也说过类似的话，没想到过了这么久，克鲁格还没放弃，这实在太可怕了，让他很想说——你还是伤害我好了，我不想欠你的人情。

克鲁格还在盯着他看，关琥被盯得毛骨悚然，咧嘴呵呵笑着，正想找个话题把话岔开，门被推开，张三枫从外面走进来，看到他们这样，把手挡在嘴边，发出咳嗽声。

"克鲁格先生，艾米小姐请你过去。"

关琥从没像现在这样庆幸张三枫的出现，对克鲁格连连摆手，说："你去忙吧，不妨碍你做事。"

克鲁格很不快地看了张三枫一眼，他显然不想走，但又不想在外人面前继续聊天，跟关琥道了晚安，磨磨蹭蹭地出去了，看着他的身影消失在门后，关琥长长地舒了一口气。

"你好像很怕他啊。"看到关琥的反应，张三枫好笑地说。

关琥回他的回应是——"你来干什么？"

"艾米小姐担心你刚醒来身体不适，让我过来照看你。"

什么照看？根本就是监视。

关琥没好气地想着，笑嘻嘻地说："我想回卧室休息，那就麻烦你带路了。"

张三枫带关琥回到他的卧室，又将他的洗漱用品拿来，外面的灯泡依旧在风中轻微摇晃着，不时在墙壁上投出一层层阴影。

关琥坐在床头，看着张三枫在对面忙活，他不无讥讽地说："听你笑话凤照青的口气，我还以为你是世外高人呢，怎么你也会为了钱做人家的奴才？"

张三枫回过头来，面对关琥的挑衅，他没动怒，而是微笑说："我跟艾米小姐合作很久了，我们属于合作关系，没人会跟钱过不去，对不对？"

"你真的叫张三枫？"

"而且是太极拳传人，你听我这个名字，就知道我是正宗了。"

"是啊是啊，卖包子的都说自己是狗不理。"

"怎么听起来你在骂我？"

"那一定是你的错觉。"

关琥皮笑肉不笑地说完，就见张三枫走过来，将他的东西还给了他，除了手枪跟避弹衣外，还有只新手机。

"这是艾米小姐给你的，用它不用担心被反追踪，你之前手机里的资料都在里面，请确认。"

关琥接过来一看，以前的联络记录，还有江开在夜宴中传给他的照片都保存完好，他皱眉问张三枫。

"你们一早就在监视我？"

"不然你以为我会那么凑巧地出现救你吗？"

虽然这是个很容易想到的事，但想到自己一直处于被监视的状态，关琥还是感觉不舒服，看看张三枫带来的日用品，他问："有烟吗？"

"你心情好像不太好。"

"只是想抽而已。"

"有希望要的牌子吗？"

"随便，反正就算点了麻辣面，最后还是会变鸡汤。"

"警官您还真记仇。"

张三枫笑着走了出去，关琥看着他的背影，突然想到了什么，不过最后他还是忍住了，没有说出来。

张三枫的体格有点肥胖，但不妨碍他做事的灵敏度，没多久就拿了一盒烟跟打火机回来，交给关琥。

关琥抽出一支点着了，大口吸起来，张三枫坐到他身旁，木质床板随着他的坐下发出咯吱咯吱的惨叫声。

"有不开心的事就说出来，正所谓心宽体胖，既然艾米小姐让我照顾你，那么适当的交流还是有必要的。"

"没事。"

"恕我直言，你的撒谎技能就跟你的智商一样低。"

关琥咳嗽了起来，不是被烟呛的，而是因为某人的毒舌。

他转过头，不爽地看向张三枫，张三枫还一脸懵懂，问："怎么了？"

"没事！"

一支烟抽完，关琥又抽出一支烟，点着火开始抽，张三枫说："就算你就把整盒烟都抽完，死去的人也无法再活回来。"

关琥再次咳了起来，转头看张三枫，怀疑他在自己附近安了多少监控器，怎么知道他的想法的？

"林晖峰出事的时候你也在场吧？"他问道。

张三枫不置可否，关琥的脑海中灵光一闪，再问："把我从水晶灯下救出来的也是你？"

"为了对得起自己的佣金，我也是很拼的。"

"只是为了钱？"

"啊，不然呢？总不会是因为你长得帅。"

见问不出什么，关琥把头转回去，抽着烟，轻声说："那你一定看到李元丰开车载我追凶手了，要不是我，他也不会死。"

"路是他自己选的。"

"可是跳海是我决定的，假如我选一个更稳妥的办法，也许他就不会死。"

"也许会死得更难看。"

关琥不爽地瞥张三枫，很想问他是在照顾自己吗？他现在的行为明明是在往自己心口上戳刀。

"如果你明天还想出去做事的话，就别想太多，早点睡吧。"

张三枫站了起来，见关琥还在闷头抽烟，他忍不住又加了一句，"做事多动动自己的脑子，不要总靠媒体新闻来判断一切。"

"什么意思？"

张三枫没理他，扬长而去。

关琥坐在床边，滑动手机触屏，手指突然停下来，他有点明白张三枫的暗示了——媒体播放了他死亡的消息，但实际上他还活得好好的，那李元丰或许也没事，李元丰有过被暗杀的经历，他的家人可能会趁机将他藏起来，殉职的消息只是烟幕弹。

那么，在这场离奇的降头连环杀人事件中，谁又是值得信任的？

次日一早吃过饭，艾米帮关琥重新做了面具，那是一种可以瞬间凝固的液体，艾米将液体喷在他脸上，然后根据他原有的脸颊轮廓揉捏了一番，一张新面具就出来了。

之后关琥又照艾米的指示，对着镜子做各种鬼脸，以便让液体面具更好地跟肌肤融合，让表情显得更自然。天气不热，关琥没有感觉到戴面具的不便，他唯一的遗憾是这张脸还是跟张三枫一样胖乎乎的。

"昨天那张脸你不喜欢，所以我今天换了个人当模特。"

艾米把关琥的伪造护照递给他，护照里的男人跟他的容貌完全相同，名字叫刀羊。

关琥看看照片，又看看自己的脸，很想问艾米——她是不是只会这一个脸型？换来换去都这么胖，真是万变不离其宗。

"他是苗族人，接下来我们还要靠他带路。"

"你们的探索器不是可以确定恐怖组织的具体位置吗？"

"就是因为可以确定才头疼，那不是正常人可以攀援的地方。"

关琥耸耸肩，将护照收起来，等面具完全定型后，他告辞出门，走廊上站了数名身穿便衣的男人，看他们的体格跟气势，不是雇佣兵团就是现役军人，看来他们也是参与这次行动的成员。

出门时，艾米再次强调，"我们下午七点准时出发，不要惹事，有什么情况，听张三枫的安排。"

关琥答应了，他只是想弄清几个疑问，大敌当前，孰轻孰重他还是分得清的。

不知是不是巧合，艾米选择藏身的小镇离鑫源酒家不远，再往前走，进入山麓的村子里，就是塔里图所住的地方，关琥没先去他家，而是拐到祠堂前查看。

祠堂还保持屋顶塌落的状态，墙壁脱色很严重，梁柱上的彩漆也斑驳脱落，带着岁月流逝的痕迹，看得出这里早就被废弃了，出了事，也没有人特意来打扫。

走到台阶前，关琥闻到了一阵古怪的香味，他嗅嗅鼻子，又用眼神询问张三枫，张三枫不懂，挑挑眉，做出反问的动作。

关琥放弃了跟他的心灵沟通，直接问："你有没有闻到怪味？"

"有，是线香的味道，祠堂会有这种气味不奇怪。"

"谁会在废弃的祠堂里上香？"

关琥不认可张三枫的说法，嗅着鼻子在附近转了一圈，很快就找到了堆成倒锥形的细沙，细沙的前面还用石子压了一些烧成半灰烬状的纸屑以及香灰，香气正是这些东西传来的。

"这是什么？"

出于好奇心，关琥伸手要拿，被张三枫拦住，"不要乱碰，也许这是一种蛊术。"

他指指细沙旁边的地面，地上画了一些扭曲的纹络，像字符，又像是曲线，纹络绕了一圈，刚好把细沙堆圈住。

"去别处看看。"

两人走进祠堂，里面积了很多灰尘，供案跟帷幔都已陈旧，靠近石阶的上方屋顶破了个洞，屋瓦落在地上，散乱地摊开，这应该就是塔里图出事的地方。

关琥在这里也发现了相同的圆锥形细沙，他们从后面出去，在祠堂的另外两个角落里也找到了类似的东西，关琥想拿手机拍下来，再次被张三枫制止了，理由是乱拍祭祀的东西，很容易在无意识中中降头。

关琥不信张三枫的话，但是连着看过两个人怪异死亡，他不敢逞强，只好改为用眼睛去记，张燕铎一贯是这样记东西的，他想试试自己是否也可以。

祠堂后面是大片泛黄的灌木丛，当中有一条小径，两人顺着小径往前走了没多久，就听到一阵奇怪的窸窣声跟铃铛响声。

原来小径的前方是一片空地，一个女孩子正在空地上手舞足蹈，来回扭动腰肢，她身上挂了许多剪得不成形状的纸条跟铃铛，随着她的舞动发出响声。

女孩子披散着头发，看不清长相，只能看到她涂得鲜红的指甲，关琥小声问："你说她是在跳舞还是跳大神？"

张三枫没说话，眼神紧盯着女孩不放。

关琥看了半天，看不懂意思，只好转为观察地形，却发现有一撮圆锥细沙就堆在他们脚下，地上同样画了奇怪的曲线，他急忙指给张三枫看，张三枫给他打手势，让他避开那个图形。

两人向后退，却没想到地上横着藤蔓，关琥脚下被绊到，失去了平衡，不偏不倚地正趴在了那堆细沙上，把圆锥形拍成了圆饼形。

张三枫想拉关琥的时候已经晚了，为了不被发现，他只好也蹲下来，还好对面的女孩正专注于跳舞，没有听到草丛里的响声。

关琥用胳膊把溅到脸上的沙抹掉，一转头，看到张三枫阴沉的脸庞，他有些讪讪的，问："你说我会不会中降头？"

张三枫不说话，突然伸手抓起一把细沙，再次抹到了关琥的脸上，关琥被他的举动弄愣了，乖乖听他的拨弄，这让张三枫心里的怒气稍减，说："负负得正，你会否极泰来的。"

也可能会更倒霉的。

关琥抹掉满脸的细沙，小声嘟囔，"我越来越讨厌胖子了。"

"我也是第一次见到有人经常自称自己帅，真不知道这强大的自信是从哪里来的。"

"至少比某人爆别人的车胎要好，还喜欢玩打头这招。"

"你是说打晕你的那次？难道我的脸是白捏的吗？"

"你是女人吗？捏你几下，你就又揍人又抢钱。"

"我留零钱给你了。"

"那真要谢谢您的大度。"

两人对呛着，同时观察女孩的舞蹈，但她反反复复一直是同样的动作，关琥越看越无聊，他不想把时间花在这上面，正要抽身离开，就见舞蹈结束了，女孩把头抬起来，居然是鑫源酒家那个叫雪花的店员。

觉察到他的反应，张三枫看过来，关琥小声说："我认识她。"

雪花的脸色很难看，跳完舞后，她将披散的头发扎起来，又低头看看地面，然后转过身，摇晃着离开了，步履蹒跚，像是喝了酒的样子。

等她走远，关琥起身跑过去，张三枫抢先他一步，迅速走到某处草丛前，将覆盖在上面的树叶用脚拨开。

"呕！"

看到树叶下有只血淋淋的失去了头颅的虎皮猫，关琥心里一阵翻腾，他忍着不适看向其他地方，很快就找到了滚落在附近的猫头，猫眼被挖掉了，惨不忍睹。

"不会是那个女孩干的吧？"

他皱起眉，很难相信这么残忍的行为出自一个女生之手，而且还是位看似娇滴滴的女生。

"这是一种祭祀方式。"

"是什么样的祭祀？"

张三枫没回答，观察着雪花刚才跳舞的地方，问："你还好吧？"

"看到这一幕，如果还能好，那就不是正常人了。"关琥吐完槽，就见张三枫依旧一副平静的状态，他心里泛起狐疑，问："你怎么知道她把猫藏在这里？"

"直觉。"

"如果这是直觉，那证明你杀过人，而且不止一个对吗？"

"为情报员做事，不杀人反而不现实。"

张三枫耸耸肩，转身离开，关琥快步跟上，问："你到底是谁？"

"我说过很多遍了，我姓张，名三枫。"

"你是姓张没错，但不是张三枫，而是……"

男人的脚步突然停下来，关琥感觉到来自他身上的杀气，他也本能地做出防御的姿势，但张三枫只是问："接下来你打算去哪里？"

说到正事，关琥压住强烈的质疑冲动，说："雪花在鑫源酒家做事，跑得了和尚跑不了庙，我们先去塔里图的家。"

塔里图的家离祠堂不远，建在山路的拐角上，周围没有人家，显得孤零零的，两人刚走近，就听院子里传来争吵声，其中一个是女孩子的声音，没多久，女孩被一个中年大汉推了出来，做出赶人的架势。

"你不要再来了，师傅的东西都跟着他老人家火化了，这段时间该找的你都找过了，怎么还不死心呢。"

"让我再找找，大师有很多药方，都很灵验的，也许被他藏在什么地方了。"

女孩的尖叫声有些熟悉，关琥躲在院墙拐角看过去，发现果然是雪花，原来她在跳完奇怪的舞蹈后，又跑到这里来找祭祀的东西了。

"都烧掉了，师傅生前就说过了，不会将那些害人的东西留下来的，他一个徒弟都没收，这一点你比谁都清楚，所以他又怎么会特意藏起来？"

被大汉吼了一顿，雪花不再发狂了，低下头，又跟刚才那样摇摇晃晃地走出去，她像是失去了控制的牵线木偶，脚下轻飘飘的，嘴里反复嘟囔着相同的话，关琥侧耳倾听，却听不懂她在说什么。

"真是有毛病。"

等她走远了，大汉关上门，拿起锁准备上锁，关琥急忙跑过去打招呼，一边掏警察证，一边自我介绍说他是来调查塔里图死亡的警察，请对方给予合作。

关琥掏了半天才想起他的警察证早就丢了，他的口袋里只有香烟和打火机，还好大汉没在意，把门锁上，随口说："人出事的时候不查，现在头七都过了，怎么都来问话？"

"还有其他人来问吗？"

"刚才还有位警官来问过，要不我也不会来这里，这间房子除了我，没人敢靠近。"

听男人的讲述，他的家离塔里图比较近，他女儿以前生了场大病，大医院都说没法治，最后还是塔里图用偏方治好了。

除了他之外，村里很多人都受过塔里图的恩惠，所以这方圆百里跟随他信奉烧神的人很多，但他们对塔里图豢养虫蚁毒物的行为也很惧怕，所以除了求他治病外，很少会主动来他家，塔里图也明白大家的想法，才特意把房子盖在偏僻的地角上。

塔里图死亡后，就更没有人敢靠近他的房子了，男人今天也是被警察拜托，没办法才过来的，又倒霉地被雪花缠上了。

关琥张嘴想发问，被张三枫抢了先，"雪花好像很想要老人的什么东西，房子里真的没有吗？"

"都烧了，师傅不可能留下的，她其实也知道，却总是不死心地跑来问，真烦人。"

关琥准备问第二个问题，却再次被张三枫打断，问："为什么老人家一定要烧掉自己的东西？"

这种抢话题的行为实在太贱了，根本就跟张燕铎同出一辙，关琥气愤地瞪他，张三枫却毫无自觉，目光放在男人的身上，等待回答。

男人面露难色，没有马上解答，张三枫微笑说："这种事去翻一下老人家的档案，就可以知道了，只是花点时间而已，你现在不回答，之后我们还要再来找你对证，你麻烦，我们也麻烦。"

这话更贱，看着男人不断变换的表情，关琥就知道他动摇了，果然，没有三秒钟，他就选择了妥协，看看周围，确定没人后，他小声说："其实我也不了解师傅的事，不过几年前他有一次喝多了，酒后吐真言，说自己年轻时在家乡杀了人，才会背井离乡跑到这里居住，他用降头跟蛊术帮大家治病是为了赎罪，为了不让有心人利用降头害人，他会把所有降头术都带进棺材里，不告诉任何人。"

张三枫跟关琥对视一眼，男人急忙摆摆手，说："他是酒后说的，是真是假我也不知道，而且人都走了，你们不会再查他吧？"

"不会，我们只是想了解降头术的奥秘，在塔里图过世前，他有什么显著的变化吗？"

"好像没有，我平时也不太常过来，反而是雪花来得频繁些，她以前也得到过师傅的帮助，对师傅的神技很崇拜，一心想学，但师傅不教她，你说一个女孩子，整天跟毒虫鼠蚁打交道，以后还怎么嫁人呢对不对？"

男人说完，停了停，像是想起了什么，说："哦对了，师傅过世的前几天精神不太好，恍恍惚惚的，我还以为他生病了，交代他注意身体，我想他会被屋瓦砸到，可能也是因为精神不济。"

"他经常去祠堂？"

"对，他比我们这些当地人还要虔诚，会雨夜去也不奇怪。"

看来对于塔里图的横死，男人没有抱任何怀疑，关琥又问了几个问题，却没有什么收获，他只好改为检查塔里图的房子。男人怕惹事，很爽快地把钥匙给了他，让他们自己去，钥匙回头压在门旁的石板下就行了，反正这里没人敢进塔里图的家。

关琥道了谢，又问起之前来问案的警察的模样，根据描述，他从手机里调出相片给男人看，男人连连点头，指着照片说："就是他就是他。"

男人走后，张三枫见关琥还对着手机里的照片发呆，他嘲弄道："怎么？你发现有人比你更帅了？"

关琥没好气地白了他一眼，"我只是发现我的殉职报道不是偶然的。"

"怀疑也要建立在有证据的基础上。"

张三枫扫了一眼照片，拿钥匙开了门，进了塔里图的家。

关琥还站在原地看照片，阳光下，那张属于萧白夜的笑脸突然变得很刺眼，许多不可解的疑惑在这一瞬间自动连接了起来——

在大家着手追查史密斯离奇死亡的时候，他跟李元丰被派遣去做高官的保镖，随后林晖峰死亡，李元丰遭到枪击；他跟萧白夜汇报了希尔的事时，萧白夜并没有提自己跟希尔是认识的，萧白夜跟希尔会面后，又派属下去跟踪希尔；还有史密斯一案追查中途被强令结案……

这些线索汇总到一起，呈现出了新的事实，关琥相信只要他顺着线索就能找到真相，可这不是一个他希望看到的结果。

"喂，等等我。"

关琥回过神，发现张三枫已经进门了，他急忙追上去，问："你是不是知道萧白夜有问题？"

"你在说什么？我根本不认识什么萧白夜。"

"真的？"

"那要看你怎么定义'真'这个字。"

"……"

张三枫脚步生风，完全没有细谈的想法，关琥只好摊摊手，放弃了追问。

塔里图的家只有一个小院子跟两间房，家具都是自己打造的，陈旧而单调，除了必要的摆设外，什么都没有，一些地方的墙皮脱落了，用年画跟相框遮住，关琥打开衣柜，里面几乎没有衣物，大概是村里人帮忙处理掉了。

关琥翻找了一下，没发现有价值的东西，墙上的老式挂钟发出单调的敲打声，他看了眼挂钟，已经快中午了。

"我去隔壁看看。"

关琥跟张三枫打了招呼，走出去，张三枫点点头，继续看墙上的相框。

墙上挂了一些塔里图跟村里人的合照，数量不多，唯一显眼的是一张塔里图的独照，那是塔里图老年后的照片，相框较大，相片里的人容貌慈祥，很难把他跟整日与毒为伍的降头师联想到一起。

张三枫又翻找柜子，没找到塔里图年轻时的照片，也许村民没说错，塔里图是杀人后隐姓埋名藏在这里的，所以才会尽量避免与外界的交流，直到晚年才偶尔拍照。

他走过去，将塔里图的独照相框摘了下来，相框背后有些鼓，他转过相框，看到后面的薄板上写着四个字——药存仁心。

关琥去隔壁转了一圈，房间里除了供奉着被称为燒的神像外家徒四壁，塔里图过世后，大部分杂物都由村里人帮忙收拾了，但对于神像，他们不敢冒犯，所以做出了敬而远之的态度。

没有新发现，关琥转回去，就见张三枫拿着塔里图的相框出神，他走过去打了个响指，问："你也中降头了？"

"中降头的那个是你吧？"张三枫抬头看他，轻描淡写地说："不知道被抹了一脸沙的降头是什么降。"

"不管是什么降，那都是你搞出来的，你负责解决。"

"哼。"

张三枫从鼻子里发出嗤笑，将手里的相框挂回到原有的位置上，转身走出去，关琥跟在后面，学着他，发出"哼哼哼"三声冷笑。

"你鼻塞吗关琥？"

"没，我只是想比你多两声哼。"

"你还可以再幼稚一点吗？"

"总比某人总喜欢装神弄鬼要好。"

张三枫听到这话，斜眼瞥关琥，关琥故意当不知道，出了院门，把门锁上，钥匙放到了石板下。

之后两人去调查雪花，但雪花家里没人，关琥又去鑫源酒家打听，也没有找到她。

旅馆的生意似乎不太好，看不到一个客人，王老板好像生病了，戴了个大口罩，趴在柜台上神不守舍，在关琥自报警察身份的时候，他一直发出咳嗽声，被问起雪花的事，他病恹恹地说雪花请假了，这几天都没有来。

几天不见，鑫源酒家门口的摆设完全变了，原本放在玄关上的神像跟各种八卦图符都不见了，与塔里图的合照也收了起来，被关琥问起，老板说警察警告他们说放神像是宣传迷信，而且最近怪事太多，为了不惹麻烦，他就把东西都收起来了。

"是这位警官说的吗？"

关琥拿出萧白夜的照片求证，得到了一个肯定的答复。

这次张三枫表现得很安静，在关琥跟老板询问时，他一直没有开口说话，出了民宿，他也没有马上走，而是转回头不断打量，关琥还以为他对这种仿古建筑感兴趣，谁知听他自言自语地说："奇怪，好像在哪里见过。"

周围没有漂亮美眉，否则关琥一定会把这话当成是搭讪，他没好气地问："见过谁？"

张三枫没回答，回过神，说："到中午了，我们是在外面吃饭，还是回去吃？"

"没胃口，在哪里都不想吃。"

"想成仙也不必这样自虐，"张三枫左右看看，找到一家小餐馆，他大踏步走了过去，"我饿了，如果你不想吃的话，可以看我吃。"

他为什么要看别人吃饭？

关琥没好气地跟上去，在手机里飞快地敲了几个字，亮给张三枫看——他们现在有没有被艾米等人监视？

张三枫看看手机屏幕，又看看他，然后摇了摇头。

关琥放了心，咕哝道："自从认识了你，我就一路倒霉到底，中僵尸毒不说，还中降头，下次不知道会中什么。"

"说的好像我们早就认识似的。"

"认识得不久，最多是从飞天事件算起。"

"不知道你在说什么。"

"你就装糊涂吧，张燕铎，我忍着没在艾米面前揭穿你，你还真当我是傻子啊。"

"呵，原来你不是。"

语气里充满了浓浓的嘲讽味道，活脱脱就是张燕铎。

如果说昨天张三枫还对自己的行为跟措辞有所掩饰的话，那今天他根本就把以往的作风毫不保留地表现了出来，那表现在关琥看来，就跟在额头上贴个"我是张燕铎"的标签没什么两样，如果他还不捅破这层窗户纸，那才叫白痴。

对关琥来说，跟张燕铎的重逢，欢喜大过痛恨。

事实上，他对张燕铎的痛恨只停留在看到他肆无忌惮杀人的那一瞬间。

那晚他从昏迷中醒来，看到满身是血，如地狱修罗般的人，他心里的确充满了恐惧跟排斥，但随着时间的推移，他渐渐理解了张燕铎的感情——假如当时受伤的是张燕铎，他想他也会做出相同的反应。

他一直不确定自己那晚放走张燕铎是对还是错，但他从没为自己的选择后悔过。

因为他们是兄弟。

第六章

餐馆到了，里面生意不错，客人大部分都是外地游客，张三枫……呃不，现在该称呼张燕铎了，他找了个位子坐下，点了几样招牌菜，关琥看他点的数量，又帮忙加了一碗白米饭。

饭菜很快上来了，张燕铎低头吃饭，半天没听到对面的动静，抬头一看，就见关琥还在玩手机，米饭放在面前，他动也没动。

张燕铎只好说："别犯蠢了，降头不是那么容易下的，雪花在祠堂附近摆的符跟下降头没关系，你安心吃饭吧。"

"我没担心这个问题，我在看有关降头的传说，本来我是不信的，但最近发生的一些事让我不得不信。"

"而原本该信的却无法相信了。"

话中有话，关琥抬头看了他一眼，说："你在说你自己吗？我跟你说你别得意，你的演技真是糟糕透了，我不戳穿你，只是给你面子。"

"呵呵。"

"你还不信？从你一出现我就发现你不对劲了，你的武功路子，你的变声技巧，你对血迹的敏感程度，还有你问案的手法，根本就是张燕铎。"

还有一点关琥没说，那就是连欺负他的手段都一样。

听着关琥劈头盖脸的一番话，张燕铎微笑着不回应，这让关琥不得不赞叹他的易容术跟变声的高超，要不是张燕铎在细节上做得太显眼，他根本无法把这个胖子跟消瘦纤弱的眼镜男联系到一起。

看着他脸上的肉肉，关琥忍不住了，伸手捏过去，那是正常的肌肤触感，完全想不到是假的，他继续往前凑凑，观察对方的眼睛，张燕铎的眼瞳很黑，关琥想他一定戴了有色的隐形眼镜，再在身上加了特制的塑胶，居然连艾米都骗过去了。

见张燕铎不回应，他问："怎么？没话说了？"

"不，我只是想说——关王虎，假如我真要骗你，以你的智商根本发现不了。"

"哈？"

"不过如果你叫我声哥，我考虑承认。"

关琥把捏脸的力道加大了。

触感太好，他好奇地问："你应该没有敬业到为了改变身份而去整容吧？"

"没有，一是没时间，二是成本太高……你可以把爪子收回去吗？"

看到周围投来的奇怪目光，关琥这才意识到他现在的动作有多暧昧，一秒把手缩了回去，低头拨饭，来掩饰尴尬。

对面传来属于张燕铎嗓音的叹息声："真难想象我们是同一个爹妈生的，智商也差得太大了。"

"张燕铎你给我有点分寸，别忘了你现在还是通缉犯。"

"我有记得，所以我不会像某人那样，看到自己殉职的消息后在外面大吼大叫。"

"那是因为……"

"除了智商低以外，还有更好的解释吗？"

"难道不可以解释为我们根本没有血缘关系吗？你不是我哥，而是……"

话说出口，关琥发现自己说得有点过分了，他把眼神避开，小声说："对不起，我不是那个意思，我只是想说……"

突然之间他找不到适当的解释，半天不见张燕铎回应，他抬眼，偷偷观察张燕铎的表情，问："你不会是真生气了吧？"

"没有，"张燕铎冲他一笑，"我不喜欢生气这种负面情绪。"

关琥正要松口气，就听他又追加，"我只会报仇。"

"……谢谢提前告知。"

手机铃声打断了兄弟俩的谈心，看到张燕铎接电话时表情冷峻，关琥有些担心。

张燕铎什么都没说，只是不断点头，稍后挂断电话，对他说："事情有变，艾米要改变入境路线，提前出发，让我们尽快赶回去。"

"出了什么事？"

"她没说，可能是恐怖组织跟她的雇主另有协商。"

"恐怖组织是不是就是吴钩跟老家伙的那个组织？"

"可能性很大，但里面肯定还有其他成员。"

"会是萧白夜吗？"

张燕铎的目光看过来，像是奇怪关琥为什么会这样说。

关琥将手机里的某张照片调出来递给他。

那是塔里图跟某个男人会面的照片，关琥一直觉得男人的背影很面熟，却想不起是谁，直到他对萧白夜产生疑惑，才赫然发现那背影正是萧白夜。

林晖峰在临死前吐过几个字——钱、小、降头，他怀疑"小"就是"萧"的谐音，从而推断林晖峰跟萧家有金钱纠葛，导致被下降头，而论官职跟资历，萧白夜是年轻一辈中的佼佼者，他背后又有萧家撑腰，所以他会为萧家办事并不奇怪。

　　从李元丰出事后萧白夜的处理方式来看，关琥觉得他有很大的问题，而且萧白夜跟塔里图见过面，他一早就知道塔里图这个人，并且了解降头师这个职业，假如心里没鬼，他不可能在发生降头事件后连提都不提。

　　还有史密斯数次入境的记录都被抹掉了，资料是萧白夜给他们的，抹掉情报的很有可能是萧白夜，所以在发现了这个新线索后，关琥有了大胆的猜想——也许史密斯手中握了更多人的把柄，比如萧白夜还有其他人跟塔里图的会面经过，所以他被抹杀掉了，案子也被压了下来。

　　更有可能是史密斯拍的照片在转给小柯之前就被修改过了，为了不引起怀疑，萧白夜没有全部删除，而是抽掉了其中一部分，却因为时间仓促漏掉了一张，更甚至连尸检报告都被人做了手脚。

　　想起史密斯的尸检当天，舒清滟的反应，关琥想他的怀疑很可能命中靶心了。

　　张燕铎看着照片，听完关琥的怀疑，他不置可否，将手机还给了关琥，说："萧白夜是黑还是白不重要，反正你被当作过河小卒的命运不会改变，你打算怎么做？"

　　关琥沉默了一会儿，说："我不想坐以待毙。"

　　"聪明人都不会那样想。"

　　"你的变声技巧是不是很高明？"

　　张燕铎笑了，像是猜到了他的想法，说："那要看你希望我模仿谁。"

五分钟后，两人来到街道上，张燕铎把车开得飞快，关琥还以为他急着往回赶，谁知他却说要去药店。

"去药店干什么？你感冒还是发烧？"

"我是去中药店。"

"准备药膳火锅吗？"

"放心，我会记得准备你最爱的麻辣味的。"

关琥开玩笑似的询问，张燕铎也像是开玩笑地回应了他，让他想试探的目的落空了。

镇上就有家中药店，进去后，张燕铎在纸上写了十几副药名，让老板照他说的方式把药材碾平磨粉，再按照固定的搭配混合到一起，老板起先嫌麻烦，在看到他递过去的数张大钞后，什么都没说，以最快的速度制作完毕。

关琥在旁边看着，对张燕铎的行为越发不解，不过他了解张燕铎的个性，他会说的时候，自然会说的，反之，问也没用。

拿了药包，在回去的路上，张燕铎让关琥开车，他照关琥的要求打电话给小柯，然后模仿萧白夜的声音提起史密斯，说："我刚才看了照相机里的照片，好像不够，你是不是还有备份没附加上？"

"欸，萧组长，照相机里的磁卡是你先拿去确认的，你给我时，里面有多少就是多少，我没有动过。"

听了这话，关琥耸耸肩，这代表他的推论没错，一切都是萧白夜动的手脚。

问完小柯，张燕铎又让他把电话转给舒清澈。张燕铎把萧白夜说话的口气模仿得惟妙惟肖，关琥原本以为没问题的，谁知听他自报家门后，舒清滟没有马上回应。

沉默的时间并没有很长，却带给关琥强烈的紧张感，舒清滟不像小柯那么好糊弄，万一露出马脚，那就得不偿失了，急忙给张燕铎打手势，让他挂电话。

张燕铎没有听从，几秒后，舒清滟说："不知刚跟我见过面的萧组长又特意打电话来找我，是为了什么事？"

果然出师不利。

一瞬间关琥想到了两个方案，胡诌一通或是直接放弃，但两种方案张燕铎都没有采纳，而是说："我想知道有关史密斯尸检报告的真正内容。"

"给我一个回答你的理由。"

"事件解决后，让关琥请你吃饭。"

关琥想阻止，已经晚了，那边传来舒清滟的笑声，"虽然他欠我很多次饭局，但我并不想去阴间跟他共餐。"

张燕铎转回了自己的声音，说："我以哥哥的名义保证，他还活蹦乱跳的，再活个七八十年没问题。"

关琥用手捂住额头，表示对自己被出卖的无奈。

谁知舒清滟居然答应了，说："好吧，勉强通过。其实真正的尸检数据还锁在我的保险柜里，上头交代销毁，我答应了，不过还没来得及操作。关琥没猜错，我在尸体的脑部发现了多种有毒的寄生虫，它们通过血液进入人体大脑，影响人的思维跟视觉能力，史密斯在自杀前会表现异常，幻视幻听，并做出自残的行为，都是错误的大脑判断造成的，并不是传说中降头师施展的灵降。"

"所以简单地说，他死于他杀。"

"有关这点，我从来没有怀疑过，死者的上眼睑里出现多处横纹，这是中降头的表现，也可以解释为是毒菌造成的结果，所谓的五毒，其实说白了就是寄生虫细菌造成的，虽然我无法解释为什么降头师可以任意操纵被害人体内的毒菌，但我相信蛊降就是一种细菌战术。"

看来舒清滟对这次的事件也抱有怀疑，所以才会研究细菌跟降头之间的关系，这让关琥稍稍放心，舒清滟会这样做，就代表了她没有被某些人收买，她有她的立场跟想法。

"林晖峰的尸检结果呢？"张燕铎问。

"这个我帮不了你，因为尸体根本没有送到我这里来，我听到的消息是当局判断死者的死因是传染病毒造成的，为了控制病毒蔓延，立即将尸体送去火化了，不过听在场的同事的转述，我想林晖峰的死因跟史密斯是一样的，只是病菌不同，所以他们发作时的表现也不尽相同。"

"也就是说他早就中毒了，只是在合适的场合下发作？"

"我的推论是这样的，因为我们检查过酒会上的食物，都没有查出毒物，所以我怀疑林晖峰在死之前喝下的红酒是引子，至于具体的操作手法，那就需要降头师自己来解答了。"

舒清滟说完，道："我能帮你们的只有这些，接下来就祝好运了。"

"我还有件事想请你帮忙。"

"是什么？"

"我记得你有一位在军队官阶很高的朋友。"

几秒的沉寂后，舒清滟无奈地叹了口气，"在飞天事件中帮你们的时候，我就有预感今后会被缠上，果然如此。"

"送我人情，你不会后悔的。"

"好吧，是什么事？"

"暂时还不确定，有新情况我会随时联络你。"

张燕铎道谢，挂断了电话，关琥立刻问："你想让军队的人帮我们对付恐怖组织？"

"不，你说的这个牵连太广，他恐怕做不了主，机会只有一次，我想提一件对方绝对不会拒绝的事。"

"啊哈？"

面对张燕铎随心所欲的作风，关琥除了呆滞外想不到其他反应，张燕铎不悦地看他。

"利用所有可以利用的力量，这是生存的基本准则。"

"是，是，那大仙，雪花这条线该怎么利用？"

"时间不多，我们先回去，反正雪花只是个小卒，等我们到了恐怖组织的基地，自然会知道一切秘密的。"

关琥有些惊讶，张燕铎冷笑："亏你还是警察，你还没发现吗？雪花跟在飞皇酒吧刻意接近你的女人是同一个人，假如你喝了她的酒，现在恐怕要跟史密斯同床共枕了。"

"啊，用叶菲菲的手机提醒我的是你？在夜宴上往我口袋里塞小纸条的也是你？"

"你不是说早知道我的身份了吗？怎么这些事情现在才想通？"

因为猜到身份跟最后解谜还差了一大段距离的。

关琥揉着额头，在大脑里飞快思索酒吧里的经历——他不记得酒吧女的样子，只记得她殷勤的态度跟殷红的指甲油，今天雪花跳舞时也涂了相同的指甲油，原来她是故意引自己去酒吧的，再找机会给他下毒，或许史密斯也是这样中毒的，雪花在鑫源酒家做事，她在为史密斯点烟时，顺手将打火机送给他是很有可能的。

想通了这一点，关琥不得不佩服张燕铎的缜密，同时背后发凉——他太大意了，假如没有张燕铎的提醒，他可能早就死了。

"谢谢。"他抹了把冷汗，由衷地说。

张燕铎没有回应他，而是语重心长地说："那件事以后，我其实是想走掉的，免得你继续为难下去，可是后来我发现还不行，有时候你对危险的对应态度让我怀疑你活到现在真是奇迹。"

"那件事"是指什么事，关琥很清楚，理智上他理解张燕铎的做法，但感情上很难接受，不单单是因为张燕铎随心所欲杀人的行为，而是他希望他的哥哥是正常人，而不是杀人工具。

但共同经历了这么多事，什么是正什么是反，什么是黑什么是白，他有点分不清了，被嘲讽，他默默认了下来，好吧，张燕铎没说错，没有他，自己早挂了。

"那个……你走后去哪里了？"

"没去哪里，遇到了熟人，又发现了一些事情，后来看到艾米跟克鲁格都来了，我担心你有事，就回来了。"

张燕铎虽然有时候说话刻薄，但是该直接表达的感情他都不会遮掩，听到他说担心自己，关琥的心里说不上是什么滋味，问："你又怎么会变成张三枫的？还跟艾米联络上了。"

"张三枫本来就是艾米在这边的联络人，那家伙是陈派太极的传人，功夫不错，人脉也广，但他很好面子，所以查到他的幕后身份后，我跑去找他打了一架，他输了，照约定拍了裸照，去黄山某个寺庙面壁三个月，假如他敢事后反悔，我就把他的裸照传上网络，他今后别再想在同门同行中立足，所以现在那个真的张三枫应该正在对着墙壁发呆吧。"

关琥听得目瞪口呆，喃喃地说："强迫男人拍裸照这种事你也干得出来？"

"我的拍摄技术不错的，要试一下吗？"

笑眯眯的眼神看过来，关琥立刻用力摇头，表示自己对这个提议完全没兴趣。

"所以，一直用叶菲菲的手机跟我联络的人其实是你了？"

"我演得不错吧？"

"什么不错？你根本变态的，"见张燕铎一副引以为荣的模样，关琥火了，叫道："你偷我女朋友的手机不算，还扮她来骗我，到底是什么居心？"

"纠正两点，一，叶菲菲是你的前女友；二，我没偷手机，是捡的，在谢凌云公寓外的垃圾桶里。"

张燕铎跟艾米联络上后，发现恐怖组织活动可能跟吴钩和老家伙有关，就开始追查他们，然后一路跟踪到谢凌云的公寓，但晚了一步，谢凌云跟叶菲菲被劫走了，他无意中听到垃圾桶里的手机铃声，取出来一看，发现来电显示是关琥。

"为什么你要骗我？假如你不是一直拖着不说，说不定我有机会及时救出凌云跟菲菲。"

"你没机会，你根本不了解吴钩的手段。"张燕铎说："我不想你多管闲事，做事要量力而为，才能随时都很从容，你却做不到。"

张燕铎说得无比肯定，也许他说的是真的，但关琥无法认同他的观点，反问："既然你知道，那为什么你不出手？"

张燕铎不说话了，关琥点点头，他想自己猜中了真相。

"因为你担心我有危险，所以放弃了营救她们对吧？你每次都是这样，在有危险的时候，首先放弃的就是朋友，张燕铎，也许这是你的生存法则，但我不希望你每次都拿我当挡箭牌。"

"不是挡箭牌，而是对我来说，任何时候，你永远都放在第一位，我没有不把凌云跟菲菲当朋友，但朋友永远无法跟弟弟相比，我宁可事后被你怨恨，也不想你有事。"

这番话说得掷地有声，关琥放弃了辩解，明明话语偏激，但他偏偏听得血脉偾张，他父母早逝，朋友也不多，从来没人这样推心置腹地对他说话，鼻子有点发酸，他明知道这种自私的想法是不对的，可是同时又享受被亲人关心的感觉。

沉默了一会儿，关琥揉着太阳穴，叹道："看来这个想法你是不会改变了。"

"不会，你就认了吧。"

关琥点点头，表示认命。

"希望那两个家伙没事。"

"不会有事的，吴钩的真正目标不是她们，"张燕铎看了关琥一眼，关琥的老实的模样让他很满意，微笑说："虽然她们跟我弟弟没法比，但我也不会看着她们出事却不加理会，所以我另有安排。"

"你爷爷的，另有安排，你怎么一开始不说？"害得他这么担心。

"想看看你的反应。"

"你果然变态的。"

"有关这一点，你也认了吧。"

碰上这么一个在任何时候任何场所都可以保持冷静的人，关琥的暴脾气被磨得七七八八，他放弃了跟张燕铎追究这些无聊的问题，问："艾米没有怀疑你？"

"我说过，你会看出来是因为我没有真在你面前做掩饰。"

张燕铎说："张三枫跟艾米直接接触的机会不多，他的声音外貌我又模仿得这么逼真，更重要的一点，是她登门找我的，所以她怎么都想不到家主是冒牌货吧？"

"那位美女间谍一定没想到在她算计你之前，早就被你算计到了。"

"这个故事告诉我们，不想死得早，就不要做我的敌人。"

"我会记得做你弟弟的。"关琥说完，马上又追加道："还有，我会成长起来的，终有一天，离开你的扶持！"

"拭目以待。"

两人回到住所，他们的装备都已被规整好，只等出发了。

艾米对他们的晚归表现得很不悦，再闻到他们身上的药味，狐疑地问："你们去哪里了？"

"关警官说想喝四神汤，硬逼着我开车载他去中药店。"

"四神汤？"

看这位美女的表情，就知道她听不懂张燕铎在说什么，克鲁格在旁边解释道："就是一种补身养神的药膳料理。"

他不解释还好，听了他含糊的解释，艾米的目光在关琥的胯下扫了扫，说："男人希望自己强健固然好，但也要选对时间，还是你已经差到需要马上吃药的程度了？"

关琥整张脸都黑了。

咳嗽声传来，张燕铎在旁边忍笑忍得很辛苦，克鲁格还不知道自己哪里说错了，来回看他们，一脸的莫名其妙。

为了不让艾米起疑心，也为了自己属于男人的颜面问题，关琥只好把话题拉过来，调出萧白夜跟塔里图会面的照片，给艾米看，说："我在鑫源酒家又查到了一些新消息，我怀疑警界里也有人插手降头的事，你能不能帮我查一下这个人的资料？"

"是他？"看了萧白夜的正面照片，艾米挑挑眉。

"你认识？"

"我对他的上司比较熟，你们的处长认识不少各国政界的高级官员，他会接触降头师，多半也是出于上头的命令，就是不知道是谁倒霉地中降头了。"

"那就算了，我对谁中降头没兴趣，我只想救出我的朋友。"

成功地引开了艾米的注意力，关琥趁机找借口收尾，谁知艾米对萧白夜颇感兴趣，将他的照片转去自己的手机，笑道："我最爱帅哥了，会帮你把他的家世查得清清楚楚的。"

"那……谢了。"

"作为回报，也请你全力配合我们，马上要出发了，我可不希望中途再出差错。"

"出了什么事吗？"

艾米揉揉额头，一脸烦躁的表情，"我的雇主开始出现中降头的反应了，他希望马上解决问题，所以我们现在要直接去目的地。"

直接去目的地的话，就代表他不需要顶着这张胖脸了？

可惜除了关琥之外，没人在意他的模样问题。

艾米吩咐大家上车，轿车直接开进了一家私人飞机场，到达后关琥发现设施里的管制警告牌都是英文，跟艾米和克鲁格对接的人员也是外国人，他们三方应该都事先协商妥当了，进去后，很快就被安排坐上了直升机，在机门即将开闭的时候，站在外面的工作人员向他们做出预祝成功的手势。

希望会成功。

俯视随着飞机的升起而逐渐远去的地面风景，关琥衷心这样希望。

"别紧张，一切都会平安的。"看出了他的忐忑，坐在对面的克鲁格安慰道。

关琥看看周围，飞机颇大，除了驾驶员跟他们四人外，还有几个身穿迷彩服的壮汉，这么多人凑到一起，机舱里却异常的安静，艾米也难得地穿上轻便的登山装，低头看着地图，神情严肃。

再看张燕铎，他该是整个飞机上表现得最平静的人了，靠在座椅靠背上闭目养神了一会儿，又专心致志地看手机，耳朵上还戴着耳塞，张燕铎没有用耳塞的习惯，关琥想他这样做可能是在模仿张三枫的习惯。

在这么安静的场合下被克鲁格搭讪，关琥不知道该说什么，见他看着自己，一副想要认真聊天的模样，他的目光在机舱里转了一圈，突然灵机一动，想到了有一件事可以拜托克鲁格。

"我有事要问你，跟我来。"

他小声对克鲁格说完，起身往机舱后方走，并冲他扬扬手，示意他跟进。

克鲁格立刻跟了上去，觉察到他们的举动，张燕铎抬起眼帘，像是不经意地瞥向后方，却没有跟过去，而是继续看他的手机。

希望谢凌云跟叶菲菲平安，虽然从没怀疑自己的判断，但他的情绪还是多少被牵扯到了，在意朋友的处境是一方面，更重要的一点是他不希望日后因为这件事一直被弟弟埋怨。

张燕铎没有想到，叶菲菲跟谢凌云现在很好，而且绝对比他想象的还要好。

"这真是一次奇妙的旅行。"

叶菲菲在卧室当中来回走着猫步，双手很夸张地在胸前比画，说：

"吃得好，住得也一级棒，周围的人也都勉强称得上是帅哥，打开窗户，还可以看到漂亮的山岭风光，对免费旅行的人来说，这简直挑不出一点毛病，除了不能自由行动以外。"

"凡事有得必有失。"谢凌云盘腿坐在 king size 的大床上，低头擦着她的弩弓，随口应和。

叶菲菲还没说话，对面传来沙沙声，她转头一看，原来是电视收不到信号，屏幕变成了雪花状态，她自嘲地说："你看，还可以看电视呢。"

"嗯，只能收到一两个购物台的电视。"

"那也比收不到好啊，我都做记录了，回去后马上购买。"

谢凌云停止擦弩弓的动作，抬头看她，叶菲菲走过去，伸手用力拍打电视，说："我可没想过要在这里住一辈子。"

"没人这样想，但问题是怎么回去。"

"老板一定会来救我们的。"

"难道你就对自己的前男友不抱一点期待吗？"

"那倒不是，在吃饭付钱的时候，我会第一个想到他的。"

自从被吴钩劫持带到这里，这种被软禁的生活已经持续了好几天，除了没有自由外，叶菲菲对这次的"旅行"还是很满意的，虽然到现在她也不知道自己身处何方。

为了防止她们知道路径，路上吴钩曾间断地给她们服用安眠药，所以等她们完全清醒过来后，已经被带进了这个打造豪华的公馆里，并且跟外界隔绝，最开始的两天里，除了吴钩跟几个负责她们饮食的仆人外，公馆里没有其他人，后来才慢慢增多。

看他们的举动不像是普通的绑架，两人还为此疑惑了很久，直到看到李当归也出现了，她们才明白过来——绑架者真正的目的是李当归，她们只是倒霉地做了诱饵。

电视里又开始播放购物节目，叶菲菲迅速拿起笔，在纸上记录着自己感兴趣的商品，谢凌云擦完弩弓，又调节弓上弹簧跟锁扣的力度，偶尔停下动作，低头沉思。

"你在想什么？"

"想绑架我们的主谋是谁。"

"我在想晚饭吃什么，我对这里最满意的就是他们大厨的手艺很棒，能请得起国际一流料理师的人，他的地位一定不低。"

"所以才更让人担忧。"

"对，我很担忧比起绑票的赎金，我可能连饭钱都付不起。"

许多时候，叶菲菲的乐观态度跟关琥有的一拼，谢凌云放弃了跟她沟通，走到落地窗前，把窗户打开，外面是一个小阳台，上面架着齐腰的栏杆，可以勉强容纳一个人在上面看风景。

不过现在是傍晚，所能看到的只有黑乎乎的山林，套句俗语，方圆百里看不到灯光，只有偶尔传来的野兽叫声提醒她们，这座丛林中还有其他生物的存在。

谢凌云探头往下看去，借着房间里的灯光，可以勉强看到阳台下方的部分风景。

这座别墅建在山顶，她们的房间又刚好靠在悬崖的一边上，所以虽然别墅的门窗很多，但除了正门外，其他地方都无法任意出入，胆小的人甚至不敢开窗，生怕一不小心摔出去，那就粉身碎骨了。

所以谢凌云只是想呼吸一下新鲜空气，没想过从这里逃出去——在第一天来到这里，看到这样的状况后，她们就做了既来之则安之的打算。

外面传来敲门声，随后门被推开，吴钩走了进来，作为绑架者的一方，他做得还算有礼貌，至少不会不敲门就闯入，如果不是见过他心狠手辣的杀人手段，叶菲菲一定会把他当好人看的。

吴钩的眼神先是掠过叶菲菲手上的纸笔，又看向谢凌云，叶菲菲主动把纸递给他，"我只是在记录购物明细，你要检查吗？"

"我在看夜景，没打算拿自己的命开玩笑。"谢凌云把窗关上，走回来。

"我喜欢跟聪明人打交道，所以在我力所能及的范围内，我会给大家最大的通融。"吴钩的手指习惯性地转着笔，微笑说："到晚饭时间了，为了迎接新客人，我们特地准备了法国料理。"

房间里的两个人对望一眼，谢凌云对所谓的新客人抱有好奇，而叶菲菲关注的则是今晚的菜肴是否合胃口。

谢凌云拿起弩弓，跟叶菲菲一起随吴钩走出房间，房门在关上后自动上了锁，这几天都是这样的情况，她们在卧室外的活动都由吴钩引领，再加上公馆很大，所以其他绑票被关在哪里到现在她们也不知道。

这两天叶菲菲已经把房子的构造记熟了，她们住在三楼，餐厅在一楼，她们可以经过中央的大楼梯去餐厅，也可以乘电梯下去，这要看吴钩当时的心情，有时候她们还会遇到一两名穿相同黑衣的类似打手的男人，相比之下，叶菲菲觉得吴钩的品位实在是好太多了。

今天她们走的是楼梯，经过宽形楼梯的拐角时，一位身穿黑衣的中年男人从对面的楼梯走下来，他个头中等，留着络腮胡子，虽然服装相同，但男人的气质跟其他人有明显的区别，看他的体格，应该有经常锻炼，不过更多的是书卷气，让他看起来跟这里的氛围格格不入。

看到他，谢凌云愣住了，男人带给她熟悉的感觉，让她想起了自己的父亲。

事实上，谢凌云跟父亲凌展鹏有多年未见了，在她的记忆中，父亲还是以往那副儒雅书生的模样，她无法跟眼前这个络腮胡子男人联系到一起，可是诡异的是又觉得这个男人很有亲切感，假如他剃掉胡子，再年轻几岁的话，就跟父亲很像了。

男人没看她，擦肩而过后，上了他们刚才走过的楼梯，谢凌云本能地转头看去，竟赫然发现他的背影更熟悉，好像前不久还见过。

是在哪里见过的？

记忆在脑海里飞速地回旋着，谢凌云很快想起了在鱼藏事件中，她曾在法庭外拍过某人的照片，事后她屡次有被跟踪的感觉，现在想起来，就是这个人。

"喂，你……"本能的，她冲着男人的背影脱口叫出来。

男人的脚步略微停顿了一下，这个反应让谢凌云对自己的判断多了一份信心，追着他跑上楼梯，但她马上就被吴钩拦住了，站在他们之间，平静地说："你好像忘了我的提醒。"

——假如不想今后一辈子走不了路，就不要随便走动。

这是她们来的第一天，吴钩就说过的话，谢凌云知道他不是在危言耸听，但现在有一个机会让她可以查证事实，她不甘心就此作罢，推开吴钩，冲男人叫道："你是谁……是不是姓凌？"

男人像是没听到，头也不回地上了楼梯，谢凌云想追上去，被叶菲菲拉住，冲她用力摇头，吴钩咳嗽了一声，淡淡地道："虽然我不阻止你们跟其他人交流，但我不认为多话是个好的习惯。"

这句话提醒了谢凌云，让她激动的心情稍微冷静下来，问："你是不是知道什么？"

"我只知道这家的主人不喜欢别人乱说话。"

吴钩说完，停下手中转动的红笔，往楼下走去，谢凌云急忙跟上，还想再追问，对面走来两名穿黑衣的打手，叶菲菲很夸张地冲他们扬手打招呼。

"嗨，帅哥，要一起共餐吗？"

没想到囚犯会主动搭讪，那两个人满脸的惊讶，不由自主地僵在了那里，还是吴钩喝了声做事，他们还恍然回神，转身匆忙跑走了。

吴钩把她们带到一楼餐厅里就离开了，谢凌云已经恢复了平静，小声对坐在旁边的叶菲菲说："刚才谢谢你。"

这里戒备森严，一定设置了很多监控探头，想到自己贸然搭讪可能会引起绑架者的怀疑，谢凌云的额头上冒出了冷汗，幸好叶菲菲机智，也在中途找人搭话，用来掩饰了她的突兀行为。

叶菲菲连连摆手，表示那不算什么，接着又跟先到达的几个绑票打招呼。

坐在对面的李当归她们都认识，李当归右边的是一位花花公子，吴钩称他特迪，在被抓来的第一天，她们就见过特迪了，特迪是李当归的大学同学，据他自称是西欧某亿万富豪的小儿子，他一身名牌，全身上下都散发着我是有钱人的气息，长得也很出众，放在女人堆里，原本应该很受欢迎。

可惜在场的这两位都不是普通的女孩子，再加上听说李当归的行踪会被追到，都是这家伙告的密，谢凌云跟叶菲菲对他就更多了几分鄙夷。

"一天之内只有三次看到美女的机会，真是太不人道了。"

从两个女生进来，特迪色眯眯的眼神就没离开过她们，拿起酒杯，说："为你们的出现干杯。"

正餐还没开始，不过前菜跟酒水都送了上来，特迪已经喝了两杯，说话有点放肆，叶菲菲小声对谢凌云说："我很后悔身上没带巴豆。"

"我带弩弓了，必要时可以射他一箭。"

因为刚才的偶遇，谢凌云的情绪有点急躁，特迪的样子让她更厌烦，完全没控制说话的声量，特迪不太懂汉语，李当归却听得清清楚楚，抱歉地说："真不好意思，因为我的关系，连累到你们。"

"你是该反省一下了，"叶菲菲说："身边那么多保镖，还一次次地被绑架。"

"我这次不是被绑架，是我主动来的。"

"切，真够蠢的。"特迪在旁边不屑地说。

"我也觉得很蠢，不过我没有其他的选择。"

这句话其他人听不懂，谢凌云跟叶菲菲心里却很明白，菲利克斯家族不会为了谢凌云交赎金，但绑票换成李当归就不一样了，所以为了不让谢凌云有危险，这家伙就自动送羊入虎口了，叶菲菲扶额叹道："我不知道是该钦佩他的痴情，还是嘲笑他的愚蠢。"

"他不蠢，怎么会被人出卖，还跟人家坐邻桌？"谢凌云没好气地说。

笑声传来，却是坐在特迪另一侧的眼镜男发出来的，他看似二十偏后的年纪，身材消瘦，脸上戴了副厚厚的大眼镜，头发乱蓬蓬的，再加上略微伛偻的脊背，乍看去就是那种足不出户，看几次都很难记住长相的宅男，吴钩称他小叶，小叶是最早被抓来的，但叶菲菲想不通绑架者抓这种人的目的。

坐在最边上的是个三十靠后的混血男人，他长相普通，不过五官棱角分明，气势彪悍，他是昨晚在他们吃饭的时候被抓进来的，吴钩说他是偷闯进来的情报员，被他们活捉了。

男人的右手被打折了，无法自由活动，做事都用左手，显得很笨拙，跟其他人相比，他的话最少，也最颓废，头上因为受了伤，包了一圈白纱布，更显得没有攻击力，不过照叶菲菲的观察，这个男人不是职业军人就是受过严格训练的雇佣兵，嗯……也许他的身份更可怕。

所以当吴钩称呼他本的时候，叶菲菲首先的反应就是这名字是杜撰的。

大家都聚齐了，正餐陆续端上来，因为最新的囚犯是法国混血，所以今晚大厨选了法国菜，几道主菜都做得精致美味，光看菜点的卖相，会让人以为他们是在五星级酒店里享用美食。

特迪叉了块鹅肝放进嘴里，又瞟了一眼本，阴阳怪气地说："真难想象俘虏也能吃这么好，说起来我们还是跟着你沾光了。"

看不惯他目中无人的派头，谢凌云说："俘虏跟绑票，谁也不比谁高级多少。"

"绑票是要掏赎金的，所以我们的存在等同金钱，俘虏算什么？多半是先给他点甜头尝尝，回头再严刑逼供。"

"哈，我第一次看到有人当绑票当得这么自豪的。"叶菲菲忍不住低声吐槽。

本置身事外，低头吃着饭，像是他们说的不是自己，特迪耐不住寂寞，又开口问大家，"你们猜绑架我们的到底是什么人？如果只是想要钱的话，为什么到现在都不露头？"

"我觉得很大一个可能是他们在进行一项试验，"小叶兴致勃勃地说："你们玩过密室生存游戏吗？就是把一群人限制在特定的空间里，让他们自相残杀，最后活着的人才能出去。"

空间有短暂的寂静，大家都想到了这个可能性，但是被直接说出来，还是感觉到了恐惧，小叶饶有兴趣地观察着他们的反应，笑道：

"怎么？被吓到了？"

"如果是这样，"谢凌云盯着他，冷冷道："我会第一个干掉你。"

煞气太重，小叶脸上的笑容僵住了，叶菲菲嘲笑道："看来你也被吓到了。"

"喂，"特迪打量着周围，提议，"我们是不是该换个话题？也许我们该跟这里的主人好好聊一下，各取所需。"

"我认为这是个好提议，谢姑娘你觉得呢？"

谢凌云还没回答，餐厅大门被推开，吴钩先走了进来，随后是个个头不高，其貌不扬的老人。

他已年过花甲，穿着苗族服装，头上挽着黑色头巾，一只眼睛上还蒙着眼罩，他的脸上堆着微笑，如果忽略缠在他的手腕上进入半冬眠状态的花形斑纹蛇，他看上去就是一位普通的老人家。

"看来你们聊得很开心。"他进来后，环视着大家说。

老人的身后还跟着一个白发男人，男人个头比他高很多，气场也比他强硬，反背双手面无表情，像是他的保镖。

吴钩来到餐桌的主位前，拉开椅子请老人落座，对大家说："你们不是很想知道这间公馆的主人是谁吗？就是这位老先生，他是这里的族长，也是大名鼎鼎的降头师塔莫。"

"降头？"

叶菲菲咀嚼着这两个字，跟谢凌云对视一眼，两人都想起来了，在被劫持时，吴钩曾跟她们提到降头这个词。

塔莫坐下后，仆人将他的餐点端了上来，却不是西餐，而是一盘类似小型蚕蛹的食物，那东西还是活的，在盘子里蠕动着，他却毫不在意，伸手抓起一把，胡乱塞进嘴里大嚼起来。

叶菲菲急忙把头撇开，以免忍不住吐出来，其他几个人的脸色也不好，最冷静的是本，用他的左手缓慢地叉着牛肉继续吃饭。

像是没注意到他们的不适，塔莫又抓了把肥蛹，递向前方，问："你们要尝一尝吗？"

这个动作像是导火索，逼得大家都将刀叉放下了，想到那些叫不上名字的蠕动物体可能曾跟他们的西餐放在同一个厨房里，没人再有胃口吃东西，李当归对塔莫说："我们也在这里叨扰很久了，既然主人来了，那我们就当面讲清楚，请问你把我们劫持到这里来，到底是什么目的？"

塔莫没有马上回答，而是给吴钩使了个眼色，吴钩按了桌旁的某个按钮，大家顺着他的眼神看过去，发现对面墙上安设的镜头亮了起来。

"你们的家人还有相关人员会即时看到这里的情况，包括我们接下来谈判的内容，跟大家被下降头后的反应。"

几秒钟的沉寂后，李当归小心翼翼地问："难道我们都被下降头了？"

特迪问他，"什么是降头？"

小叶代为回答："就是东方一种很可怕的诅咒方式。"

特迪笑了，表情中充满了不屑，显然他并不相信。

塔莫也不多说话，吃完他的美餐，接过吴钩递来的耳机戴上，又从口袋里取出一个小铜锤，敲了下缠在他手腕上的花斑蛇，原本处于半冬眠状态的蛇被刺激醒了，昂头张嘴，发出嘶嘶的怪叫。

特迪的笑容僵住了，其他人也噤然无声，其中叶菲菲表现得最明显，她很怕这种爬虫类动物，现在只恨不得马上逃出去。

但越是怕什么越来什么，就见在塔莫的喃喃嘟曦声中，那条蛇一扫最初软绵绵的状态，嘶叫后突然蹿起来，越过长形餐桌以飞快的速度冲她游来，叶菲菲吓得失声大叫，跳起来想逃走，却完全动弹不了，原来是谢凌云伸手按住了她的双肩，禁止她乱动。

叶菲菲吓傻了，谢凌云的举动让她更害怕，剧烈地反抗着，大叫："凌云，快放开我！"

谢凌云像是没听到，阴沉着脸，继续加大压制她的力量，眼看着花斑蛇即将蹿到面前，叶菲菲不知从哪儿冒出来的力气，挣脱了谢凌云的控制，随手拿起桌上的酒杯甩了出去。

花斑蛇被酒泼到，痉挛着缩回去，酒杯从对面的几位男士之间飞过，摔到了地上，发出哗啦响声，响声让叶菲菲稍微清醒过来，就见谢凌云抄起叉子，探身将花斑蛇贯穿七寸后，叉在了桌上，花蛇扭动了几下后终于不动了。

"没事啦没事啦。"

看着蛇死掉，叶菲菲松了口气，一边拍着胸口自我安抚，一边埋怨谢凌云，"你刚才干吗按住我？害我差点被蛇咬。"

谢凌云不说话，一脸惊异地看她，叶菲菲问："不是你按住我的吗？"

"我只有叉蛇。"

叶菲菲看看她，又看看眼前早已毙命的蛇，有些搞不清状况，半响，对面传来弱弱的询问声，李当归问："谢姑娘，菲菲，你们还好吧？"

两人看过去，就见餐桌对面的几位男士都满脸震惊地看着她们，接着响起塔莫的笑声，那声音像是晴空霹雳，在她们的大脑里传来剧烈震荡，一阵眩晕后清醒了过来，再看桌面，上面哪有花斑蛇的尸体，有的只是一柄竖直插在桌上的银叉，还有酒杯跟餐盘碎片。

"这……是怎么回事？"

叶菲菲彻底迷糊了，转头看向众人，看到那条花斑蛇依旧好好的缠在塔莫的手腕上后，她就更茫然了。

"刚才你突然像是中邪似的大喊大叫，跟着谢姑娘也中了邪，拿着叉子叉桌子。"

李当归说的跟她刚才看到的景象完全不同，叶菲菲不太信，问谢凌云，"是这样吗？"

谢凌云摇头，也是一脸茫然，"我只看到蛇蹿过来，就动手了。"

但事实上什么都没有，一切都是她们的幻觉，在座众人的反应可以证明，两旁的摄像镜头也可以证明。

"真有趣，原来这就是降头术。"特迪很快从震惊中回过神来，饶有兴趣地问塔莫，"这就跟催眠术一样嘛，还有更厉害一点的吗？比如让她们……"

他没说下去，但是从他比画的动作还有猥琐的笑容就知道不是什么好事，谢凌云伸手握住那柄叉子，冷冷道："你是要比一下自己的脑袋跟桌子哪个更结实吗？"

她气势太强，特迪不敢硬拼，只好冲李当归哼哼冷笑道："你的品位越来越差了，连这种暴力女人都看得上。"

嘲弄换来一记拳头，李当归挥拳打在特迪的脸上，后者被打得哇哇大叫，指着他，不敢置信地叫道："你居然打人，你以前……以前……"

"我以前不打人是我可以忍你，但不等于说我能忍受你辱骂我女朋友。"

"啊啦啦啦，有好戏看了。"

叶菲菲已经从震惊中缓过来了，听到他们的对话，悄悄对谢凌云笑道。

谢凌云不悦地看向李当归，正要警告他不要乱说话，对面传来制止的拍掌声，塔莫对着镜头说："刚才你们看到了？有没有觉得很精彩？"

不知对面说了什么，塔莫又说："这些人都中了降头，所以他们的行为都在我的掌控当中，你看我没有对他们镣铐加身，但他们每个人都这么听话。"

接下来是短暂的沉默，叶菲菲发现塔莫的脸色不太好，看来跟他谈判的那些人没有预期中的反应，他转头看向身后的白发随从，随从说："看来他们不信，就算身上出现了种种症状，他们还是期待现代医学可以帮他们治疗。"

吴钩配合笑道："我以为林晖峰的死会让他们妥协的，没想到我们小看了大家的意志力。"

俘虏们听不懂他们的话，叶菲菲凑近谢凌云，小声问："这好像是新型的绑架手法？"

"看来是的。"

"那我们是不是真中降头了？"

"我觉得更像是催眠，可能我们的酒里被下药了。"

在座的众人大概都有这样的想法，所以虽然大家有些害怕，却没有恐慌的反应，塔莫见状，摇头叹道："看来那一幕还不足以让大家信服，那我们只能再来一次了，这次的对象要选谁好呢？"

他用独眼依次看向在座的人，宅男慌忙把头低下，本依旧保持无表情的状态，李当归慌忙说："两个女孩子已经做过试验了，这次该换我们，还是要做那种梦游演绎吗？我来配合好了。"

塔莫抚摸着趴在他手上的花蛇，不屑地哼道："这次要玩点真的了，否则人家不信。"

"那就让这个宅男当试验品好了，或者让俘虏来，反正他们没有存在价值，"特迪说完，又指着李当归叫道："他也行，他们家财势雄厚，他中降头的话，他们家会毫不犹豫地掏钱。"

塔莫默不作声，突然拿起小铜锤敲向花蛇的头部，与此同时，特迪捂着头叫了起来，接着塔莫又连续敲动几下，大家就看到特迪跳了起来，全身像是打筛子似的不断颤抖，血线从他的脸上流了下来，状况太惊悚，坐在他两旁的人都吓得往后退去。

塔莫还在继续敲打小蛇，口中念念有词，然后抓起盘子里还在蠕动的幼虫向蛇头撒去，花纹蛇发出惨叫，身体剧烈扭动了一阵子，啪嗒瘫到地上不动了。

没人注意蛇的死亡，因为现在特迪的状态更恐怖，他在原地转了几圈，全身抽搐得更厉害，嘴里发出类似蛇的嘶嘶叫声，竟然伸手抠向自己的眼珠，李当归吓得想过去拉他，可是根本无法靠近，就见那两个圆圆的晶体被抠了出来，鲜血喷了特迪一脸，血中还有不少从他的五官游出来的幼虫，看虫体的形状，跟塔莫吃的那种一样。

对面传来呕吐声，叶菲菲终于受不了了，转过头吐了起来，谢凌云也好不到哪去，皱着眉把头转后，不敢再看，李当归也一副快要昏过去的样子，一直在观赏惨事全程的只有小叶跟本，小叶是带着好奇的表情，本则是完全无动于衷的状态。

特迪的挣扎没有持续很久，他在一阵激烈的惨叫后慢慢消停下来，动作变得呆滞，最后仰面瘫倒在地，发出呼呼喘息声，鲜血在他的挣扎下溅得到处都是，再加上幼虫在血上蠕动，更加触目惊心，所有绑票都保持呆立的状态，直到特迪完全没了声息。

一阵良久的沉默后，塔莫看向镜头，问："这次你们满意吗？如果不满意，我们再来玩第三场。"

虽然听不到对面说了什么，但是看塔莫的反应，跟他通话的那些人做出的是否定回答，塔莫微笑说："很好，那十二小时内，我希望看到结果，如果你们不相信我可以远程下降的话，在这十二个小时当中，你们可以继续观察自己的身体变化。"

还远程下降呢，怎么不说是远程调控？

要不是太难受，叶菲菲肯定会这样吐槽的。

镜头关掉了，塔莫满意地看着死亡的杰作，对大家说："这个节目你们觉得怎么样？"

"你怎么这样变态的，你到底用了什么怪法术害人……"

李当归越说越气，要不是看到谢凌云连连跟他使眼色，他一定会接着说下去。

塔莫没在意，站起来，背着双手走出去，说："你要庆幸你的身份，不过如果十二小时后还得不到回复，那不管什么身份都救不了你。"

"不就是钱吗？你放了谢姑娘跟菲菲，我家人会给你钱的！"

塔莫没理他，背着手自顾自地走出去，白发男人也跟着他出去了，餐厅里剩下吴钩，吴钩打了个响指，立即有两名黑衣男人进来，手里拿着特殊道具对准尸体。

白雾喷到尸体上，那些蠕动的幼虫瞬间被冻住了，两人又合力将尸体以及幼虫垃圾装进特制的袋子里，看他们训练有素的动作，这种事不是第一次操作了。

吴钩打了个手势，让其他手下带绑票们离开，看李当归还一副期盼得到回复的模样，他故意说："希望你值一亿欧元。"

"一亿欧元！？"

这个价码超出了李当归的想象，震惊地看向吴钩，但他随即就被强行带了出去，走到门口他才返过神，转头对谢凌云跟叶菲菲叫道："你们不用担心，不管多少钱，我都会想办法的！"

等话音落下，李当归已经被带走了，吴钩看看两个女孩子，耸肩说："我对他的乐观精神表示钦佩。"

"要……一亿欧元……"叶菲菲呼吸有些困难，问："你们要那么多钱干什么？"

"那不是你该知道的事。"

随后小叶也被带走了，本在被带出去的途中突然奋力反抗，他打倒了两名手下后往外跑，吴钩完全没在意，冷眼看着他跑出去没多久就被其他手下拦住，本只有左手可以活动，很快就被制服了，有人熟练地在他胳膊上注射了药剂，等他昏倒后，将他粗暴地拖走。

"是不是跟你们通话的那些人也可以看到这些镜头？"谢凌云问吴钩。

"是，你们不觉得现场直播很有趣吗？"

两个女孩没有回答，吴钩一撇头，"回去吧。"

她们被吴钩带回了卧室，门关上后，脚步声逐渐远去。

经历了一场惊悚的晚餐，哪怕乐观如叶菲菲，现在也洒脱不起来了，两人默默地相对坐了一会儿，她轻声说："一亿欧元不是个小数目，而且他们的目的肯定不仅仅是钱。"

"所以我们会被牺牲的可能性很大。"

吴钩的态度一直都很友好，这给了她们乐观的错觉，以为只要菲利克斯家族交了赎金就没事了，但是特迪的死给她们的震撼太大，她们只是小人物，假如塔莫为了给对方施压，在十二小时内继续杀人的话，那下一个目标很可能就是她们。

"你说我们到底有没有中降头？"

"比起降头，他们在我们的饮食中下毒的可能性更大。"

"说不定在这个房间里也偷偷按了监控！"

说到这里，叶菲菲自己先吓得跳了起来，仰头努力查看，谢凌云叹了口气，说："不用找了，就算找到，我们也没法破坏它。"

"那我们该怎么办？"叶菲菲放弃了寻找，重新坐回床上，自暴自弃地说："如果像特迪死得那么惨，我宁可赌一把找机会逃跑。"

谢凌云低着头不说话，叶菲菲问："你是不是想到了什么办法？"

"逃跑没用的，如果我们真的中了降头或是中毒，那不管去哪里都是死。"

"那可以退一步，死得痛快一点漂亮一点吗？当然最好还是不要死。"

聊天缓和了紧张的气氛，说到这里两人都笑了，谢凌云咬咬下唇，说："所以我不想逃也不想死，假如他们拿我们当试验品，我宁死也要拉他们下地狱。"

"yes！钱能解决的问题就拿钱解决，钱解决不了的就武力解决！"

应和她这句话，谢凌云将随身不离的弩弓拿到了手里。

叶菲菲来精神了，凑到谢凌云身旁坐下，小声说："现状也许没那么糟糕，吴钩跟老板的关系好像很好，你说他会不会暗中放水？还有那个你认为是你父亲的男人，我觉得他看到你的反应很微妙，所以他或许也会帮我们。"

"如果他真是我父亲，那为什么一直暗中跟踪我却不相认？还有他为什么会跟这些奇怪的人混在一起？"

"不管原因是什么，只要伯父还活着，一切都可以找到解释的理由，所以这个问题可以稍后再研究，我们当前的目标是反客为主。"

叶菲菲越说越来劲，但马上想到刚才那恶心的一幕，不由得一抖，说："不过这个行动有个很大的问题，就是房子里到处都是监控，就算我们可以撬得开这扇门，一出去就会被发现了，唉，真令人头痛。"

　　她随口说完，就看到谢凌云脸上浮出笑容，一副胸有成竹的表情，她小声问："你是不是想到什么了？"

　　"只想到一件很简单的事——监控器也是用电的对吧？"

第七章

"我发现最倒霉的事是在紧急迫降后信号器又出现问题，再接着被一群野人围攻……"

一枚冷箭迎面射来，成功地遮断了关琥即将说下去的话，还好他躲得快，但紧接着就看到挥过来的长刀，他急忙再次闪身躲避，又顺便抬脚踹过去，把那个攻击者踹倒后，他喘着气将最后一句话追加上去——"并且还是在晚上。"

所谓紧急降落，其实是出于艾米的雇主跟德国军部高层的指令，至于为什么这样做，都是因为那通来自恐怖组织的视频通话。

塔莫跟几个目标的视频联络被转到了他们这里，所以谢凌云跟叶菲菲经历的那场恐怖事件，关琥也即时看到了，他在为两位朋友没事而感到庆幸的同时，更担心接下来她们将面临的状况。

艾米跟克鲁格也表现得很担心，不过他们担心的是任务是否可以顺利成功的问题。

看了视频后，张燕铎有好一阵的沉默，然后对艾米说："再查一次塔里图，越详细越好。"

为什么要查塔里图？

关琥很不解，其他人大概也抱着跟他相同的想法，不过艾米没多问，打电话将调查任务指派了下去。

通过反跟踪获取的讯息，他们选择了临时降落，并修改了攀援路线，抄近路接近目的地，谁知会在半路上被这群奇怪的人围剿。

在发现遭遇埋伏后，克鲁格急忙指挥大家撤退，但对方一言不发就发起进攻，为了不引起恐怖组织成员的警觉，他们不敢开枪，只是单纯的肉搏，这让敌人占据了天时地利人和，没多久就把他们逼到了一片斜坡上。

关琥刚把其中一人撂倒，马上就被其他人围住了，对着他边打边骂，可惜他们说的都是土话，关琥一句都听不懂，看到这些人的服装发饰奇特，猜想他们是当地的土著，于是更不敢下重手，以免平白树敌。

但其他雇佣兵没像关琥一样想这么多，久战不下让他们的情绪开始暴躁，其中一个人在把对手踢倒后，直接按住他，抽刀向他胸口刺下，关琥看得清楚，急忙抓住那人的手腕，又用力一顶，将他撞开，喝道："不要杀人！"

士兵嘴里咕哝了一句关琥听不懂的话，竟然向他挥刀，关琥躲闪不及，手臂被刀刃划了道口子，还好克鲁格及时过来帮他拦住了士兵，那人不是克鲁格带来的，两人争执起来，他居然又向克鲁格动刀，被张燕铎一拳头打倒在地。

士兵的同伴看到这情景，立刻冲过来将张燕铎跟克鲁格围住，做出攻击的架势，艾米顾不得应敌，站到他们中间做仲裁。

看到恶战变成了混战，关琥有些发困，再看看先前被他救下的人还一脸惊讶地坐在地上，他问："你还好吧？"

那人不说话，反而是他的族人叫声很大，看着他们拿着各种武器预备再次做出攻击，关琥忍不住冲还在互斗的两帮人叫道："先生们，现在我们是不是该一致对外？"

"对外就是将这些土人全部干掉。"

那士兵的话换来一记冷箭，他的脸颊被划破了，气得握着刀就要往上冲，艾米急忙喝住他，就在两人争执的途中，那人突然全身发出痉挛，嗷叫着跌倒在地，张燕铎将手电筒照过去，就见一瞬间的工夫，士兵的脸上手上就不断地浮出水泡，异常吓人。

士兵伸手想抓水泡，克鲁格急忙打晕他，避免他的状况再继续恶化，谁知他的同伴被惹恼了，竟然向那群当地人冲过去，克鲁格阻止不了他们，不由对艾米气道："你每次都找猪队友搭档吗？"

"这都是雇主派来的，雇佣兵嘛，你懂的，都这副德行。"

艾米嘴上说得轻松，但是看到状况越来越糟糕，她心里也很着急，还好有人及时出现，拦住了一触即发的危机———一个胖乎乎的男人匆匆跑了过来，一边跑一边命令大家住手，他身后还跟着几个膀大腰圆的外国男人和一位老者，那老者关琥认识，就是被张燕铎捉弄过的太极高手夙照青。

"误会误会，大家都是自己人，不要再打了。"

胖子的普通话发音很奇怪，再加上他的民族服装打扮，看上去有点滑稽，他的长相跟关琥易容后的模样很像，关琥猜到了他的身份，不由得郁闷起来，不得不认同了杂货铺老板说自己"怂"的事实。

胖子走近后，看到艾米，很熟络地跟她打招呼，"艾米小姐，好久不见，你真是越来越漂亮了，这个就是用我身份的人？比我高了一点，不过还不错。"

为什么他要被一个长得比自己差的家伙这么挑剔啊。

关琥更郁闷了。

艾米没注意到关警官脆弱的心情变化，跟胖子打了招呼，又对他们说：“这位就是刀羊，接下来的路他会带。”

“抱歉抱歉，我刚去帮朋友解决其他的冲突，没想到你们会提前到。”

刀羊解释完，又去跟族人叽里呱啦地说了一通，大家放下了武器，虽然看向他们的目光不是很友好，但没像最初那么憎恶，看似首领的男人说：“不要乱带外人进来影响我们的生活，最近很多这类的人，你是希望那件事重演吗？”

“没有没有，他们都是我的朋友，只是去断命崖，路经这里，不会打扰大家的。”

刀羊赔笑着说完，又跟首领说了一些方言，并指指那个还倒在地上昏迷过去的男人，首领走过来冲那人啐了口吐沫，然后对他们说：“给他灌一杯水就行了。”

“矿泉水可以吗？”

克鲁格的询问换来首领的侧目，哼道：“你要灌脏水，也没人拦着。”

克鲁格道了谢，让士兵帮昏迷的人灌水，族人也跟随着首领陆续离开，那个被关琥救了一命的男人在走之前，特意跑到他面前，将一个核桃大小的木雕神像塞给他。

“神主会为你带来好运的。”

这个神像关琥曾在鑫源酒家见过，酒家老板说那是塔里图供奉的名叫熄的神，看来塔里图跟他们是同族，既然对方是好意，他便道了谢，爽快地收下了。

刀羊很艳羡地看着关琥手里的神像，说：“那人挺喜欢你的，我跟他们那么熟了，都没人送我。”

一个小东西而已，至于嘛。

关琥在刀羊羡慕的目光中将木雕放好，等那些族人走远了，刀羊帮他们跟凤照青做了介绍，听刀羊的讲述，凤照青等人是来营救李当归的，却因一言不合跟族人打了起来，刀羊为了帮他们和解，才会迟到。

凤照青不认识易容后的关琥，但他认识张燕铎，嘲讽说："还以为是谁呢，原来是张家那个胖子。"

"张家的打败你的胖子。"张燕铎笑眯眯地回应他。

凤照青握紧拳头，看他的打架斗志很明显，关琥急忙说："既然我们目的相同，不如先暂时合作。"

凤照青不想跟张家人合作，但考虑到眼下的状况，只好被迫同意了，说："我们接到指令，要在天亮之前找到李先生，在任务没完成前，我不会节外生枝的。"

艾米看过塔莫的视频，看来菲利克斯家族也有所行动了，她问刀羊，"要到你说的那个山崖需要花很长时间吗？"

"不，断命崖就在你们眼前，不过要连夜往上爬有点难度，爬山工具我都带来了，你们只需要提供胆量跟体力。"

听山崖的名字就知道不好爬，但为了不打草惊蛇，他们不敢将直升机停到崖上，只能采取这种方式，关琥看了张燕铎一眼，有点担心他身上的软胶会妨碍攀援。

被灌水后，昏迷的士兵苏醒了，脸上那些惊悚的水泡也神奇地消减下去，他对当下的状况还不是很理解，嘴里骂骂咧咧的，克鲁格好奇地问刀羊，"那是什么毒？"

"不是毒，是中降头了，还好大族长宅心仁厚，只是小作惩戒而已。"瞥着那个大汉，刀羊不屑地说："否则那症状持续下去，不死也要褪层皮。"

大家同时想到了不久前特迪死亡的惨状，都不言语了，骂人的家伙也缩缩脖子，不敢再叫嚣，对这些见惯生死的雇佣兵来说，死亡不可怕，但没人想遭受那种死前的痛苦。

刀羊打了个手势，带他们抄小径往前走，唠唠叨叨地说："你们不要怪我的族人啦，他们是九股苗分支的后裔，这一支比较偏，供奉的神祇也跟其他族不同，他们平时常年不出山，不过个性彪悍好斗，那些外来人又不讲理，很多年前为此打过一次仗，死了不少人，所以对外面进来的人，他们都很戒备的。"

"你也是苗人吗？"关琥好奇地问。

"我的祖上是黑苗，不过我算是半个汉人，以前因为跟他们有些渊源，才被特别通融进出，否则就算同是苗人，他们对我也不会客气的。"

"打仗？"

"就是我的族人跟断命崖上的那些人的纷争，多年前有人在上面盖了房子，又企图拓展这片山林，最后两边打了起来，我的族人对崖上的人很在意，崖上的人也忌讳他们的蛊术，那场仗之后就相互避开，那些人就算来也是用直升机，所以这些年还算是相安无事。"

"你的族人都会降头跟蛊术吗？"艾米问。

"不，其实大部分人都不会，降头没有传说中那么神奇，要做一个好的降头师，除了灵气跟能力外，还要有机缘，我小时候听说寨子里有个很厉害的降头师傅，但他乱用蛊毒杀人，就被赶走了，那之后就只有大族长跟几个长老懂降头了。"

刀羊很健谈，听着他的讲述，关琥逐渐把塔里图的出身跟这个寨子联系到了一起，故意问："寨子里有个叫塔莫的人吗？我们见过他的降头术，比大族长还要厉害。"

"不可能，我还没见过有谁的蛊术可以超越族长。"

刀羊断然否定，看他的反应不像是说谎，关琥很奇怪，想象不出塔莫是何方神圣。

听着他们的对话，克鲁格突然对刀羊跟艾米说："你们很熟？"

刀羊咧嘴一笑，"我只是跟钱比较熟。"

"熟到什么程度？"

"那要看你们的钱付到什么程度。"

说话间，他们已在刀羊的带领下来到了可以近路攀援的地方。

最开始路比较好走，渐渐的陡坡尖石变多，大家使用刀羊提供的攀岩道具跟着他往上爬，夜幕中山峰巍峨险峻，假如没有当地人的引路，要在晚上攀山，简直是拿生命来冒险，即使这样，他们中途还是有数次遭遇险境，有几个人脚下踩空，差点从山崖上掉下去，还好有刀羊帮忙，大家陆陆续续攀过峭壁，在三小时后，终于到达了别墅的前方。

别墅依山而建，建筑物后方的一部分跟悬崖连在一起，大约三四层楼的高度，这一带山势比较平缓，关琥猜想恐怖分子是靠直升机移动的，既避免了跟苗寨人的纷争，也方便部署行动。

"我就带你们到这里，接下来是你们的事了，"刀羊呼哧呼哧喘着气说完，又追加："下山时记得再联络我，我很开心为美女做事的。"

他冲大家摆摆手，转身离开，看来他的任务只是向导，其他的并不想插手。

关琥急忙追上去，问道："如果我们遇到会降头的人，该怎么办？"

刀羊想了想，回道："虽然我不认为这里会有厉害的降头师，但会一些小伎俩的人说不定还是存在的，要是遇到这种人，不用慌也不要怕，他们用的都是巫术，只要你一身正气，就不会被邪气缠身。"

这话说了等于没说，但也证明了一点，抛开那些唬人的恶心手段，所谓的降头其实就是一种心理战术。

关琥转头看向别墅，就见楼房跟山林一起坐落在黑暗当中，里面的人可能都睡下了的，没有亮一盏灯，四下里除了偶尔传来的野禽鸣叫外毫无声息，假如信号不是从这里传出的，他很难相信有人会住在这种地方。

大家在艾米跟克鲁格的指挥下慢慢靠近别墅，艾米负责开锁，其他人戴上夜视镜跟防毒面具，以防降头师突然放毒。

关琥根据这段时间对降头的了解，觉得防毒面具起不到什么作用，所以在克鲁格将防毒面具递给他时，他自嘲道："我现在的脸皮已经很厚了，不需要这东西。"

电子锁比想象中好开，大概里面的人没想到会有人神不知鬼不觉地靠近这里，艾米将房门悄悄打开，跟大家打手势，交代进入后的任务。

雇佣兵负责切断监控器的追踪，艾米跟克鲁格还有关琥等人负责营救人质，夙照青等人的目标是李当归，大家对好时间，做出行动的准备。

"接下来不要相信任何人。"在走进房门的时候，关琥听到张燕铎附耳对他说道："我怀疑塔莫的降头术是利用灵降跟声降，简单地说就是催眠术加药物刺激，让中降的人产生幻觉，所以你看到的景象未必是真的，最好的办法就是谁都不要信。"

"我们可以对暗号，用只有我们俩才知道的暗号，这样就可以知道是真是假了。"

"什么暗号？"

关琥走在最后，左右看看周围没人，他凑到张燕铎耳边，故意问："看那种片时你最爱哪一型的女优？"

接下来的瞬间关琥自食恶果，他的腿弯一酸，接着屁股上被踹了一脚，导致他在趴到地板上后，又呈水平状态向前滑了一大截才停下来。

沉闷的响声传来，艾米转过头，不悦地看关琥，关琥点头哈腰地站起来，小声嘟囔："不小心绊了一跤。"

艾米看了张燕铎一眼，对关琥说："那请你不要再绊第二跤。"

"我尽力。"摸着摔痛的膝盖，关琥垂头丧气地说。

跟没有幽默感的人开玩笑就是这样的悲剧。

在心里为无辜跌跤暗暗感叹着，关琥跟其他人分头行动，来到二楼。

二楼中央是客厅，里面的家具少得可怜，显得异常空荡，穿过客厅，前面是房间，在这黑洞洞的空间里，关琥摸不准大家都被关在哪里，他抬头看监控，发现探头已经停止工作了，看来那帮雇佣兵的动作还挺麻利的。

他顺着走廊来到一个房门前，试着打开门走进去，里面空空如也，趁着艾米跟克鲁格去查看隔壁的房间，他对张燕铎说："有件事我不明白，吴钩不是跟老家伙在一起吗？他又怎么会成了恐怖组织的成员？"

"塔莫不是主角，注意跟在塔莫身后的那个白头发男人。"

白头发男人？

关琥思索前不久才看过的视频，不过当时特迪中降头死亡的画面太具有冲击力，他对白发男人没什么印象，正要问为什么，外面突然传来响声，紧接着是震耳欲聋的枪声，火龙瞬间充斥了整个走廊。

关琥被热浪冲得向前跌去，没等他站直身子，就见几道黑影在火龙熄掉后冲了进来，对他们开枪就射，房间里没有障碍物，关琥跟张燕铎只好各自翻身躲避，还好房间跟隔壁有一道门相连，关琥冲过去将门撞开，对张燕铎叫道："快过来！"

张燕铎刚过来，就听那边房间里枪声更激烈了，还伴随着滚滚浓烟，关琥被呛得连声咳嗽，还好张燕铎及时将防毒口罩丢给他，没好气地说："再让你耍酷！"

"我错了还不行。"

关琥委委屈屈地说着，把口罩戴上了，看到这个房间还没人突袭，他抢先冲到门口就要踹门，却发现那不是普通房门，而是电梯门，但没有供电，电梯变得毫无用处。

对面房间隐约传来脚步声，关琥顾不得细想，探手抓住门板向两旁用力推去，电梯门被他打开了，他探头往里看，发现电梯厢在顶层，里面的空间足够他们躲避。

"哥，快过来！"

关琥冲进电梯，双手扳住外壁上的铁架向下爬，张燕铎随后跟上，但是在看到敌人逼近后，他迅速返身对着袭击者连开数枪。

关琥已经快爬到一楼了，听到声音，他仰头看去，却只看到一片黑暗，原来张燕铎已经将电梯门关上了，以防止他的行踪被发现。

这个自以为是的家伙！

关琥气得吐出一连串的脏话，正准备爬回去，就听到头顶上传来巨响，导致电梯内部也不断地震荡起来，关琥无法往上攀援，只好抓住铁架迅速往下几次跳动后，终于到达了底层。

身上带了攀山的救护绳，这给他打开底部的电梯门带来了便利，关琥将自己固定在靠近电梯门的一端铁架上，用攀援道具稍微顶开门缝，又抬脚将门往旁边用力顶动。

随着门板的逐渐打开，关琥听到外面不时传来的拳脚声，看来这里同样不平静，他屏住呼吸，在门缝可容自己出去后，他将救护绳解下来先抛了出去，引开外面人的注意后，紧跟着摇身一荡，穿过门缝滚出了电梯，又借着冲力往前连翻几个滚才停下来。

外面的激战声更响了，关琥刚停下，就听头顶风响，一个圆圆的东西向他砸来，他及时翻身滚开，当啷啷的震荡声在耳边响起，震得他的耳膜作痛，定睛一看，居然是个大平底锅，再顺着平底锅往上看，就看到攻击自己的是个戴着夜视镜，身材苗条的女孩子。

"叶菲菲！"

叶菲菲双手握住平底锅柄，正准备再砸，听到关琥的声音，她暂时停住，狐疑地看过来。

关琥急忙爬起来，摘下口罩，叫道："是我，关琥！"

三秒过后，叶菲菲的平底锅朝他的脸上拍下，叫道："胖成这样，也敢说自己是关琥，你当我瞎子啊。"

关琥低头闪开，想起自己脸上的面具，他急得叫道："我易容了，你不会听不出我的声音吧？等等，不要打了，我把面具摘下来给你看。"

他摘下夜视镜，边说边撕面具，可惜面具黏合得太好，疼得他连连嘶气，好半天才把面具扯下来，再将夜视镜戴上去，这才发现这里除了叶菲菲外，还有李当归，对面还有几个人在拳打脚踢，却看不清是谁。

李当归上下打量他，判断说："好像是关琥。"

"难讲哦，"叶菲菲晃晃手里的平底锅，"我们很可能被下了降头，就像我看到蛇而蛇并没有出现一样。"

"那是有人在你们的食物里下药，再加上你们被催眠而已。"

关琥的解释起了反效果，叶菲菲指着他，叫道："你看你看，他一定是假的，关琥怎么可能知道我们见蛇的事？"

见李当归也赞同地点头，关琥无语了，说："那是因为有人将视频转给我们看啊，所以我才会来营救你们。"

"真的？"

"叶菲菲你是不是要我爆你三围你才信！"

所有解释中这句最有效，叶菲菲立刻丢开平底锅，做出禁止关琥说话的手势。

对面传来枪响，有人在将敌人干掉后，举枪对准关琥就射，他的动作太快，关琥原本躲不过的，但他刚好往后退了一步，脚下踩到某个圆滑的物体，导致身体踉跄，子弹就这样擦着他的头顶射了过去。

"不要开枪，自己人！"

叶菲菲的警告声被淹没在了枪响声中，这次是关琥开的枪，趁着男人躲避，他顺手抄起地上的平底锅甩了过去，就听那边传来痛呼，平底锅砸中了那个人，手枪也被砸飞了出去。

关琥冲上前，抬脚就踹，男人闪开的同时，跳起来屈膝向他的胸腹猛撞，这招来得很迅速，要不是关琥见识过多次张燕铎跟吴钩的武功套路，他一定躲不开，他借着男人的冲力成功地闪开，头上冒出了冷汗。

发现男人招式凶猛，关琥不敢大意，他也加快了速度，拳来脚往一通抢攻。

男人右手不方便，只能用左手招架，两人的恶战导致放在两旁的东西被波及，丁铃咣当的纷纷落到地上，叶菲菲跟李当归连喊住手，都被他们无视了。

没多久男人就被关琥踢倒在地，他看到地上有枪，想伸手去拿，关琥快他一步，举枪对准他，迫使他收回了手。

"不要打不要打，都是自己人。"叶菲菲跑过来拦住关琥，指着男人说："他叫本，跟我们一样，也是被关在这里的，刚才我们差点被干掉，是他帮我们解围的。"

就算是这样，也不该不问青红皂白就开枪吧，要不是他幸运，现在也被干掉了。

关琥不爽地看着倒在地上的男人，喝问："你是什么人？"

"来打探恐怖组织情报的人。"

被枪口指着，本老实回答了他，汉语发音居然很不错。

地上有几具倒在血泊里的尸体，不是克鲁格带来的兵，那应该就是恐怖组织成员了。

距离较远，关琥不知道那些人的死因，但能够以一敌众将他们干掉，可见这个男人的身手不错，他听叶菲菲的话，将枪收起来，但是对本的戒心依旧。

"凌云呢？你们怎么会在这里？"

关琥找到照明开关想按开，但按了几下都没反应，叶菲菲笑道："不用费事了，这里有一部分电源被我跟凌云搞坏了。"

"你们做的手脚？"关琥对自己的前女友刮目相看。

"其实是凌云啦，她把插座拆开，把里面的几条线扯出来接到一起，电器就短路了，我们本来是想避开监控偷溜的，但中途被发现，害得我们跑散了。"

断电导致公馆内部的电子门锁失效，李当归也趁机跑出来了，这省了她们去营救的时间，但是在黑暗中寻找出口比想象的要困难，三人刚到一楼，就被包围了，谢凌云让他们先跑，就这样他们在冲突中失散了。

在慌不择路中，叶菲菲跟李当归跑进了厨房，却被堵个正着，还好本及时出现救了他们，他们抢了对方的夜视镜藏在这里，本来想等追兵离开后再走，谁知就在这时楼上传来爆炸声，没多久关琥就像贞子一样从电梯里爬了出来。

"你才贞子呢。"

关琥对前女友的描述方式表示强烈的不满，又上下打量本，本站起来，对他们说："这里太危险，先离开再说。"

他在地上摸了一把枪，拿着枪率先往外走，李当归跟叶菲菲跟在后面，关琥对刚才被偷袭的那一幕仍然耿耿于怀，转头看去，突然发现地面上有个物体发出绿光，他走过去拿起来，却是苗寨的人送给他的木雕神像，原来神像在他从电梯里跳出来时掉到了地上，他也是因为无意中踩到了神像才会躲过一劫。

也许它真能保佑自己呢。

看着这个略带诡异的木雕，关琥觉得背后凉飕飕的，他小心翼翼地将神像重新放进口袋，追着三人跑了过去。

外面经过一场枪战后，到处都弥漫着呛鼻的烟雾，夜视镜也起不了作用，关琥对这里不熟，再加上视力有阻碍，只能跟随本往前走，听到身旁传来咳嗽声，他把自己的口罩递给叶菲菲，叶菲菲嘟嘟囔囔嫌弃那是他用过的，但最后还是戴上了。

本的脚步飞快，在关琥跟叶菲菲说话时，他已经走出了很远，李当归用袖子捂住口鼻，问他，"我们现在是去哪里？"

"当然是出口。"

"这不行啊，一定要先救谢姑娘。"

"这里太危险了，我们先突围出去，再想办法救人。"

本很急躁，大踏步向前走着，关琥原本跟在他后面，听了这话，他刹住脚步，对叶菲菲说："你跟他先走，我要去救我哥。"

"不要，我不能丢下凌云一个人跑路的。"

李当归也用力点头，跟随着关琥停下脚步，"我也要先救谢姑娘，我要跟谢姑娘同生共死！"

叶菲菲咳了两下，小声嘀咕，"那还是同生吧，我想她一定不希望跟一个笨蛋共死的。"

见三个人站到了统一战线，本看他们的表情像是在看白痴，"你们没毛病吧？再待下去，大家都会死。"

仿佛应和他的话似的，楼上传来激烈的枪声，关琥记挂着张燕铎的安危，掉头冲回去，想上二楼，却左转右转，找不到楼梯在哪里。

"奇怪呀，我记得楼梯就在这附近的。"

叶菲菲对一楼的环境记得很清楚，在发现原来有楼梯的地方变成了一堵墙后，她很惊讶。

本立刻叫起来，"降头术，一定是降头术！我们都中邪了！"

李当归神神道道地说："会不会是鬼打墙？"

关琥既不信什么降头术，也不信鬼打墙，听到楼上又接连响起爆炸声，他心急如焚，用力拍打墙壁，想找到出口。

就在这时，对面传来拉动保险栓的响声，在这喧嚣的环境下，轻微的响声原本引不起关琥的注意，但张燕铎的提醒让他对周围多了份提防，所以在听到怪异响声的同时，他立刻弯腰避开。

砰！

随着枪响，子弹射进了关琥原来站着的地方，他顺着子弹射来的方向看过去，却因为烟雾弥漫而无法看清，只听到对面传来数人急促的脚步声，紧跟着枪响声陆续传来。

"快躲开！"关琥就地躲闪的同时，冲叶菲菲跟李当归大叫道。

还好一楼大厅有不少摆设，为他们提供了躲避的地方，枪声密集，眼看着遮掩物无法再起到作用，本及时冲上去跟那些人打了起来，关琥也紧跟而上，飞脚将一个想开枪的家伙踹了出去。

那人跌倒在地，关琥用脚将他掉落的手枪踢给了一边的叶菲菲，然后抓住那个人就是一拳，在打第二拳时他愣住了，对方的服装跟装备让他发现这是跟他们一起来的雇佣兵。

脸颊传来疼痛，对方趁着关琥发愣向他发起攻击，还好叶菲菲及时开枪，阻止了敌人的继续攻击。

不过那人身上穿了避弹衣，子弹只是暂时将他打倒，没对他造成伤害，叶菲菲还要再开枪，关琥叫道："这些人是跟我们一起来的，打伤就好了，别打死。"

"跟你一伙的怎么打起你来了？"

叶菲菲边说边冲这些突然出现的人扣下扳机，但烟雾太重，导致她开了几枪都没打中。

关琥很快就被众人围攻了，在对打中他发现这些人眼神呆滞，对疼痛的敏感度很低，而且爆发力特别强，这种现象他只在僵尸事件中见过，但这一次从他们进来到现在还没有经过多长时间，僵尸病毒不可能这么强烈，所以只有一种解释。

"该死的降头！"

大骂出声的同时，关琥抬脚将攻击自己的人踹去了一边。

没多久，那些雇佣兵就全部都出现了，他们人数较多，攻击力又强，关琥又不能杀他们，导致被打得节节败退，看到本出手狠毒，他想提醒对方手下留情，但考虑到眼下的状况，最后还是忍住了。

在这种混乱的局势下，叶菲菲的手枪也帮不上忙，眼看着情势越来越危险，有几个人及时冲了过来，却是凤照青那边的人。

凤照青的肩膀受了伤，看到李当归没事，他放下了心，跟其他保镖合力，边打边开道，保护李当归突出重围，雇佣兵也在他们的帮助下被陆续打倒，最后一个被本撂倒，抬枪要干掉他，被关琥拦住。

"他们是我的同伴，只是被人用降头或是什么方法控制了。"

"不杀他，回头他就要杀我们。"

"解了降头就好了。"

本挑挑眉，像是问那要怎么解。

关琥语塞，还是凤照青出来打圆场，示意他们突围，"这里太危险，先离开再说。"

"我大致知道路怎么走，跟我来。"

本转身便走，李当归却没有跟随，重申："还没找到谢姑娘，不能走。"

"李先生你不会武功，留下来……也找不到，还是我来吧。"

凤照青说得很委婉，换了关琥大概会说——你留下来也是死路一条，麻烦别在这里扯后腿了。

正因为凤照青说得太委婉了，所以古板的德国人听不懂，坚持说："谢姑娘是为了我们才被困住的，所以不管怎样我都不能舍她而去，但你们不需要为我拼命，你们先走。"

他们都是你的保镖，你不走，他们怎么可能先走？

关琥翻了个白眼，虽然李当归的精神可嘉，不过他留下只会当累赘，他给凤照青使了个眼色，凤照青会意，抬掌把李当归打晕，让保镖抬他出去。

本一马当先，走在最前面，其他人跟着他，这时烟雾逐渐散开，关琥才发现原来一楼左右两边是双子设计，摆设也都一模一样，唯一不同的是左边没有楼梯，难怪他们刚才怎么找楼梯都找不到。

大家在本的带领下穿过走廊，再往前走就是玄关，这时楼上的枪炮声都停歇了，只闻到浓重的火药味，关琥跟夙照青打招呼，让他们先离开，自己去二楼，谁知他转过身刚走出几步，就听到手枪击锤的碰响声再度传来。

这次关琥的速度比对方快，就在本刚举起枪时，他抢先扣下了扳机，子弹贯穿了本的手臂，在众人还没明白发生了什么事之前，便阻止了他的暗杀行动。

"我最讨厌暗中打冷枪的人了，你还开了一次又一次。"

无视其他人惊讶的目光，关琥举枪对准本的头，向他一步步逼近，喝道："你杀我，我可以理解，你杀夙照青是为什么？"

自己的名字被提到，夙照青诧异地看向本，本面对质问，主动将枪丢掉，面不改色地说："你搞错了，我根本没这样做。"

"我的耳朵很灵的，你暗算我好几次当我不知道？"

关琥冷笑道："第一次是在厨房，那次还可以说是敌我不分造成的误会，那第二次呢？当时手里有枪的只有你，从距离来计算，不可能是雇佣兵开的枪，那时起我就留意你了，这是第三次，不过你的枪口不是对准我，而是夙照青。"

"这是误会，我跟这老人家不认识，为什么要杀他？再说我现在把枪都扔掉了，还不能证明我是清白的吗？"

本一边解释，一边面向夙照青跟叶菲菲，指着关琥说："他突然胡说八道，肯定也是中降头了，千万别信他的话，我们都在逃命，我没有杀人的理由。"

"你有。你想在李当归面前表现，所以一直救他，等出去后，你就是他的救命恩人，菲利克斯家族会对你感恩戴德，所以夙照青还有其他保镖对你来说就变成障碍物了，你杀我的理由也是如此。"

这番话说得合情合理，见大家都倾向于关琥那边，本急了，叫道："你不要乱说话，这些保镖活着，不是更能证明我救过李当归吗？"

"啊对了，你救李当归，当然不止是为了要一点金钱上的好处，那不值得你这么大费周章，所以能从这里逃出去的人越少越好。"

关琥冷冷地说："我忘了追加一句，你第一次暗杀我不是在这里，而是在国际贸易酒店的夜宴上，那个先射杀李元丰，再打断水晶灯吊环想干掉我的家伙就是你吧，上次被你逃掉了，没想到这么快我们就再见面了。"

"你的话越来越奇妙了，我听不懂！"

"你懂的，你的拳脚跟吴钩是一个师傅教出来的吧，不过你的身手比他差远了，所以你只敢背后放冷箭。"

关琥故意挑拨离间，然后满意地看到本的脸色瞬间变得相当难看，他知道自己说中了，又接着说："你的爱用手枪 M1911 的击锤声与众不同，别人也许听不出来，但骗不过我的耳朵。"

自从中了僵尸病毒后，关琥的体质就发生了一些微妙的变化，尽管解毒血清让他起死回生，但他知道他其实无法完全恢复到正常人的状态了，不过这样挺不错的，至少这种体质数次帮他脱离了危险。

听了这话，本的表情更阴郁，左手握成拳头，但还是坚持说："你不能诬蔑别人，你这样说，到底有什么证据？"

"没有，杀人需要什么证据？"

关琥说着话扣下了扳机，几乎与此同时本翻身跃了出去，另一只手枪从他的右手袖子里滑出来，他握住后向关琥开枪。

关琥闪身避开，仓促中还不忘说一句，"谢谢你提供证据。"

嘲弄换来数声枪响，除了他们两人的相互射击外，还有叶菲菲开的枪，本以一敌二，手臂又挂彩了，只好就地几个翻滚，躲去了对面的柱子后，有个东西随着他的翻身掉落了，他却没注意到。

叶菲菲气不过，朝着对面一通射击，叫道："居然想暗算我们，这个混蛋是谁派来的？"

"应该说他跟恐怖组织是一伙的，跟吴钩是同行。"

"你是说他为了骗过我们，特意弄伤自己的右手？他为什么要这么做？"

"因为……"看到其他几位保镖拿着枪，开始寻找本的行踪，关琥挑挑眉，说："也许恐怖组织的首脑很想跟菲利克斯家族更近距离地接触。"

所以他们绑架李当归的主要目的不是为了钱，而是借此取得对方的信任，至于恐怖行动所需要的庞大资金，他们可以通过威胁其他各国要员来获取，这招双管齐下，做得非常漂亮，只可惜……

关琥晃晃手里的枪，"只可惜他遇到了我。"

话音刚落，就听惨叫声传来，那几个追击本的保镖被他打伤，跌倒在地，随后本从柱子后闪出来，这次他手里拿的不是 M1911，而是火箭炮。

看到那个大家伙，关琥头皮发麻，拉着叶菲菲就跑，又冲夙照青大声叫道："快躲开！"

夙照青扶着李当归，不过他常年练武，脚步轻盈，反而窜到了关琥的前面，关琥抓住叶菲菲，冲进了客厅的另一边，就在两人扑倒的同时，火光飞腾，一道火龙擦着他们冲向前方，发出恐怖的爆裂声。

关琥的耳朵对噪声很敏感，这一声让他觉得自己的大脑都被震裂了，担心对方乘胜追击，他急忙握紧枪，嘴里喃喃咒骂着，做出随时反击的姿势。

"出来啊，你这孬种！"对面传来本气急败坏的叫喊声。

关琥冷笑起来，大声回应道："有种你过来啊，拳脚比不过人，就只会放冷枪的怂货！"

"我会干掉你的！"

"啊哈，拭目以待。"

关琥嘴上挑衅着，但面对强敌，他不敢有半点怠慢，靠在墙边侧耳倾听，发现本没有追过来，反而脚步声向后退去，紧接着整栋别墅里传来笑声，低沉沙哑的声音，听上去像是塔莫，但比塔莫又多了分强势的味道，关琥不由得皱起了眉头。

伴随着笑声的是骤然亮起的灯光，原本的黑暗在瞬间消散而空，取而代之的是从四面八方射来的强光，关琥的眼睛突然间无法适应光亮，急忙伸手遮挡，叶菲菲也跟他一样，两人好半天才将手放下，接着摘下了夜视镜。

"你的同伴有点小聪明，不过还是差了点火候，这个小迷藏大家玩得还开心吧？为了配合大家，我也是很拼的。"塔莫又说道。

叶菲菲觉得他在说自己，听那口气，似乎一切都胸有成竹，在把他们当猴子耍。

她气得站起来，叫道："凌云在哪里？你把她怎样了？"

关琥却不敢大意，趁着叶菲菲跟塔莫对话，他站起来，警惕地看向周围，很快就找到监控探头的方位，抬枪就要射击，塔莫说："年轻人别冲动，打碎了它，你们就无法看到彼此了。"

想到张燕铎跟克鲁格还有艾米行踪不明，关琥忍住了没扣扳机，转头看夙照青，夙照青的肩头中了一枪，再加上被气流震荡，脸色很难看，不过他有履行好身为保镖的职责，李当归没受伤，貌似已经醒了，但眼神迷蒙，看来还没搞懂当下的状况。

"你想怎样？"关琥冲着镜头叫道。

"你可以去隔壁大厅，这样会看得比较清楚。"

关琥转身要去，叶菲菲急忙抓住他，提醒道："小心有诈，那家伙的火炮很厉害的。"

"我的枪也不是吃素的。"

为了尽快知道其他人的行踪，关琥照塔莫说的来到大厅。

第八章

经过一场火拼，大厅被打得像是废墟，但有个地方是完好无损的，就是靠近天花板的墙壁，关琥走过去，看到墙壁中间移开一个大平面空间，露出里面的屏幕。

屏幕当中有一张长桌，桌上依次摆放着七八个小木偶，塔莫坐在桌后的老板椅上，吴钩还有那个白发男人分别站在他身后。

关琥记得张燕铎跟他特别叮嘱过白发男人，但镜头晃得太快，没等他细看，画面就转到了另外一处，看到张燕铎出现在镜头里，关琥松了口气。

艾米跟克鲁格站在张燕铎附近，大家身上脸上都沾了血迹，再看到地上横七竖八躺着的尸体，关琥想他们同样也经历了一场激战，现在他们三人失去了自由，被周围数名手持枪支的黑衣人制住，目光盯着同一个地方，看来状况跟他一样，在看墙上的屏幕。

画面很快又再次转开了，这次是个四壁皆空的房间，一个戴眼镜的男人盘着腿，歪头坐在地上，他没有睡觉，但表情恍惚，眼神发直，像是中了邪，正是那个叫小叶的宅男。

接下来的画面是谢凌云，一番恶战后，她的短发有些乱，脸上蹭了不少灰，双手被反绑在椅子上，弩弓掉落在脚边，镜头照向她时，她正在用力挣扎，却因为绳索绑得太紧而无法挣脱。

"谢姑娘！"

一看到谢凌云这个样子，李当归的神智一秒变清醒了，冲到屏幕前大叫道："你们想怎样？如果是想要钱的话，我给就是！"

为了不被打扰到，关琥把他拉开了，提醒道："请冷静，现在不是你一个人的问题，是我们所有人的问题。"

"可是……这……"

"恐怖组织如果想杀人，我们一个都跑不了。"

"说得对极了。"

视频切回到塔莫所在的房间，他把玩着小铜锤，靠在椅背上转动着老板椅，说："本来看在头一次合作的份上，我给了你们十二个小时的考虑时间，可是你们却把这珍贵的救命时间用来算计我，这让我很不高兴。"

这番话像是对别墅里的众人说的，又像是在跟他的谈判对象表明态度，关琥看不到塔莫房间的状况，就见他拿着小铜锤在桌面上敲打了几下，桌上放着七八个木头刻的人偶，随着他的敲打，人偶不断地跳动起来，宛如活了一般。

"这些刻了生辰八字的人偶就是这些人的分身，刚才你们都看到他们的样子了……只要我接下来使出万箭夺魄降，中者即会受到万箭穿心之苦，哪怕逃到天涯海角，都无法逃脱降头的诅咒……既然你们仍然对眼前的事实抱有怀疑，我不介意再现场演示一次……这次你们可以选择任何一个人。"

视频镜头再次在他们面前跳转起来，不知是谁做出了指定，最后画面定格在某个人身上，却是小叶。

跟刚才相比，小叶没什么变化，仍然两眼直勾勾地坐在那里，随即大家听到了铜锤敲打的声音，接着是塔莫的叫声，他像是在说咒语，发音快捷而奇怪，腔调咬得惹人发笑，但现在谁都笑不出来。

因为随着塔莫的念咒，小叶突然抬起头，原本无神的眼珠亮了起来，他似乎听到了什么，神经质地左顾右盼，紧接着全身发出颤抖，抱头大叫，宛如野兽怒吼，又凄厉又充满了恐惧，叶菲菲忍不住捂住耳朵，转头不敢再看，但好奇心又迫使她眯起眼，偶尔瞟一眼屏幕。

画面开始变得血腥了，小叶在脸上乱挖乱抓，没多久好好的一张脸就被他抓得血肉模糊，疼痛让他疯狂的动作放慢下来，俯身趴到地上呻吟。

地面很快被血染红了，他的一只手在地上乱摸着，摸到了预先放在那里的匕首，他立刻将匕首攥到手中，在大家的惊呼声中，握着匕首不断戳向自己的胸腹。

大片血液随着他戳动涌了出来，血中还汇集着有毒的幼虫，场面既惊悚又恶心，叶菲菲躲到关琥身后，不敢再看了，关琥也不由得皱起了眉。

这不是他第一次看到有人被下降头，如果说第一次看到时是不知所措，第二次是恐惧的话，那现在他就是愤怒了，不管任何人出于任何理由去夺取他人生命的做法，他都无法认可，手里的枪再度握紧，迅速打量四周，想找到被害人所在的位置，也许还来得及救他。

虽然关琥对自己能否成功救人不抱太大期待，但他更无法坐视不理，转身正要去找寻被害人，脚尖踢到了一个东西，发出轻微响声。

关琥心思烦乱，起先没去留意，但那东西被他踢到后发出沙沙声，再看形状，像是微型耳机，他心中一动。

刚才本在枪战中曾掉落过东西，大概就是耳机，关琥看看架在墙壁上的镜头，刚好画面再度转换，趁着大家都在看视频，他装作系鞋带，蹲下身将东西捡起来，飞速地塞进了耳朵里。

塔莫的声音再度响起，不过这次不是从屏幕里，而是通过微型耳机。

声源没有经过过滤，除了塔莫的声音外，还可以听到其他的响声，相同的话语不断重叠，听起来很奇怪，关琥一时间没明白是怎么回事，他按按耳朵，开始思索怎么利用这个小器械找到塔莫等人的位置。

画面再次转到塔莫那边，他面前的某个人偶横倒在桌上，身上插满银针，塔莫弹指将人偶弹开了，问大家，"你们如果不满意的话，还可以再继续……接下来该是谁了？"

画面开始飞快跳转，等它再定格时，李当归大叫起来，叶菲菲也不断用手指屏幕，一脸的惊恐，关琥看过去，顿时明白了让他们害怕的原因——这次屏幕里出现的是谢凌云所在的房间，也就意味着接下来的受害者是她。

关琥的神经立刻绷紧了。

小叶虽然死得凄惨，但对他来说毕竟是陌生人，而谢凌云则是数度与他同生共死的伙伴，在他心中早已超过了朋友的范畴，一想到谢凌云或许也将遭遇毒手，他就手心发凉，再也沉不住气，转身就要去找人。

"不要轻举妄动。"

不知塔莫是注意到了他的举动，还是只是单纯的警告，说："假如有人乱动，很快就会发现将有更多的人遭遇相同的结果。"

"你这个变态！"李当归指着镜头，气愤地叫道："你到底要杀多少人才满意！？"

"没办法，因为到目前为止还没有人汇钱给我，所以表演秀我只能继续演下去……还是李先生你先来说服你的家人？你的父母跟兄长现在都正在紧张地注视着你呢……哈哈……"

不知道塔莫用了什么手段，让被要挟的相关人员可以通过镜头直接看到这里的情况，除了被害人死亡的全过程外，还有被禁锢者的反应。

这种做法很阴毒，死亡一点一点地降临，先从不相关的人开始，然后慢慢延续到自己的亲人，在带给当事人恐惧感的同时，也在无形中给外界的人施压。

不过关琥现在没心情痛骂塔莫的卑鄙，因为偶然捡到的耳机让他注意到了一件奇怪的事——视频里的声音只有一个，但他却通过耳机听到了重叠的话语，相同的内容在结束后，又有一个马上接上，重复说话的感觉很怪异，关琥惊讶了一会儿后，猛然反应了过来。

——难怪塔莫说话时总有停顿，原来那不是他自己的想法，这个看似恐怖的老人其实才是真正的木偶，他只是在不断重复别人的话而已！

关琥看向屏幕，想观察塔莫身后的白发男人，可惜画面是在谢凌云那里。

在谢凌云的剧烈挣扎下，捆绑她的绳索逐渐松开了，她将手抽出来，绳索落到了脚下，她弯腰，捡起了地上的弩弓。

这一系列动作做得快捷漂亮，跟小叶相比，谢凌云表现得英勇多了，但她表现得越镇定，带给观看者的感官刺激就越强烈，关琥相信现在除了在公馆各处注视她的人以外，那些需要付钱买命的家伙们也在观察这一幕——

恐怖组织的行为太诡异，要挟的金额太高，谁都不想冲在最前面当炮灰，所以他们宁可看着被害人一个个死亡，这种感觉就像是人类观赏斗牛的心态，人类避讳暴力，但同时身体里又充满了暴力因子。

情不自禁地，关琥屏住了呼吸，内心迫切希望谢凌云可以顺利逃出这个房间，就见谢凌云站起身，冷静地观察着四周的环境，同时握住弩弓，将箭搭到弓上，准备离开。

到此为止，她都做得很完美，让人以为她可以顺利逃脱了，但就在这时，关琥听到了铜锤敲打的声响，紧接着属于塔莫的咒语再度响起，这次不是重叠的声音，而是塔莫一个人的，看来他唯一可以自由说的话只有蛊咒。

谢凌云的脸色立刻变了，原本坚忍的神情转为迷离，眼神恍惚，而后眉头紧皱，看起来很痛苦，弩弓失手掉落了，她没有去捡，而是双手抱头，发出低声呻吟。

看她的状况就跟小叶的一样，关琥急了，拔腿就往外跑，叶菲菲急忙拉住他，提醒道："你忘了老变态说的话了？"

"可是这样坐视不理，凌云照样会死。"

"别冲动，再等等。"

他们可以等，李当归却急得不可开交，眼神在屏幕和监控探头之间来回打转，叫道："不要杀她，你想要多少钱，我都给你！父亲母亲，你们能听到我说话吗？谢姑娘曾经救过我两次，如果你们觉得自己的儿子值一亿欧元，就马上汇钱，否则她死了，我也没脸活着！"

他说到最后，都换成了德语，关琥一句都听不懂，不过这对他影响不大，因为耳机里传来的另一个声音引起了他的注意。

那是个中年男人的嗓音，浑厚有力，还充满了气急败坏的感情，叫道："为什么对付我女儿？你们说过只要我听从你们的命令，就不会伤害她的！"

我女儿？

一瞬间关琥没听懂，更不理解说话人跟被说话人的关系，很快他听到另一个声音说："不是伤害，只是试验而已，请相信她会挺过去的，那些高官也不舍得一位妙龄少女死得那么凄惨对吧？"

话声类似塔莫，但关琥知道不是塔莫在说话，因为这个人的嗓音更邪恶无情，让他不由得想到了白发男人。

接着耳机里传来拉枪栓的声音，关琥猜想是先前那个男人动了武力，但后者无动于衷，很冷淡地说："她已经中了降头，就算你杀了我也没用。"

"你到底要怎样才会放过她？"

"菲利克斯家族的钱到手后，大师自然会帮她解降头，"男人慢悠悠地说："哦对了，你们父女也多年未见了，你要不要去照顾她一下？"

接下来是短暂的沉默，虽然关琥看不到画面，但他感觉得到在这场对峙中，拿枪的男人输了，所以枪声最终没有响起，取而代之的是重重的摔门声，脚步声远去，看来他是照对方所说的去找谢凌云了。

这个人是……凌云的父亲？

从他们的对话中来推理，似乎只有这一个可能，但这个推理的结果让关琥的大脑更混乱了。

谢凌云的父亲凌展鹏曾是某大学教授，很久以前在一次考古活动中失踪了，事后被判定已故，至少在关琥的认知中是这样子的，退一万步说，就算凌展鹏没死，也不应该跟恐怖分子混在一起，跟吴钩……

等等，假如凌展鹏跟吴钩熟识，吴钩又跟张燕铎很熟，那是不是这件事张燕铎早就知道了？

就在关琥为这些疑惑烦恼的时候，谢凌云的状况变得更糟糕了，关琥的耳机听不到谢凌云那边的声音，只能通过观看她的反应判断事情的发展，就见她在一阵挣扎后突然停止下来，抬起头看向对面，脸上露出怪异的表情，然后拼命摇头，喃喃说着什么。

"凌云，都是假的！"叶菲菲看不下去了，冲着屏幕大声叫道："不要相信你看到的东西，那都是幻觉！"

那种感觉只有经历过的人才会知道，叶菲菲很焦急，希望谢凌云听到她的警告，但谢凌云一副置若罔闻的状态，直到砰的响声传来，她才霍然惊觉，转开眼神去看那边，由于镜头的设置，关琥他们只能听到视频里面的声音，却看不到谢凌云看到的景象。

假如他们可以看到，就会明白谢凌云之所以会慌张，是因为对面有人持枪对准她，但真正令她恐惧的不是枪口，而是她的大脑产生了幻觉，她所看的是一群随时会冲过来的恶狼，她不敢动，因为在身陷狼群时，任何轻率的举动都会成为死亡的引绳。

心神都被控制了，即使没有隔着视频，别人发出的警告谢凌云也无法听到，她慢慢去拿落在地上的弩弓，心里疯狂地转着念头，思索该怎么去对付恶狼。

就在这时房门被撞开了，响亮的撞击声将谢凌云从幻境中拉了出来，她晃晃头，发现狼群突然之间都消失了，站在面前的只有一个冲她举枪的男人。

她记得男人叫本，是个被抓来的俘虏，他现在的状态看起来也很狼狈，脸上手臂上都是血迹。

一瞬间，谢凌云无法掌握眼下的状况，但是在看到冲进来的那个人后，她原本混乱的神智突然变得清晰起来，一切仿佛都是假的，只有这个人的存在无与伦比的真实，这个她应该称作是父亲的男人。

看着男人冲进来拔枪，枪口指向本，谢凌云再无怀疑，实际上她跟父亲真正接触的时间不多，但亲情是种很奇妙的感觉，哪怕隔断再久，再见时也不会觉得陌生。

看到父亲出现维护自己，谢凌云的眼眸湿润了，张张嘴很想叫爸，但想到眼下的状况，她只能忍住，说出来的是——"凌……教授？"

凌展鹏看向她，女儿恍惚的模样让他既心疼又恼火，冲本叫道："把枪放下！"

"你好像搞错了一件事，"本无动于衷，冷冷道："杀她的是降头，你要做的是配合我们，这样也许她才不会死。"

"放下枪！"

本还是没动，凌展鹏正要扣扳机，他身后传来响声，几个黑衣人从后面冲上来，持枪分别对准了他的头部。

看到这一幕，谢凌云立刻举起弩弓，但本的警告制止了她。

"你最好什么都别做，别乱说话，否则你父亲下一秒就会变成死人。"

谢凌云愤怒地看他，手中的弩弓紧紧握住，却不敢有所行动。

本对凌展鹏笑道："你看，一切都在主人的掌握之中，假如你不来的话，状况还没有这么糟糕，至少你女儿会想尽办法逃脱，可现在她只能乖乖地听从摆布。"

"你这变态！"

"变态的是心理分析师，我只是照章办事而已，"本将枪口转向凌展鹏，对谢凌云说："既然状况变了，那我们只好换个方式来玩，你也不希望你父亲死吧？"

谢凌云摇了摇头。

"那么为了证明降头有多恐怖，你不如做一下牺牲吧，就比如……"

本用枪口在自己脸上虚划了一下，做出示范，凌展鹏看到，气得破口大骂，又想冲过去阻止，被那些黑衣人架住，打落了他的枪，禁止他乱动。

"这个故事告诉我们，冲动是不会有好结果的。"本说完，看了眼谢凌云，"你说对吧？"

谢凌云的拳头握得更紧了，她还有很多话想问，却什么都不敢问，凌展鹏动不了，只好对她说："你不用管我，你快走！"

"她中了降头，往哪里走啊？"

"她根本就没中降头对不对？"凌展鹏愤怒地冲本吼道："你们一直都在故弄玄虚！"

"没有，你不觉得她现在中的降头比任何一种降都更残忍吗？其他降头都是被迫的，但现在她明知要伤害自己，却无法不去做。"

本继续冲着谢凌云做出划脸的示意，微笑说："不要想太久，我的耐性不太好，那些高官也是，看多了恶心残忍的镜头，他们现在一定迫不及待地想观赏美女自残的画面。"

也就是说这些人在通过各种方式给被威胁者加压，让他们既感受到死亡的恐惧，又达到了视觉上的快感，心理设防更容易坍方，从而向他们妥协。

这个真相让谢凌云更气愤，她紧咬住下唇，突然抽出卡在弩弓上的箭羽，箭头朝里，对准自己的脸颊。

凌展鹏急得大叫，但没等他开口劝阻，就被那些人打倒在地，看到指向凌展鹏的枪管，谢凌云握紧了箭头，低声说："你们会履行诺言吧？"

"你有选择的余地吗？"

不错，也许不管她做出什么选择，都改变不了现在的状况，但她无法眼看着父亲出事而坐视不理。

现在谢凌云已经忘了中降头的暗示，忘了他们此刻正被所有人注视的事实，只想着只要能拖延死亡，那让她做什么都是可以的。

怒视对面的敌人，她握紧箭头，朝着自己的脸颊划下去。

"不要！"

许多人同时叫出了这句话，但大家隔着视频，就算想阻止也有心无力，屏幕里的声音关掉了，大家只能透过画面来判断谢凌云的处境，他们不知道谢凌云此刻面临的要挟，所以都以为是降头导致她神经错乱，才会自残。

看到锐利的箭头即将刺入那张秀颜，李当归再也忍不住了，突然冲到关琥面前，抓住他的手，硬是将手枪夺了过来，然后退后两步，将枪口指向自己的头部。

关琥没想到这位看似无害的文弱书生会动手抢枪，被他抢个正着，还好幸运的是他不懂得拉保险栓，就直接将枪顶到了脑门上，所以关琥没着急去抢，并拦住想上前阻止的叶菲菲，静观其变。

凤照青不了解枪械，看到这一幕，吓得整张脸都变青了，有心过去抢枪，又怕一个不小心导致枪走火，只好叫道："李先生，有话慢慢说，你快把枪放下！"

李当归对他的劝阻置之不理，冲着镜头叫道："父亲母亲，还有哥哥，我给你们三秒钟，是不是汇钱，请斟酌！"

他说的是德语，不过看他的表情跟动作，关琥大致猜得到他的意思，这行为偏激归偏激，但也只有这样才能救谢凌云。

果然听了他的话，谢凌云的动作停了下来，拿着箭头左右打量，屏幕里传来塔莫的笑声，"李先生你赢了，钱汇过来了，看来你的家人还是很疼你的……"

"那还不快放了谢姑娘！"

"抱歉，这点我做不到……因为有人付了更高的价格，希望看到她的死亡……所以你要不要让你的家人再往上加价码？"

"你！"李当归以为自己听错了，气得脸庞涨得通红，叫道："你怎么可以出尔反尔！"

"那这个游戏你是不是要再玩下去？"

李当归的嘴唇颤抖着，不再说话。

一亿欧元不是个小数目，他无法再用自己的生命去威胁家人，更何况就算再继续把钱押下去，又有谁知道对方会不会再反悔。

"先拖住他，争取时间。"关琥在他身旁小声说。

李当归恍然醒悟，用力点头，关琥立刻冲出大厅，虽然他没有信心在塔莫对谢凌云下降头之前救出她，但总比什么都不做要好，就听李当归在身后叫道："给我一分钟，让我想想。"

"真抱歉，别人的钱也汇进来了，所以这个游戏得马上继续下去……反正李先生，以你的家世，什么样的女人找不到？"

"住手！快住手！"

听李当归叫得凄厉，关琥停下脚步，转头看去，就见屏幕里谢凌云再度将箭头朝自己脸上刺下，李当归快急疯了，拿着手枪，却不知道该做什么，抓住叶菲菲跟凤照青的手大叫："怎么办？该怎么办？"

没人知道该怎么办，关琥一方面急着去救谢凌云，一方面又无法从眼前这幕画面中脱离，他紧张地盯着屏幕，期待事情有所转机，但可惜他没有看到转机，因为就在谢凌云将箭头刺下的那一瞬间，屏幕画面消失了，砰的响声从楼上遥遥传来，那是子弹射出的声音，接着又是无数声。

关琥顺着枪响发出的地方冲去，但刚跑出几步，身后就传来扑通响声，他转头一看，就见三个人像是喝醉了酒似的，身体摇摇晃晃，依次跌倒，他转回去想要帮忙，却发现自己也腿脚发软，全身力气像在瞬间被抽干了，也不由自主地摔倒在地。

接下来的状况更糟糕，关琥感觉头脑也开始晕晕沉沉，他努力想爬起来，四肢却不听使唤，叫了其他人几声，也都毫无反应，看来那三人的体质不如他，已经晕过去了。

虽然不知道他们现在是中了降头还是嗅到毒气导致的，但状况都非常不乐观，为了不让自己晕过去，关琥用力咬了下自己的舌头，这种自残的做法让他的神智稍微清醒，却无法支撑着他站起来。

楼上再次传来几声尖锐的枪响，激得关琥的心房猛跳不停，咬牙努力想爬起，却连试几次都没有成功，正焦急万分的时候，他突然听到耳塞里传来说话声。

那熟悉的，属于张燕铎的嗓音。

谢凌云现在所面临的状况别说其他人无法想象，就连她自己都处于茫然之中，就在她被本胁迫着要将箭头刺下去的瞬间，枪响打断了她的动作，她看到站在父亲身旁的某个黑衣人被爆头，血溅出数尺，染红了地面。

没等众人明白发生了什么事，另外两个黑衣人也被打倒了，谢凌云不知道他们是哪里中枪，只看到他们蜷缩倒下，再也没有反应，本一见不妙，抬手就要开枪，谢凌云抢先将手里的箭羽甩了过去。

箭头射到了本的手腕上，让他那一枪打偏了，随即最后一名黑衣人被踹过来，刚好撞到本的身上，两人一起跌倒。

本反应敏捷，在跌倒的同时，连开数枪，避免敌人的进攻。

撞倒本的黑衣人抢先跳了起来，向袭击者反攻，这给了本缓冲的机会，他就地一翻准备爬起，却不料谢凌云正在那边等着他呢，冲着他的脸就是一脚。

刚才谢凌云被本百般威胁，正憋了一肚子火，这一脚踹得很重，本只能仓促躲避，导致手枪被踢开。

紧接着一道黑影也飞了过来，却是那个黑衣人被打倒在地，这个障碍物让谢凌云无法再继续攻击本，本趁机就地一翻，探手去拿枪。

在本快拿到枪时响声传来，地上的手枪被打飞了，随即一管枪口对准他，持枪的是个脸庞有点肥胖的男人，他并不认识，但对方身上散发的杀气太熟悉了，再看那几个瞬间被打倒在地的同伴，他没有贸然反击。

可惜他的同伴没像他那么聪明，有人挥舞长刀从后面冲来，凌展鹏急忙叫道："小心！"

男人将左手所持的甩棍挥过去，甩棍的关节部位卡住对方的长刀，再向外一拧，便将长刀荡了出去，男人又再次甩动棍子，甩棍击中那人的头部，将他打倒，就地翻了几个滚后不动弹了。

自始至终，男人的枪管都没有移开本的头，从被进攻到将对手打倒只不过一瞬间的工夫，本看着他，忽然笑了，说："流星，几年不见，你的格斗技能更高了，那么多人跟枪火，居然这么快就被你搞定了。"

其实光靠张燕铎一人，很难在短时间内突破重围，幸好有艾米跟克鲁格的相助。

他们制伏敌人后就开始分别行动，监视他们的镜头被打碎了，张燕铎想恐怖组织一定知道他们有所行动，但为了谈判，无法立刻抽出主力来对付他们，所以他们只要抓紧时间抢攻，就有制胜的机会。

艾米跟克鲁格去找恐怖组织的据点，他则赶来抢救谢凌云，还好来得及时，看着本狼狈的样子，张燕铎冷冷道："你还是一样差，除了狙击。"

"那你要感谢我，上次我在狙击时，对准的不是你的心脏。"

谢凌云站在旁边，还没有完全理解当下的状况。

为了方便攻击，张燕铎将身上的伪装软塑胶都扯掉了，但脸上的面具还保持原状，谢凌云不知道他是谁，只能靠那柄甩棍来判断，迟疑地叫："老板？"

张燕铎跟吴钩认识了有多久，就跟本认识了有多久，他目不转睛地看着本，以防他耍诈，交代谢凌云道："你们马上离开。"

谢凌云还没回应，本先笑了起来，"谁都逃不了，你们都中了降头，就算逃去天涯海角，也逃不过降头的诅咒，啊对了，你们忍心丢下自己的同伴独自逃命吗？"

张燕铎的眼睛眯了起来，忽然反手甩出，甩棍击在本的颈部要害，让他暂时失去了反抗力，然后抓住他将他揪起，喝道："带我去见老头子！"

"我如果说不呢？"

下一秒冰冷的枪口顶在了他的脑侧，张燕铎冷冷道："最后一次机会。"

本没有马上说话，而是瞟了谢凌云一眼，凌展鹏跑过来，想询问她的伤势，但还没等开口，就见谢凌云脸色发白，抱住头蜷身歪倒，凌展鹏大惊，伸手去扶她，却不料剧烈头痛突然袭来，也不由自主地弯下了腰。

看到这一幕，本的脸上露出得意之色，但他很快发现张燕铎没有如他所愿地中毒，而是依旧保持挺立的状态。

"你要试一下降头跟子弹哪个更快吗？"他冷声问道。

本不敢再抵抗，快步走出去，张燕铎看了凌展鹏父女一眼，他们都晕过去了，毫无反应，而且现在状况危急，他无法分神去顾及他们。

张燕铎押着本，在他的带领下很快来到了地下室，原来恐怖组织把据点设在地下二层，假如这里有另外连接外界通道的话，他们自然不会在意枪战跟爆炸的发生。

踹开门，在确定所有人都在这个房间后，张燕铎将本猛地向前一推。

外人的突然闯入换来数发密集的枪声，子弹都打在了本的身上，张燕铎趁机冲进去，将近前的两名黑衣人一枪一个干掉了，等其他人注意到真正的外来者是他时，他的枪口已经指在了白发男人的脑门上。

面对枪管，白发男人没有丝毫慌乱，抬手转动着大拇指上的扳指，向他微笑说："流星，我们终于又见面了。"

对面传来响声，除了两名黑衣打手外，吴钩也拉开枪栓保险，将枪口指向张燕铎。

张燕铎无动于衷，转头看向对面墙上的六个屏幕，屏幕里的人各有不同，有些他有印象，有些则是不熟悉的面孔，但有一点可以确定，他们都是各国的要员显贵，也是这次跟恐怖组织谈判的对象。

"看来你们都付钱了，"扫了一眼拿在吴钩手里的PDA，张燕铎冲着屏幕里的众人说："那我要遗憾地告诉你们，真正的降头师已经过世了，现在在你们面前的这位根本就是骗子。"

谈判者们的脸色变了，塔莫见状，气得用锤子一拍桌子，冲张燕铎喝道："你是什么东西？你信不信我马上就让你尝尝降头的厉害！"

回应他的是稀里哗啦的一阵作响，原本摆在桌上的小木偶们被张燕铎的甩棍扫到，落了一地，塔莫气得脸色铁青，突然站起来冲张燕铎一挥手，就见白雾散开，一些蝎子跟蜈蚣的毒虫夹杂在雾气中向张燕铎射去。

　　眼看着毒气即将侵蚀到身上，张燕铎突然按动甩棍上的某个地方，随着他的甩动，白色粉末从甩棍端口甩出来，刚好挡住那些毒虫，随即白雾消散了，毒虫落到地上，一个个身上都变成了白色，像是被冰冻住了一般。

　　第一回合下来，张燕铎完好无损，塔莫不敢置信地看着他，喃喃地道："你、你怎么会解降的？"

　　张燕铎停住挥舞甩棍，无视目瞪口呆的塔莫，对着镜头微笑说："大家看到了，所谓的降头也不过如此，只要你知道了应对的办法，人人都是降头师。"

　　白衣男人微笑看他，赞许道："流星，你果然是我所有孩子里最优秀的一个，你是怎么学到降头术的？"

　　"我只是碰巧了解了一些秘密而已，什么降头大师？归根结底，塔莫不过是你们手中的傀儡而已。"

　　屏幕里的某个人突然站了起来，指着他们大叫，张燕铎没有耳机，听不到他在叫什么，猜想他多半是在指责恐怖组织。

　　他从口袋里掏出一张照片，扔到桌上，大家看过去，就见那是张黑白合影，照片里的两个人都二十出头的年纪，穿着苗族的传统服装，光看容貌，无法确认是谁，但塔莫看到照片后脸色大变，再看向张燕铎时，眼神里充满了恐惧。

　　"塔……塔里图……"

　　"不错，这是我在塔里图家里找到的，它被夹在某个相框的后面，如果我没猜错，这里面一个人是塔里图，一个就是你塔莫，你们是表兄弟，都曾跟着族长学过降头跟蛊术。"

"你……你不可能知道的，还有这个人，他已经死了，他不会……"

"他已经死了，不会再威胁到你了对吧？"张燕铎好心地帮他接下去，"塔里图是死了，但不等于这个秘密就再没人知道了，而刚好我知道其中的大部分。"

最后一句张燕铎是对着屏幕说的，他接着又看向白发男人，原以为他会关掉视频，但男人反而让手下把枪放下了，自己走到一边的椅子上坐下，对他说："愿闻其详。"

张燕铎扫了屏幕一眼，里面的那些人表情各异，他们唯一相似的就是表现出的紧张状态，在这时候，他们关心的只有自己的生命，为了活下去可以一掷千金，也包括他们属下的生命。

他太了解这些人的心态了，钱已到账，就代表会谈已经结束，在拿到了生存的保证后，艾米、克鲁格，还有其他人对他们来说都变成了无用物，为了不让这个秘密传出去，他们会主动放弃这些人，到时候只要把问题都推到恐怖组织身上，就万事太平了。

想到这里，张燕铎心里涌起愤怒，可能是跟关琥在一起待久了，他的身体里多了份属于正常人的感情，他无法容忍这样的行为，至少他不能容忍有人拿他弟弟的生命当儿戏。

所以这里所有的人都该受到惩罚！

想到这里，张燕铎拿起那张合照冲向屏幕，揶揄道："照片里高个的叫塔里图，另一个叫塔莫，就是一直跟你们进行对谈的这个人，他们表兄弟都学过降头，但真正的降头师是塔里图，而塔莫因为素行不良，在学降头方面又没有悟性，所以族长没有教他任何蛊术，他懂得的那点皮毛都是塔里图私下传授的而已。"

"五十多年前，塔莫对寨子里的某位少女色心大发，为了满足私欲，他给女孩子下了灵降，女孩被玷污后投崖自杀，塔莫不知道她正是塔里图倾慕的对象，她的死引起了塔里图的杀机，塔里图给塔莫下了最毒的万针穿心降，他以为塔莫死了，事后万分懊悔自己滥用降头杀人，为了逃避罪行只好远走他乡，一直到最后死亡都没再回乡。"

"这件事对塔里图的打击很大，所以他立誓不再传人降头术，但还是秉持了供奉神位的习惯，并利用降头蛊术治病救人，他没想到塔莫没死，他只是受了重伤，并毁了一只眼睛，多年后，恐怖组织在搜集降头传说中找到了塔里图，并利用一些手段要挟塔里图帮他们下降头。"

"塔里图答应了，或许他认为不管双方之间交易如何，事后他都会解降，可惜人算不如天算，塔里图突然暴死，恐怖组织失去了可以解降的人，又不想临时改变计划，只好找上了塔莫这个傀儡。"

有关塔里图跟塔莫多年前的恩怨，塔里图同样也都写在相框后面，再对照这次的降头事件，张燕铎逐渐弄清了案件的前因后果，说到这里，他对塔莫揶揄道："你总是手拿铜锤，看似为了下降，其实是因为你的视力有问题，需要东西帮你来维持平衡感吧。"

屏幕里有些人已经沉不住气了，站起来冲他们大叫，塔莫也急了，指着张燕铎喝道："无、无稽之谈，史密斯跟林晖峰之死大家都看到了，还有特迪，还有刚才那两个女孩子……"

"我不敢断言这世上是否真的有降头存在，但至少你不会！"

张燕铎针锋相对，"史密斯跟林晖峰先撇开不论，你还没那个本事给人当面下降，所以特迪的死根本与降头无关，你们只是利用了灵降跟下毒的手段，并在这栋房子里安放了某些可以发出不同频率声波的特殊装置，通过声波的调控影响大家的脑电波，谢凌云跟叶菲菲会出现幻觉也是因为这个原因，再加上先入为主的心理，所以大家才会以为是中了降头，而所谓的灵降，跟催眠的道理异曲同工，就是靠心理战术，令受害人产生幻觉，更可笑的是这个催眠术也不是你做的，而是另有其人。"

"你胡说霸道，难道催眠术可以让人瞬间自杀吗？刚才小叶是怎么死的，大家都看到了！"

"你是说他吗？"

张燕铎的目光转向站在墙角的一个人身上，他长得瘦弱，再加上一直垂着头避开镜头，所以没人注意到他的存在。

听到张燕铎点名，他抬起头，先是看看白发男人，在得到许可后，他走到视频面前，向张燕铎微笑说："这次又没有骗得过你。"

他将戴的黑框眼镜摘了，乱发也重新整理过，露出原本清秀的容貌，声音也跟之前的完全不同，但看完全程视频的人都认得出他就是小叶，那个前不久才因为中降头而惨死的宅男。

发现被骗，屏幕那边的谈判者们更愤怒了，但可惜少了扩音器，张燕铎听不到他们在说什么，对小叶说："大名鼎鼎的心理学专家崔晔在这里，要给普通人做心理暗示，让他们照你们的计划行动是件很简单的事。"

这个所谓的宅男小叶正是在判官事件中被暗杀死亡，又在尸体运输途中神奇消失的大学生崔晔。

第九章

　　崔晔精通心理分析推理跟催眠，并擅长演戏，所以配合塔莫的咒语做出中降头的反应，对他来说只是小菜一碟，所以叶菲菲跟谢凌云会出现幻觉，除了食物中含有刺激药物外，还因为在无意识中接受了他的心理暗示，所以实际上在这栋别墅里真正中毒死亡的只有特迪一人，恐怖组织一开始把他掳来，就存了把他当作牺牲品的念头。

　　"我当时的确是中弹重伤了，你怎么会猜到我没死？"看着张燕铎，崔晔颇为好奇地问。

　　"因为本就是当时的狙击手。"

　　张燕铎扫了一眼站在一旁的本，本被他当盾牌推进来时身上中了好几枪，要不是有避弹衣，他早挂了，听了这话，哼道："连这个都被你猜到了。"

　　"老头子手下最厉害的狙击手就是你，但如果真是你在搞暗杀，我不会完全没有觉察，所以我想那场狙杀只是演戏，目的是制造崔晔已死的假象，让他重换身份，好为你们做事——身边有个心理分析专家的话，对老头子今后的计划会很有帮助，这就是你们费尽心机将崔晔移花接木的原因，本来你们做得天衣无缝，偏偏你们喜欢画蛇添足，特意设计陷害我，反而因此露了马脚。"

"所以你从一开始就知道恐怖组织的头领是刘先生？"崔晔好奇地问。

张燕铎看向吴钩，吴钩转着红笔，笑嘻嘻地回望过来，张燕铎说："能指挥动吴钩的，除了老家伙还有谁？"

这些对话局外人听不懂，张燕铎也不在意他们是否听得懂，反正现在的状况越混乱，就对他越有利。

对面传来拍掌声，白衣男人摇头叹道："在我众多的儿子中，你是最优秀的，现在我再次切身感受到了，不过有一点你说错了，我并没有想陷害你，而是希望你归来。"

"你也说错了一点，"张燕铎针锋相对地说："刘萧何，我不是你儿子，我跟你之间没有一点关系。"

刘萧何没在意，耸耸肩，转向屏幕，无视视频里那些人的激动反应，做出无奈的摊手动作。

张燕铎也转头看他们，继续说："归根结底，降头术看似恐怖，实际上只是利用毒菌而已，它的原理无非是运用药理跟精神催眠，就像你们现在这样，被他一直做心理暗示，以为可以自救，却没想到真正的降头师已经死了，你们付了天价的赎金，却没人可以帮你们解降。"

"有一点我很好奇，"刘萧何举起一只指头，饶有兴趣地问："你刚才是怎么抵挡塔莫的五毒降的？"

"碰巧而已。"

他只是碰巧注意到了塔里图相框的奇怪之处，从而发现了隐藏在照片后面的玄机。

——塔里图虽然发誓不再传授降头给任何人，但终究是不甘心将自己毕生的心血带进坟墓，所以他将相关的学识都写了下来，跟他当年的遭遇还有他与塔莫的恩怨记录在纸上，放在一起，雪花费尽心机地寻找塔里图的手札，却始终没注意到那张照片，只能说一切巧合都是注定的。

刘萧何误会了张燕铎的话，以为他不想说，耸耸肩，忽然抬起枪，就听砰的一声，子弹贯穿了塔莫的头部，他连一点反应都没有就跌倒在地。

鲜血跟脑浆在张燕铎面前飞溅出去，张燕铎却连眼睛都没眨一下，刘萧何摊摊手，刻意做出无可奈何的动作。

"既然有更好的了，他就没有存在的价值了。"

他将枪随手抛开，转着扳指，对张燕铎微笑说："我就喜欢你这种处事不惊的个性，你的表现也越来越符合我的期待了。"

张燕铎没理会他，突然抬起手枪冲着镜头一阵乱射，于是一瞬间视频都消掉了。

谈判还没有完全结束，他相信那些人现在一定急得不得了，如果他们采取行动，一定不会花太长时间。

看到这一幕，刘萧何皱起眉头，"刚称赞了你，你就沉不住气了。"

张燕铎伸手扯下了自己的面具，淡淡地道："你也不想一直戴着面具见人吧？"

"真感谢你为我着想。"

刘萧何也将面具摘了下来，露出原本的脸庞。

跟骨子里的嗜血暴力完全不同，刘萧何的长相儒雅温和，再加上一头银发，给人一种和蔼老者的感观。看到这张熟悉的脸庞，张燕铎忍不住皱起眉，许多不愉快的往事瞬间闪过脑海，如果可以，他真想立刻干掉这个变态。

他将枪口指向刘萧何，冷冷道："马上让你的人撤离这里。"

"孩子，虽然你的枪口指错了方向，不过你的提议正合我意，只不过……"

刘萧何看着他，脸上浮出以往每次做试验时都会露出的微笑，温柔而又残忍，张燕铎的手枪不由自主地抖了一下，他发现时隔多年，这个人对自己的影响依旧存在。

"只不过你需要跟我们一起走。"

刘萧何提出的条件换来张燕铎的冷笑，厌恶的感觉冲上了顶峰，他反而没那么惧怕了，说："看来我只能干掉你了。"

"你会死的。"

随着刘萧何的话声，所有人一齐将枪口对准张燕铎，在这种状况下，就算张燕铎可以杀了他，自己也难免一死，所以这是个两败俱伤的打法。

"你觉得我会怕死吗？"

"我知道你不怕，但是这栋别墅里的所有人也要跟你一起陪葬，你觉得值得吗？尤其是你亲爱的弟弟。"

满意地看着张燕铎的眼瞳在一瞬间紧张地收缩，刘萧何摆摆手，吴钩将一个小黑匣子递上前，他摆弄着那个小物件，对张燕铎说："只要我按下这上面的按钮，这里所有人都会顷刻间被炸出碎片，你要试试是你的子弹快，还是我的动作更快吗？"

"炸死这些人对你并没有好处。"

"但也没有坏处，刚才那些谈判者的嘴脸你也看到了，他们应该也很期待看到这个结果。"

张燕铎不说话，但是看他的表情，明显的动摇起来，吴钩在旁边看得有趣，故意打开公馆里的监视视频给他看。

随着视频的转换，张燕铎看到不同房间里躺着很多人，其中有他的朋友，也有跟他共事的搭档，还有许多他不认识的人，想到这些人都会随着炸弹的爆炸而死亡，他的心头涌起愤怒。

"要看一下你弟弟吗？不过大家都穿着同样的衣服，不太好找，哦找到了，他看起来状况不是很好啊。"

像是故意刺激张燕铎似的，吴钩的话里带着明显的挑衅口气，他在找到关琥后，特意将镜头放大给张燕铎看。

关琥趴在离叶菲菲很近的地方，手里还紧抓住手枪，他随身带的背包跟其他人不同，所以很好认，看到他，张燕铎再也忍不住了，冲刘萧何喝道："你想怎样！？"

"只是让你跟我们一起离开而已，只要你今后好好配合我的计划，以前你炸掉基地的那些事我都既往不咎，你看，对于自己亲手抚养大的孩子，我是多么的仁慈。"

刘萧何说完，见张燕铎仍然没有放下枪的表示，他口气一转，冷冷道："但如果你要继续坚持的话，那你曾经拥有的东西也将会失去。"

"我有拥有过什么吗？"张燕铎冷笑叱问。

"你弟弟啊，"刘萧何看向对面的屏幕，说："你们兄弟刚团聚，你也不想马上就失去他吧？"

"我有弟弟吗？"想起往事，张燕铎自嘲地笑道："那都是我的妄想，在这个世上我根本就没有亲人。"

"有关这个问题，我们可以在直升机上慢慢聊，现在时间不多了，我没法把你跟随我之前的故事详细说给你听。"

张燕铎没再说话，随后手枪从他手中落了下来，这是服从的表示，刘萧何微笑点头说："真是个听话的孩子。"

在确定张燕铎不再有攻击力之后，本率先冲上去给了他一拳，这一拳打得很厉害，张燕铎被打倒在地，嘴角流出了血。

本的怨气还没发泄完，挥拳还要再打，被吴钩拦住了，笑嘻嘻地说："老爷子还想留着他办事，打残了就没意思了，还是用这个比较好。"

他掏出事先准备好的针管，看到针管里的蓝色液体，张燕铎眼中闪过恐惧，可惜吴钩没给他反抗的机会，抓住他的胳膊，将针管扎了进去，并且很麻利地一推到底。

欣赏着张燕铎痛恨纠结的表情，吴钩抿了抿嘴唇，微笑道："我知道你会喜欢这种东西的。"

药性发作得很快，张燕铎感觉体力在飞速消失，看着吴钩得意的脸庞，他咬牙说："我一定会杀了你。"

一记拳头打到了他的脸上，也毁掉了他最后的一点力量，张燕铎再次跌倒在地，意识迷糊中，他感觉双手被拉起，强行扭到背后，吴钩将手铐戴到了他的手腕上，微笑道："为了以防万一，只能再委屈你一下了。"

混蛋……

这两个字只在张燕铎的口中徘徊，却没有力量说出来，随着药性的蔓延，他的思维陷入混沌中，毫无反抗地被架起来，拖了出去。

之后张燕铎的神智有短暂的腾空，外面似乎天亮了，他努力睁大眼睛，却发现看到的景物无法进入脑海，迷迷糊糊地被拖到某个地方，震耳的引擎声响起，冲击着他仅存的一点意识，等他真正从恍惚中清醒过来时，发现自己已经身在直升机上了。

他背靠着机舱一边，对面坐着本跟吴钩，刘萧何和崔晔坐在稍微靠后的地方，除此之外，还有几名穿黑衣的打手，透过机舱窗户，可以看到外面蔚蓝的天空，看来在他昏厥的时间里，大家已上了直升机，飞往他无法预知的目的地。

脑袋还不是很清醒，为了尽快恢复体力，张燕铎深吸了一口气，闭上眼睛靠在机舱壁上，思索接下来自己该采取的行动。

可惜事与愿违，他的思绪很快就被打断了，刘萧何说："你苏醒的速度比我想象的要快。"

脸颊上传来拍打声，张燕铎不得不睁开眼睛，就看到吴钩那张帅气奸佞的脸庞放大在自己的视线里，在观察了他的状况后，对刘萧何说："怎么办？他的体质跟以前相比又有变化了，我已经加大了剂量，还以为他会睡到目的地呢。"

本冷冷道："你可以再给他一针。"

"我也在考虑这个问题，"吴钩从随身的袋子里掏出配套针管跟药剂，看向刘萧何，"如果老爷子没什么问题的话，我就打了。"

再给他一针的话，他大概真不知道会睡到什么时候了，所以不管怎样，他一定要抢在对方下手之前动手才行。

张燕铎依旧靠在舱壁上做出委顿的样子，双手却在背后飞快地摆弄手铐，手铐的解开比想象的要轻松，他惊讶地看向吴钩，突然想到自己会这么快醒转，或许不是体质问题，而是药剂的分量。

吴钩并没有像他看上去那么忠于老头子。

"老爷子答应跟我聊我的身世，"他半眯着眼睛，懒洋洋地说："他不会出尔反尔。"

"不会，不过在说故事之前，我要做一件事。"刘萧何从口袋里取出黑匣子，探头往下看看，说："因为飞得太远的话，我怕遥控装置会不起作用。"

这句话让张燕铎的神经立刻绷紧了，质问刘萧何，"你不守诺言！"

"我只答应对你以前的错误既往不咎，我有说不引爆装置吗？"

感觉到张燕铎眼神中的杀意，刘萧何叹了口气，说道："孩子，你真是太天真了，就算我不动手，那些被我们勒索的人也会动手的，所以那些人的死亡只是迟早的事。"

"别人怎样做是别人的事，如果你敢做，我一定会杀了你！"

刘萧何按在键钮上的手停下来，抬头看他，脸上露出嗤笑的表情，"如果你有这个能力，现在就不会坐在这里了。"

"好好想清楚，你是留着关琥来要挟我做事，还是把最后的筹码毁掉。"

他的话换来刘萧何的大笑，"你在开什么玩笑？你真以为你跟关琥是兄弟吗？那都是你自我催眠导致的记忆错置，你是孤儿，是一出生就被丢弃的婴儿，你根本就没有亲人，跟你最亲的人只有我……"

张燕铎放在背后的双手握紧了，手铐他已经顺利解开了，可是他没有反击，刘萧何的这句话带给他的冲击比注射在他身上的药剂更强烈，不知是不是错觉，他的气力在慢慢流失，冷冷道："你胡说。"

"要我把你们两人的 DNA 资料拿给你看吗？"

"那种东西你完全可以作假！"

"那你可以自己去验，用他或许会剩下的一截残肢……"

张燕铎出手了。

他以迅雷不及掩耳之势，抬脚踹在吴钩的小腹上，吴钩抱腹向后晃去，给他腾出了攻击的空间，他随即将拳头挥过去，铐在腕子上的手铐被他抡得飞舞起来，砸在本的脸上。

趁着本忍痛捂脸，张燕铎夺下了他腰上的双枪，吴钩没有配枪的习惯，而本都是双配枪，这些都是他们常年养成的习惯，很难改变。

事实证明张燕铎没有判断错误，在顺利夺到枪后，他双手持枪，同时指向刘萧何跟本，无视对方指来的枪管，对刘萧何喝道："把那东西丢掉，否则我们就在这里同归于尽！"

"值得吗？为了个跟你毫无关系的人……"

"与你无关！"

或许是感觉到了来自张燕铎身上的杀气，刘萧何没有马上反驳，但也没有扔掉引爆装置，张燕铎想他可能在做最终判断，不过以他自私的心态是无法理解自己的行为的。

最后还是崔晔开口打破了僵局，告诉刘萧何，"不要跟他争执，他会那样做的。"

"为什么？他跟关琥根本没有血缘关系。"

"与血缘无关，而是他不想改变自己认定的观念。"

崔晔说中了张燕铎的想法，但可惜刘萧何不能理解，看着指向自己的枪管，他微微犹豫了一下。

就在这时，机身突然猛地一沉，像是遇到了乱气流，机身向一边大幅度的倾斜，刘萧何没防备，引爆装置失手落地，又随着机身的倾斜向前滑去。

张燕铎没有马上开枪，在高空中乱开枪所导致的后果是很糟糕的，如果事有转机，他当然不想跟这些混蛋同归于尽。

对方也跟他抱着相同的想法，所以在机舱晃动时，大家率先做出的是用短刀匕首攻击，这是吴钩最擅长的近身攻打技能，他握住红笔笔管，刺向张燕铎。

张燕铎正在应付本的攻击，虽然看到了逼近的红笔，却由于机舱过于狭窄，没有躲闪的空间，眼看着笔尖就要刺入他的颈部，一个圆形物体凌空飞了过来，在撞上吴钩的手臂后又往前旋去，刚好打在崔晔的头上，将他打晕过去。

这个突兀闯入的东西让大家的互殴同时暂停，顺着它落地的方向看过去，发现竟是个头盔，而且是直升机驾驶员通常都会戴的那种。

　　"谁说他没有亲人，当我是死的啊！"叫声从机舱前方传来，关琥不知何时出现在座位之间，手持双枪对准他们，不爽地喝道："要带走我哥，有经过我的允许吗？"

　　关琥捉贼时的样子一直都很帅，但此刻的他超越了帅的范畴，对张燕铎来说，他的出现除了认可自己的存在外，还是一种救赎。

　　看着他威风凛凛的样子，张燕铎忍不住笑了，原本被刘萧何那番话所刺伤的心情突然好了起来，目视他持枪走近，问："你什么时候来的？"

　　"在你们来之前就来了，我还帮忙开飞机来着。"关琥将那个偶然捡到的耳机丢到他们面前，说："要谢谢这个小东西，让我可以抢在这帮人的前头。"

　　"你没中毒？"

　　"我也以为我会中毒，但我偏偏没中，"关琥用气死人不偿命的口气对刘萧何说："所以真是不好意思了，没照你们的剧本去演。"

　　在毒气释放当中，关琥曾有过短暂的不适，不过这种不适很快就消失了，借着微型耳机里透露的信息，他知道了当时的状况，便灵机一动，趁大家的注意力都放在张燕铎解谜的时候，他将自己的背包手枪塞给了晕倒的雇佣兵，自己则掩藏在没有镜头监视的角落里。

　　雇佣兵的身材体格跟他相似，轻易就瞒过了吴钩等人，没多久，关琥就确定了他们所在的位置跟计划部署，但是对方人数众多，单凭他一个人的力量，就算去了也是自寻死路，为了确保其他人的安全，他没有马上动手，而是抢先去找直升机。

　　这时已经是清晨，直升机的着陆点很容易找，驾驶员着陆待命，压根就没想到有人来突袭，被他轻易制服了，他打晕了副驾驶员，将他捆住丢去山上，然后换上他的制服头盔，暗中用枪制住驾驶员，让他一切听自己命令行事。

所有人包括刘萧何在内，都没有想到在释放毒气后会有人逃出别墅，甚至上了直升机，所以这一路上没有人注意到关琥的存在，或者说他们对自己的行为太自信了。

"你比我想象的要厉害。"

在发现受制于人后，刘萧何没有表现惊慌，而是饶有兴趣地看着关琥，说："你在这里，话题可以进展得更快，怎么样？有兴趣加入我们这个团队吗？"

"抱歉，我没兴趣跟死人合作。"

话音刚落，一个黑乎乎的东西朝着刘萧何砸了过去，却是卸了弹匣的手枪，趁着刘萧何躲闪，关琥冲过去，吴钩急忙抢先拦住，双方在搏斗中就听砰砰砰几声枪响传来，子弹穿过机舱射了出去。

张燕铎也在同一时间开了枪，可惜子弹没打中刘萧何，而是他身后的黑衣男人，他还要再开枪，本挥拳打来，为了躲避对方的重拳，张燕铎只好后退，导致手枪落地。

现在的情势不适合枪战，张燕铎收起左手枪，从衣袖里掏出另一只预备的甩棍，短棍甩出，狠狠地打在本的肩膀上，将他打倒。

另一个黑衣随从也冲了过来，没等他开枪，就被张燕铎的甩棍击在手腕上，将手枪打飞，他只好掏出匕首还击。

机舱狭小，枪支本身的作用不大，没多久大家就变成了直接的近身搏斗，关琥事先在拳头上套了指虎，拳头虎虎生风，再加上飞机左右倾覆得厉害，吴钩为了保护刘萧何，不得不放弃跟他的搏斗，退向后方。

关琥趁机将张燕铎拉到了自己身后，将一早准备好的东西塞给他。见那竟是个降落伞包，张燕铎很惊讶，他没想到关琥平时看起来傻乎乎的，临敌应变能力居然不差。

降落伞包瞬间就套在了张燕铎的身上，关琥跟他配合默契，冲着对手一阵猛攻，将他们逼到机舱尾部，那个引爆黑匣随着机舱的晃动滑到了前面，张燕铎弯腰捡起，又借着这个机会打开了机舱门。

随着舱门的打开，冷风呼的一声吹了进来，将靠在门口的几个人吹得晃个不停，张燕铎左手持枪，威逼对面的人继续后退，给关琥提供跳伞的时机。

关琥头一次身处这么高的区域，更糟糕的是再往前踏两步就是悬空状态，他没有高空恐惧症，但是让一个从没有跳伞经验的人直接面对这样的场面，他还是有些发毛。

看看身旁的张燕铎，关琥正想说再给自己一点心理准备的时间，但还没开口，屁股上就被踹了一脚，张燕铎完全没顾及他的想法，很粗暴地将他踹出了机舱。

"我……"

后面的脏话被迎面冲来的冷风盖住了，关琥在空中不由自主地翻了个跟头，他默记着在来的路上跟克鲁格恶补的跳伞心得，急忙做出相应的姿势。

关琥的运动感官很好，马上就稳住了平衡，转头看向头顶的直升机，就见一个黑影骤然落下，冲着他飞快逼近，却是张燕铎也跳了下来。

枪击声传来，本跟其他人冲到机舱门口，向他们连开数枪，却因为气流关系无法击中，张燕铎凌空翻了个身，也在同一时间不断扣下扳机，逼迫他们不得不退回机舱，又为了油箱不被打中，他们现在的注意力都放在飞机驾驶上，不顾得再追击张燕铎。

就在这一瞬间，张燕铎已经落到了跟关琥相同的位置上，冲他飞快地打手势，关琥听不到他的叫喊声，看着他的手势，恍然醒悟，照克鲁格讲解的慌慌张张地拉开了降落伞包。

张燕铎仍旧没有开伞，直到看到关琥的降落伞包顺利打开，并很快掌握住了平衡后，他才拉开伞包的系绳，调节着方向，在跟关琥保持着一定距离的同时徐缓降落。

不得不说，对第一次跳伞的人来说，关琥的表现相当出色。眼看着地面逐渐接近，下方是山地丛林，还有遍布着形态各异的树木，在确定没有危险后，张燕铎调节降落速度跟方向，落到了一片空地上，然后收起伞包，等待关琥的降落。

谁知左等右等不见关琥着地，张燕铎抬头一看，差点笑出来——关琥是安全降落了，不过降落点不是地面，而是落在不远处的一棵樟树上，卡在上面没法动弹了。

会出现这样的乌龙，归根结底是关琥自身的问题。

在一开始高空降落的时候，关琥的心情还是很紧张的，毕竟他是第一次挑战这样的冒险活动，但眼看着地面离自己越来越近，可以顺利降落了，他一直提着的心放了下来，紧张转化为成功后的喜悦跟自豪感，于是得意忘形之下，就……悲剧了。

背上突然一顿，然后上下颤了颤，像是被什么拉住了，关琥扭头去看，发现自己错估了降落伞的面积，导致伞面的一边被树枝挂住了，他用力晃晃身体，企图挣脱开，却导致结果更糟糕，伞面扑下来，都缠在了枝头上，让他形成悬空的状态。

张燕铎在下面仰头看着关琥悬挂在枝头的英武身姿，他扑哧笑出了声，"这也可以？"

"嗯哼。"

"是哪位大仙教你跳伞技术的？"

"不就是克鲁格喽。"关琥挣扎了半天都没有成功降落后，他索性放弃了，对张燕铎说："我觉得对于首次跳伞的人来说，我的成绩已经很好了。"

"是啊，好到不着地的程度。"张燕铎好笑地看他，"克鲁格只教你跳，没教你落吗？"

"张燕铎你到底要看笑话看到多久？还不快点救我下来！"

张燕铎伸手掏口袋，关琥还以为他在想办法救自己，谁知他摸了一会儿，居然摸出一只手机，然后朝向自己，做出拍照的姿势。

关琥的鼻子都快气歪了，大叫："不许拍！"

"又不是裸照，你怕什么？"

"老子就是不喜欢被拍，怎样？"

他在树枝上大声嚷嚷，张燕铎却听而不闻，兴致勃勃地拍着照，随口说："谁让你跟着克鲁格学跳伞？造成悲剧也是可以理解的。"

关琥停止了挣扎，从张燕铎的话中他品出了不爽的味道——张燕铎这是在怪他放着眼前这位大师不请教，却去问一个德国人吗？但那是情势所需对吧？这人也太斤斤计较了！

可惜处于极端劣势下，这句话打死关琥都不敢说。

"我记住了哥哥，"他吊在空中，有气无力地说："下次有问题，我一定第一时间请教你，这总可以了吧？"

张燕铎看看他，收起了手机，关琥急忙道："别磨蹭了，快救我。"

"在救之前，我想问一个问题。"

"什么？"面对张燕铎的笑脸，关琥感觉背后又开始凉飕飕的了。

"看那种片时你最爱哪一型的女优？"

"……"

想起先前他对张燕铎的戏弄，关琥终于忍不住了，放声大骂："张燕铎你还可以再睚眦必报些吗！？"

骂声换来张燕铎更大的笑声，关琥快气昏了，索性不去理他，自己在空中用力舞动四肢，并摇晃全身企图脱离伞面。

这个动作导致关琥在空中来回荡个不停，正晃动着，他无意中一抬头，突然看到了前方的苗寨部落，此时旭日高升，苗寨坐落在晨曦中，炊烟阵阵，静谧祥和，他看得呆了，随即脑海里闪过一道灵光，灵感来得太强烈，让他忘了自己现在身处何方。

一瞬间周围一切都寂静了下来，光亮消失了，远方的苗寨消失了，甚至连张燕铎好像也不存在了，现在唯一留在关琥脑海里的只有他接手降头一案后经历的一幕幕。

史密斯之死、塔里图之死、林晖峰之死、李元丰被暗杀，还有围绕着他们之间发生的奇奇怪怪的事件，还有那个企图害他，同时却又表现得极端恐惧的女孩……

他一直觉得降头案件的发展跟老家伙刘萧何的计划有些格格不入，现在他终于明白格格不入的地方在哪里了。

关琥突然一动不动地定在空中，这副像是中了降头的样子吓到了张燕铎，他收起笑脸，紧张地叫："关琥？关琥你怎么了？"

"没事，我没事……"半晌，关琥回过神，低头看着一脸担忧的大哥，他咧嘴笑了。

"哥，降头的谜题我全部都解开了！"

等张燕铎将关琥解救下来时，已有直升机经过他们的头顶上空，飞向山崖，关琥猜想那是谈判者派来的后援，为了不引起麻烦，他跟张燕铎提前对了口供。

没多久克鲁格的电话打进来，先询问关琥的安全，在得知他没事后，又告诉他说救援队到达了，他们已经得救了，可惜恐怖组织的人都已撤离，只留下一片狼藉的枪战现场。

除了乘直升机离开的那些人以外，山上应该还隐藏了不少恐怖组织的成员，所以克鲁格已部署人员全力搜查，至于逃走的刘萧何等人的行踪，他们也会想办法追踪，同时又提醒关琥凡事小心等等。

关琥点头应下，想到克鲁格的上司曾为了自己的利益，准备放弃他们的行为，就不由得心冷，忍不住也对他说了好几遍注意安全的话。

像是听出了他的暗示，克鲁格沉默了一会儿，对他说："谢谢你关琥，不管什么时候，你都是我的朋友。"

关琥还要再说，被张燕铎将手机抢过来，直接关掉了，看着弟弟不服气的表情，他说："克鲁格从小就在军队里长大，他比你更了解里面的黑暗，上头会做出什么决定，他一定早就想到了，但服从是军人的天职，军队利益高于一切，必要时即使做出牺牲他也不会在意的。"

"那他说是我的朋友……"

"朋友就是用来出卖的，难道你没听过这句话吗，亲爱的弟弟？"拍拍关琥的肩膀，张燕铎微笑道。

事实证明张燕铎说的是正确的，大家会合后，克鲁格接收了那个引爆装置，向他们道谢，但对于别墅事件的后续处理却讳莫如深。

叶菲菲等人也因为中毒昏迷，对当时的状况不了解，他们在醒来后被送往邻近的医院接受检查，张燕铎询问凌展鹏的情况，却被告知现场没有找到这个人。

所以这位教授先生是被恐怖组织成员劫持走了？还是出于其他理由而独自离开？

跟凌展鹏接触的时间不长，张燕铎无法推断他的想法，在判官事件中是凌展鹏出手救了他，但凌展鹏没有提到自己跟刘萧何等人的关系，所以张燕铎只能凭推断猜测凌展鹏是被迫为刘萧何做事的，为了不影响谢凌云的正常生活，他才会一直隐藏身份，同时在他们的冒险中出手相助。

谢凌云也很担心父亲的安危，在确定毒气没有对身体造成伤害后，她不顾医生的劝阻出了院，等关琥知道这个消息时，她早已离开了。

关琥跟大家一起接受了体检，结果是一切正常，他有点郁闷，摸着苗寨族人送给自己的木雕神像，私底下对张燕铎说："我没中毒，到底是因为自己的体质发生了变化，还是神像的功劳？"

"只要没事就好，你管它是什么原因呢。"

"那你呢？为什么你也没事？"

一阵沉默后，张燕铎说："我是体质的问题，我以前曾被注射过各种奇奇怪怪的药物，所以血液发生了变化，上次你中僵尸病毒时，我曾想过万一不行，就输血给你，还好最后顺利拿到了解药。"

感觉到张燕铎的不开心，关琥有点后悔提到往事，急忙换话题，说："可惜有些高官没这么幸运，下降的人死了，再好的降头师也没办法解开死降吧？"

张燕铎笑了，"听你的意思，好像对降头很了解。"

"最近我一直在研究这方面的知识，所以多少知道一些，"关琥叹道："不知道那些要员依次死亡会不会引来国际恐慌，那大概就正中刘萧何的下怀了。"

张燕铎笑了笑，没说话，他已经把有色隐形眼镜摘了，所以现在可以清楚看到他的眼瞳，阳光折射在那对琉璃眼瞳上，散发出美丽而又妖异的光彩，在关琥看来，它的华丽超越了任何宝石。

发觉关琥的注视，张燕铎把眼神转开了，却没再像以往那样躲闪，淡淡地说："这也是老家伙的杰作，他喜欢任何一种漂亮的东西，所以就通过这种方式创造出他想要的样子，许多试验品都死了，还有一些眼睛瞎了，我算是幸运，只是眼瞳变色而已。"

"其实你的眼睛很漂亮的，你一点都不用自卑，你知不知道现在有多少爱美的女孩子希望拥有这样的眼瞳。"

关琥的安慰换来一记拳头，他抱着肚子缩到床上，就听张燕铎冷笑道："别自以为是了，谁说我自卑？"

不自卑还需要整天戴眼镜遮掩吗？一个大男人心思这么敏感，还不肯承认，真是的。

关琥在心里抱怨着，却不敢说出来，道："你说老家伙费尽心机搞出这么多事来，只是为了钱吗？"

"当然不是，不过至少这一票他赚到了。"

"假如可以找到他，那会不会找到解降的办法？至少老家伙在做这件事之前会有所预备吧？"

"不会，你还不了解他，对他来说，任何人的死亡都是平常小事，不过要救那些人也不是一点办法都没有的。"

看到张燕铎脸上浮出的微笑，关琥灵光一闪，忙问："你都可以打败塔莫了，是不是可以解降？"

张燕铎笑而不语，关琥还要再问，被他打断了。

"这些事你就不要管了，你好好休息，暂时不要回警局。"

之后张燕铎做了什么，关琥完全不知道，张燕铎不说有他的理由，所以关琥没打算强迫他坦白，他听从张燕铎的话回到了家，没有联络警局的同事，而是在家里休息了两天。

在这两天里，关琥把新闻看了个遍，别说有关危崖公馆的报道了，就是前不久的降头事件也早被人遗忘了。

新闻事件倒是有不少，但不是情场失意要寻死觅活跳楼的，就是为了钱跑去挖人家坟墓的，不知是不是电视台为了增加噱头，在故意夸大事实，至少在关琥看来，这些新闻的真实性都有待商榷，他耐着性子看到最后，也没看到那些要员出事的报道。

就算那些人真的中降头暴亡了，也不可能被报道吧？那种机密恐怕就连情报当局的人都未必完全知情。

到第三天，一个意想不到的人出现了，时间接近傍晚，关琥正躺在床上补觉，夕阳斜照进来，有些晃眼，他翻了个身，准备去拉窗帘，却发现有个人影站在床头。

本能促使他立刻翻身跃起，摸出放在枕下的手枪，指向对方。

"你跟着张燕铎混，反应越来越灵敏了。"

声音很熟悉，在看到是身穿长裙，面妆精致的艾米后，关琥松了口气，放下手枪——艾米算不上朋友，但至少不是敌人。

"美女，没人教你进门时要先敲门吗？"

"习惯了，请包涵，如果你觉得不安全的话，我可以免费为你提供最新的保安系统。"

"那样我会更不安心的。"

"也是，谁让你有个那么能干的大哥呢，"艾米夸张地叹了口气，说："张燕铎呢？我这次可被你们兄弟骗惨了，没想到在我想到乔装之前，他就想到了。"

"如果你是要来秋后算账的话，那就找错地方了，他又不知道跑去哪里了，我也好几天没见到他了。"

关琥没说谎，在医院里确定他没事后，张燕铎就一声不响地走掉了，走之前他还跟艾米谈过话，所以他去了哪里，关琥想艾米应该比自己更清楚。

"不，我是专程来找你的，这是你想要的资料，算是对你们这次相助的回报吧。"

关琥接过艾米给他的文件袋，将里面的资料抽出来一看，头一张就是有关萧白夜的档案，他这才想起自己曾随口说的话，没想到这位大美女记到心里去了，真帮他搞到了手。

"谢……谢。"

面对对方所表现出的善意，关琥有点不知所措，他打量着艾米，看她完全没有疲于奔命的样子，不由好奇地问："那件事顺利解决了？"

"欸，至少我的雇主短时间死不了，我趁机又'勒索'了他一大票。"

"为什么？"

"因为他想弃车保帅啊，可惜我这个车可不是那么容易挂掉的。"

听艾米的口气，她应该知道了当时刘萧何跟谈判者之间的交易，以她的个性，不报复回去反而奇怪。

"我果然没看错人，你哥真是天生吃这碗饭的，期待下次继续合作。"

"什么意思？"

"原来你不知道的，"艾米有些惊奇，但马上就释然了，笑道："也是，这么危险的事他当然不希望宝贝弟弟插手了。"

"到底是怎么回事？"

"具体情况我也不清楚，不过你哥好像懂一些解降头的方法，他把配方给了我和克鲁格，拜他所赐，我这次赚了一大笔。"

艾米说完，转身离开，半路又转回来，说："替我代问他好，还有啊，有什么需要我帮忙的，可以随时联络我。"

她冲关琥转了转小拇指上的戒指，其深意不言而喻，关琥却没有注意到美女的暗示，他低头看着手里的资料，不断琢磨张燕铎怎么会使降头术。

想起张燕铎离开时所说的话，再联系他们去塔里图家后张燕铎的各种行为，关琥恍然大悟。

张燕铎一定是在塔里图的家里找到了与降头有关的秘密，所以后来他才会提出去药店，还在去苗寨的途中一直上网看资料，原来都是在为之后的计划做准备！

虽然还无法知道张燕铎找到了什么样的降头资料，资料又有多少，但他的大脑容量就跟最新的电脑硬盘容量没区别的，看一遍就等于全部扫描到脑子里了，他会拆穿塔莫的降头术一定也是因为这个原因，却瞒得自己好苦。

他爷爷的，这只一肚子墨水的狐狸！

第十章

关琥翻来覆去把张燕铎骂了几遍，心情逐渐舒畅了，他起床来到客厅，在沙发上坐下，认真阅读艾米带来的资料。

资料里都是有关萧白夜的工作履历跟私人生活情报，比他想的要详细，也更复杂阴暗，超出了他的想象，随着阅读，关琥原本轻松的心情慢慢变得沉重，表情不由自主地绷紧了。

他本来只是想了解一下萧白夜就职后的经历，想借此判断萧白夜是否与降头一案有关，没想到艾米这么热心，将萧白夜的私事也查得清清楚楚。

萧白夜的童年很幸福，他父亲也是警察，并且很能干，年纪轻轻就受到重视，母亲出身警察世家，婚前也是警花，萧白夜还有一个弟弟，萧家出事那年，他八岁，他弟弟六岁。

在某个风雨之夜，萧家惨遭祸事，萧白夜的父母跟弟弟均死于枪杀，萧白夜也胸口中弹，幸好子弹稍偏，让他得以幸存了下来。

不过那晚的经历对萧白夜的打击太大，他因此失去了被枪杀的记忆，惨案留给他的除了身上的弹孔疤痕外，就是恐血，他从此对血液极度地排斥，这也是他从不靠近凶案现场的原因。

看到这里，关琥终于明白了为什么萧白夜的功夫跟枪法都不错，却晕血晕得那么厉害，原来是童年那件惨案留下的阴影。

至于那件凶案，到现在也没有侦破，随着时间的推移，它成了悬案。

当时曾有个说法是萧白夜父亲的惨死与他正在处理的案件有关，警局还成立了专案小组，着手调查萧父负责的数起案件，却都一无所获，最后断定是他被人买凶杀害。

后来行凶的杀手也自杀了，但幕后主使者是谁，却一直无法查到，就这样，此案在许多线索都不明了的状况下结了案。

萧白夜伤好痊愈后，曾有很长一段时间的自闭倾向，后来他被一位远房叔叔领养，也就是现在的副处长萧炎，前不久还在电视新闻里露过脸的胖子。

资料里有附加萧炎胖乎乎的近照，关琥的目光掠过去，再往下看，下面还有更详细的萧家成员名单，其中大部分人都在身居要职，像是那个中降头而死的林晖峰就是萧家关系网里的一员。

更让关琥惊讶的不是这些，而是萧白夜的母亲姓李，论辈分跟李元丰的父亲算是一表三千里的关系，所以严格来说，萧白夜跟李元丰之间算是沾亲带故的，可是平时看他们的互动，完全没有熟络的表现。

恰恰相反，两人的关系还很糟糕，因为李家跟萧家一直不对头，大家都想压过对方，但萧家人脉通达，李家也不弱。

看着这一幅幅关系图，关琥有点猜到李元丰会被暗杀的原因，以及林晖峰死亡的真相了。

林晖峰身份比较特殊，可能在金钱问题上得罪了某些人，被列为买凶杀人的目标。

罪魁祸首出于杀一儆百的心理，借助了恐怖组织的降头术，而刘萧何为了让各国政府要员就范，也需要当场演示降头的恐怖性，所以答应跟他合作，说白了，林晖峰之死对罪魁祸首来说是除掉心腹之患，而对刘萧何来说则是一场表演秀，双方各取所需。

这就是乔尼·希尔会出现在当晚酒会上的原因。

希尔是美国 CIA 情报分析员，他会来这里，多半是奉命寻找降头的真相以及降头会造成的伤害，所以萧白夜一方面不让自己查他，一方面又跟他搭上线，并带他去参加夜宴。

相信在酒会上，希尔将林晖峰中降头后的恐怖反应现场直播给了各位谈判者，无形中给他们加压，迫使他们不得不认真考虑刘萧何提出的条件。

有关这次的暗杀计划，大概林晖峰本人也有所觉察，所以才向警方申请保护，但他万万没想到暗杀的手段会这么残忍，更想不到的是这招恰好给李家的对头提供了机会。

那些人派刘茂之刺激李元丰，企图拍摄他打人的录像，这样就可以以避风头的借口逼他不得不去当保镖，之后再在暗杀林晖峰的过程中顺手除掉李元丰，到时候李元丰算是因公殉职，动手的是恐怖组织成员，任谁都找不出政敌的蛛丝马迹。

归根结底，杀害林晖峰跟暗算李元丰虽然是刘萧何的恐怖组织活动，但实际上却是内部势力的互斗，实施者可能是萧家，也可能是其他人，但不管怎样，萧白夜都是实施计划的那个，作为整个计划的中间环节，他一定了解其中的内情。

所以只要找上他，逼他说出指使者是谁，整个案情就可以水落石出了，问题是——萧白夜会跟他坦白吗？

关琥靠在沙发上，微阖双目，回想跟萧白夜平日里相处的点点滴滴。

　　说起来他跟萧白夜认识很久了，还一起共事多年，在他心中，萧白夜一直是个好上司，除了晕血，常常逃避现场侦查行动外，他的工作很称职，对下属也很护短，关琥找不出他一点毛病。

　　至于两人的私交，则比较少，萧白夜为人儒雅温和，还有着一些类似张燕铎的腹黑气质，他对每个人都很好，却不近交，关琥以往没注意，只当那是属于出身而养成的个性，现在才明白萧白夜会与人疏离，多半与他幼年的经历有关。

　　但不管怎样，对关琥来说，萧白夜一直是他敬仰的上司，直到现在，他也无法把萧白夜跟冷血联系到一起，假如不是看到萧白夜跟希尔还有塔里图的会面，还有他销毁史密斯拍摄的照片，以及在降头事件上他所表现出的态度，关琥相信自己绝对不会怀疑到他身上。

　　冷血无情，可以为了自己的仕途而毫不犹豫出卖下属的人，不该是萧白夜。

　　越想心头越烦躁，关琥发泄似的将资料摔去了一边，文件滑到沙发上，露出属于萧白夜的警服照片，看着照片，关琥心里突然腾起一个大胆的计划，这个计划对他来说绝对危险，但为了解开疑云，他情愿冒险一试。

　　为了保险起见，关琥先拨打张燕铎的电话，想问问他的意见，但张燕铎的手机一直接不通，他只好放弃，转打给萧白夜。

　　出乎他的意料，接到他的电话时，萧白夜表现得很镇定，至少关琥没有感觉到他的动摇，他想有关自己还活着的事，应该已经有人汇报给萧白夜了，但他绝对料不到自己掌握了这么多情报。

　　"你没事真是太好了。"

　　萧白夜的话声跟平时一样温和，但也许因为心境不同，关琥觉得他的关怀中透满了虚伪，说："是啊，我不仅没死，还有个好消息要汇报，整个降头事件的真相都解开了。"

他说完，不等萧白夜有回应，又接着往下说，从史密斯之死到林晖峰中降头，到李元丰的身亡，接着是塔里图以及恐怖组织活动的内幕，萧白夜没有打断他，在电话那头一直默默听着，直到关琥讲到他们幸运地逃脱危境为止。

讲述完后，关琥特意追加道："这件事我没有对任何人说起，你知道的，这个案子牵扯的范围太广太深，我拿捏不住火候，所以想问你该怎么处理。"

稍许沉默后，萧白夜问："你知道跟恐怖组织有联络的官员是谁吗？"

"我不知道，但我相信你也许有眉目。"

"为什么这么说？"

"因为你是萧家的人，一定会了解到一些内幕吧？我想跟你面谈，你现在在局里吗？"

接下来又是短暂的沉默，然后萧白夜说："我在外面，可以要较晚才能回去，你可以先回重案组等我，哦对了，你提到的那个叫雪花的女人来投案自首了，说塔里图是她杀的，希望我们把她关去监狱，不过以她眼下的状况可能有点难度。"

"有难度？"

"嗯，这件事比较复杂，等我们见了面再说，为了避免恐慌，你暂时不要跟任何人提起降头这个案子知道吗？"

"我懂，我等你。"说完后，关琥就关掉了手机。

这其实是他对萧白夜做的试验。

如果萧白夜是白的，他听了自己的情报，了解事件的严重性，应该第一时间跟自己会面，商议这件案子是该继续往下查还是冷处理；如果他是黑的，那么接下来他要做的则是去跟上头汇报自己的存在，以及自己所掌握的线索，等候上头的答复。

所以，从萧白夜的回答中他确定了对方的立场。

在明白了事情真相后，关琥并没有感到开心，相反的，他心里涌起满腔的愤怒，那是种被所信任的人出卖后的不甘和愤懑，还有失望。

关琥没有马上行动，而且默默地坐在沙发上，直到自己的心情平静下来，才起身操作接下来的事。

他先将艾米给自己的有关萧白夜的资料烧掉，然后换衣服，配好手枪，再穿上避弹衣，最后是外套，来到玄关，他还特意对着镜子再看了一遍自己的衣着发型，确定仪表没问题后，这才出门。

关琥突然出现在警局，引起不小的波动，好在这里是警察局，虽然大家表现得很惊讶，但总算没把他的生还当成是诈尸，在一阵讶异后，很快就转为热情迎接他的回归。

重案组的同事们也都很激动，关琥感觉得到他们的真诚，但同时也注意到了从他进入警局，就一直处于被监视的状态中。

这肯定是萧白夜下达的命令，只是没想到他的手脚这么快。

不过在来之前，关琥已经有了心理准备，所以这个结果在他的预料之中，心里反而充满期待，想看到接下来萧白夜的设计。

他跟同事们打了招呼，又看了雪花的讯问笔录，然后转去鉴证科找舒清澜，小柯正在里面玩电脑，看到他，一脸见鬼的表情，直到确定他没出事，这才松了口气，说舒清澜刚出去了，问他要不要在这里等，顺便讲讲他这段时间的历险经历。

关琥拒绝了，他不想把小柯也拉下水，找了个借口离开，在去拘留室的途中，他的手机响了起来，是张燕铎的来电。

"你还是去警局了？"电话一接通，张燕铎就问道。

关琥真心怀疑哥哥在自己身上安了监视追踪器。

"是，本来想跟你商量一下的，不过你的电话打不通。"

还以为张燕铎会责怪自己行事鲁莽，关琥提前说了当时的状况，谁知张燕铎什么都没说，关琥简单讲述了他跟萧白夜的对话还有他的想法后，又道："我知道会有危险，但我想我罩得住。"

电话那头传来张燕铎的笑声，"罩不住也没关系，还有你哥呢。"

"你在哪里？"

"在忙，所以你自己小心点，回头见。"

张燕铎说完，不等关琥回应就挂了电话，关琥有些摸不着头脑，完全不明白他特意打电话给自己的用意。

所谓的忙，就是指在做坏事吧？

在得出这个结论后，关琥耸耸肩，把手机放回了口袋。

来到拘留室，关琥提出要见雪花，看守的警察没多问，交代了一句让他小心别被传染就让他进去了。

雪花坐在拘留室的小床上，听到响声，她提起头，发现是关琥后，立刻飞快地跑到门前，看她奔过来的冲力，关琥几乎怀疑铁门会被她撞开。

但事实上铁门只是随着她的冲撞晃了一下，发出哐当闷响，雪花双手抓住铁栏杆，冲关琥叫道："我记得你的，警官，我不想死，求你救救我，他们所有人都不信我，我知道你会信我的。"

关琥怔在了那里。

雪花的话说得颠三倒四，但让关琥吃惊的不是她的精神状态，而是她的长相。

才几天没见，关琥觉得自己已经认不出她了。

他见过雪花三次，雪花不算十分漂亮，但也是秀气文静的那一类，可是现在站在他面前的却是一个整张脸肿成圆盘的女人。

不仅如此，她的脸上还鼓起一堆堆的水泡，有些地方已经糜烂化脓，随着她的靠近传来臭气，关琥不由自主地向后退了一步，明白了为什么同事会提到传染这个词。

令他吃惊的不仅是容貌的改变，雪花的嗓音也跟之前大相径庭，像是声带坏掉了，吐出的声音嘶哑低沉，勉强才能听懂她在说什么。

"你是……雪花？"

"我是雪花，在鑫源酒家我还跟你聊过的，警官你一定记得我的对不对？"

"我记得，可是你……"

虽然关琥猜到了案情的真相，但没想到雪花会变成这副模样，看着她失魂落魄的样子，一瞬间，脑海里闪过她在村里杀猫祭祀的古怪行为，再结合其他的线索，他明白了其中的原因。

"你杀的不单是塔里图吧？"目视对方，他问道。

雪花疯癫的状态有短暂的停顿，因为脸盘肿胀而变小的眼睛看向他，眼中充满了恐惧跟怨毒的光芒。

"你、你怎么知道的？"

"我刚看了你的供词，你说是因为想跟塔里图学降头而遭拒，在争吵过程中失手推倒他，又刚好祠堂屋瓦塌落，才会导致他死亡，而他是降头师，给你下了降头，害你全身腐烂，所以你来投案，期待警方的救助。"

"是的，就是这样！"

"不是这样！"

关琥沉下脸，打断了她的话，说："真相是史密斯在追查降头秘密的过程中，曾多次去过鑫源酒家，你在那里做事，又熟知塔里图的事情，史密斯为了找到更多的线索，就用甜言蜜语勾引你，你帮了他不少忙，提供了很多线索爆料给他，并且为了留住他的心，你从塔里图那里偷学了情降，用在了他身上。"

"所以你杀的是两个人，而且两次都是故意杀人罪，你杀塔里图是因为他知道了你用情降，想要阻止。你杀史密斯，是因为他辜负了你，史密斯的做法可以理解，他只是个为了查情报而不择手段的人，怎么会对一个异乡的女人动感情？他应该有对你说清楚，可是你却不肯放手。"

雪花不说话，只是死死地盯住他。

"你杀了塔里图，没多久史密斯也因情降发作而死，可是你对降头一知半解，没想到情降是双方共有的降头，一半死了，另一半也活不了，可惜当你明白了这个事实后，唯一可以解降的人也不在了，你只有利用以前学到的一些皮毛知识来救自己，却毫无收效，所以你走投无路才来自首。"

关琥之所以断定塔里图不是刘萧何等人所杀，是因为那些人没有杀塔里图的理由，相反的，塔里图的死给他们带来了很多麻烦，所以那天在跳伞中他看到了远方的苗寨，突然想到了另一个可能性。

那就是凶手另有其人！

听了关琥的话，雪花气愤地大叫："你胡说，你有证据吗？你什么都不知道，凭什么说是我杀的人？一定是你们找不到凶手，所以就想诬蔑我！"

她用力晃动铁门，导致铁栅栏不时发出沉闷声，她的脸因为扭曲变得更可怕了，关琥想起了笼中豺狼，明知死亡逼近，却还是忍不住困兽犹斗。

"我没有任何证据，"他老老实实地回答："我的猜想都是基于我对降头的了解得出来的，我也没有想诬蔑你，因为那是没必要的，史密斯已经中降头而死，你认为你可以活下去吗？"

"你胡说！我可以的！那些警察说会请名医来帮我诊治！"

如果她真的这样想，那为什么会在自己出现的时候大呼救命呢？

看着栅栏那一边的女人，关琥突然觉得她很可怜，但她也同样可恨，为了自己的期待，接连杀了两个人，甚至企图杀掉他，她千方百计想找到救生的办法，到头来药方却被张燕铎轻松拿到了手。

关琥不懂解降头，但是看她的状态也知道她时日无多，更可悲的是到现在她都还执迷不悟。

"害人终害己，我劝你还是认下罪行，这才是你最大的救赎。"

关琥说完转身离开，就听雪花还在后面大叫，口中叫唤着诅咒的话语，铁门的撞动声不时传来，状如癫狂，看来要让她幡然醒悟，是不可能的事了。

真相的显现没有让人开心，反而让心绪更加烦闷，关琥有点明白为什么他们会被强制定期去看心理医生了，因为每次都遇到这类的事件，真的很容易得抑郁症的。

不想在这种地方待太久，关琥加快了脚步，回到重案组的楼层。

已经过了下班时间，走廊上站了几名同事，看到他，脸上都露出惊讶的表情，这表情前不久关琥就见过一次了，他扬手打招呼，开玩笑说："你们没看错，是我关琥，我没死，活得好好的。"

同事们没像之前那样做出友好的表示，而是手搭上腰间，慢慢向后退。

在重案组做了这么多年，这个动作关琥再熟悉不过了，他提起戒备，快速跑回重案组，江开跟老马还有蒋玎珰等人都站在门口，看到他，江开立刻大叫："你怎么在这里？"

没等关琥回答，江开已经把枪掏了出来，却没有拉保险栓，而是继续夸张地叫道："你杀了人，居然还敢出现，同事们马上就都到了，你快点投降吧！"

听了他的暗示警告，关琥知道不妙，在来之前，他就猜到萧白夜会有所行动，但没想到他会光明正大地陷害自己，再转头看去，果然就见有不少警察手持枪支，分各路向他包抄过来，其如临大敌的架势活像他是被通缉的恐怖分子。

一瞬间，数个念头在关琥的脑海里转了几转，最后在看到萧白夜出现后，他选择了掏枪——

那些幕后指使者想陷害他，一定都事先做好了安排，所以只要他束手就擒，那今后就算跳进黄河也洗不清了，那些人根本不会给他辩解的机会，他的命运只有一个，那就是在大家都不知道的地方被暗杀，然后做出自杀的假象。

神不知鬼不觉地把问题解决掉，太适合他们的做事方式了。

"关琥，还不把枪放下！"萧白夜抢先走到众人的前面，对他斥道。

萧白夜的衣着打扮还有他的气质都跟平时一样，只有表情异常冷峻，像是突然间变了个人。

几小时前关琥跟他通电话时他还不是这样子的，不由得感叹这就是所谓的翻脸如翻书，萧白夜拿到了除掉他的命令，所以不需要再在他面前做戏了。

想到这里，关琥感到气闷，为自己曾经对他的追随感到不值，他咧嘴一笑，故意问："啊，头儿，你终于办完事回来了？不知道那件事上头……"

萧白夜的脸色果然变了，厉声打断他，喝道："放下枪！"

"不是我不放啊，是你们都对我举着枪，大家都是同事，这样做太伤感情了。"

"我们已经拿到了你勾结黑道组织，杀害林晖峰的证据，这是对你的拘捕令，你可以保持沉默，不过……"

萧白夜拿出了拘捕令，这类文件以前关琥不知道见过多少，但没想到有一天会用在自己身上，他打断萧白夜的话，呵呵笑道："我现在保持沉默，今后就会永远沉默了，头儿。"

"拒捕会让你罪加一等。"

"那也总比被暗中抹杀掉要好。"

关琥嘴上说得轻松，精神却丝毫不敢放松，看萧白夜的表现，他就知道为了杀人灭口，他什么事都做得出来，所以边应付着边迅速寻找退路。

江开站在走廊那边，看到关琥的动作，他也跟着向后退，却不小心绊了一跤，撞到了旁边的同事身上，导致几人一起跌倒，关琥趁机冲向缺口，奋力向前跑去。

其他人紧跟着追了上来，关琥听到身后的鸣枪警告声，他再次加快了脚步，只要能先逃出去，其他的事回头再想好了。

抱着这个念头，关琥跑得更快了，在楼梯拐角几个跳跃，轻松到了一楼，再以冲刺的速度往前奔，谁知一楼的警察已得到了通知，早在大厅当中做出了拦截的状态。

关琥发现这个情况，急忙临时刹住脚步，众人手里都拿了武器，硬拼是不行的，他改为选侧路逃跑，却没想到没跑几步，就看到另一边也有警察围过来，两面夹击，将他拦在当中。

想要在这种重重包围中逃出去，简直是异想天开，一瞬间，关琥几乎有点要放弃了，谁知天无绝人之路，就在他冲到拐角的时候，有个人刚好从对面走过来，关琥收刹不住，跟她撞到了一起。

那人被撞到了墙上，关琥也趔趄了一跟头，看到跟他相撞的人竟然是舒清滟，某个奇怪的念头突然窜上了关琥的脑海，在他还没有确定自己的行为是否正确之前，他已经扣住了舒清滟的脖子，将她拉到自己面前，同时举枪对准了她的太阳穴。

"都往后退！"他冲着紧追上来的警察们大声喝道。

萧白夜急忙挥手示意大家停下，但关琥的做法加重了双方敌对的立场，原本还对现况持狐疑态度的警察们做出了应有的反应——同时拔枪对准关琥，他的重案组同事们也只能跟着拔枪，还好大家都没有拉下保险栓，而是看向萧白夜，等候命令。

萧白夜神色严峻，冲关琥喝道："还不把枪放下！你杀了人，现在还劫持人质，只会罪上加罪！"

"我没有杀人！"

"那就更不该这样做！"

他是不想这样做，但时至今日，他再也不相信萧白夜的鬼话了，假如真听他说的乖乖接受审查的话，他敢断定自己所掌握的线索将会全被抹杀干净，甚至连他这个人的存在，也会在大家不注意的时候被抹杀掉。

所以，反抗还有希望，反之，他就死定了。

确定了自己所面对的状况后，关琥没迟疑，朝空中放了一枪，又顶住舒清滟的头部，厉声喝道："再跟上来，下一枪就是她了！"

关琥的表情从未有过的险恶，他的同事们没有见过这样的他，都成功地被震慑住了，关琥趁机对舒清滟附耳说了句抱歉，然后架着她迅速向外走。

"关琥，你不用道歉，"在被他拖着走的时候，舒清滟回道："回头你让我揍一顿比较实际。"

"我是无辜的！"

"我知道，否则你现在已经趴在地上了，你当我的跆拳道黑带是白练的？"

关琥被她说得心里发虚，小声道："那美女请你就配合一下吧，拜托拜托。"

他边说边迅速往后退，对面站了一大排警察，个个都举着枪对着他，但碍于舒清滟被他当作人质，谁也不敢轻举妄动，这给他的逃跑提供了便利。

就这样，关琥在众人的瞄准中飞快地退出了警局，几乎在他们出警局的同一时间，一辆纯黑轿车迅速向他们靠近，后车门自动打开。

关琥还没明白是怎么回事，就觉得肋下作痛，他被舒清滟一个手肘顶进了车里，随后一叠文件拍在了他的脸上。

"这是史密斯的尸检报告跟一部分有关林晖峰死亡的情报，也许对你有帮助。"

"给我？"关琥惊讶地看着眼前这位美女法医，"把绝密资料外传，你不怕被革职？"

"只要这个世界还有死亡存在，我就不必担心失业。"

"那……谢了。"

最后一个字还没落下，车门已经自动关闭，黑色轿车箭一般地射了出去，这时那些警察才陆续跑出来，关琥转头看去，就见众人举枪对准他们，但碍于附近车流众多，没人敢开枪。

关琥没有因此松口气。

这并不算逃脱，相反的，接下来的状况才更险峻，照他做警察的经验，警车很快会将他们包抄，前方各要道也会设置关卡，让他无从逃避。

"还以为你真可以独当一面了，看来还是欠点火候啊。"

身旁传来冷清戏谑的话声，却不是张燕铎是谁？

关琥转头看去，就见张燕铎靠在椅背上，双腿优雅地交叠在一起，他今天有做简单的化妆，头发打着发蜡，齐整地梳向脑后，鼻梁上架着金边眼镜，唇上还贴着小胡子，乍看去年龄提高了十几岁，跟平时相比，多了份沉稳显贵、阅历颇深的气度。

不知道为什么，在看到张燕铎出现后，关琥提着的心放下了，这让他不得不认可张燕铎的话——他对张燕铎是有依赖感的，尤其是在遭遇困难的时候，否则现在的他就不会是这种放松的心态了。

明白了张燕铎临时打电话给自己的原因，关琥笑问："来得这么巧，你一定在我身上安了窃听器。"

张燕铎瞥了他一眼，不是错觉，关琥在他的眼神中品出了不屑的味道。

"做事是需要动脑子的，而不是总要靠那些变态的器械。"

要说变态，关琥相信张燕铎的思维绝对超过任何尖端科技，不过他还是老老实实地低头认错。

"谢谢哥哥。"

刺耳的警笛声打断了两人的对话，张燕铎挑挑眉，看向后面，关琥也跟着去看，正如他所料的，警用摩托车出动了，警笛声此起彼伏地响起，穿过寂静的夜幕，向他们飞速逼近。

他急忙转头看张燕铎，想问怎么办，就见张燕铎神色平静，完全没被眼下的紧张状况影响到，关琥正觉得奇怪，忽然发现外面车道出现了异景——在刹那之间，无数车型相同的黑色轿车从四面八方涌出，汇集到了车流中，他所坐的黑车也被夹杂在当中，别说警车，就连他自己都分不清这辆车跟其他黑车的不同了。

十几辆车交叉着在车道之间飞奔，在成功地拦截了警车后，又随即迅速散开，各自朝着不同的方向开去，相同的车型相同的奔驰速度，晃得人眼花缭乱，后面紧追的警车被这突如其来的状况搞迷糊了，警笛声响个不停，却不知道该去追哪一辆车，导致相互挤在一起，等待上头的新指令。

他们这辆车就借着车流汹涌的状况自动调换了车牌，然后车头一拐，朝着完全不同的方向飞驰而去。

"局长这次要骂人了。"

眼看着警车追踪成功在即，却被这种无厘头的飙车风格搞得一塌糊涂，关琥完全可以想象得出局长黑锅底般的脸色，他忍不住笑道。

听着警笛声离他们越来越远，直到此刻，关琥的心才真正放了下来，冲张燕铎竖了竖大拇指，赞道："还是哥你厉害。"

"厉害的是他，"张燕铎一指一直在前面默默开车的男人，微笑说："我们只是借了处长公子的光。"

关琥讶然看去，就见司机将宽檐帽摘下来，后视镜里映出了属于李元丰清秀的脸庞，大概关琥现在的表情太有趣，李元丰微笑说："想当年我也是在飙车界称王称霸的，谢谢大家还给捧场。"

"啊李元丰，你果然没死！"

看到他，关琥一直为之愧疚的心情终于变得晴朗，探身用力拍打他的肩膀，热情地说："你没事真是太好了，我一直很担心你，对了，这段时间你藏在哪里？"

用力太大，李元丰被拍得皱起眉头，他奇怪地看向张燕铎，"咦，你没有跟他说吗？"

话中有话，关琥不由自主地看了一眼张燕铎，问："说什么？"

"说替身的事啊，我以为你早就知道的。"

"什么替身？"

关琥听得越发糊涂了，眼睛瞪得大大的，看着张燕铎，等候他的解释。

他的焦急心情没有传达过去，张燕铎神情平静，伸出一根手指头，轻轻托了下眼镜，微笑道："我好像跟你说过，关琥，假如我真要骗你，以你的智商根本发现不了的。"

关琥看着他，默默品味着他的发言，与此同时之前经历过的一幕一幕在眼前飞速闪过——

李元丰跟他一起当保镖；夜宴当晚莫名其妙出现在他口袋里的警示纸条；在水晶灯落下的一瞬间将他拉开的人；在他追踪疑犯时李元丰的及时赶到；还有之后他们一同弃车跳海……

所有画面像是幻灯片似的一晃而过，但是带给关琥的震撼却是无法言说的，他无比震惊地看着张燕铎，问："难道一直跟我一起当保镖的人不是李元丰，而是你？"

"确切地说，不是'一直'，为了不引起怀疑，在当保镖的那两天里，我跟李元丰曾有过数次调换，你能分辨出哪个是真身吗？"

充满了笑谑的口气，完全是属于张燕铎才有的恶趣味表现，看到李元丰也在前面饶有兴趣地看他们，一副等候答案的模样，关琥气得大叫："换来换去，鬼才知道！"

"虽然中途我们曾有数次调换，但那晚酒会我只在一开始露了个脸，之后我们在洗手间做了替换后，我就离开了，参与飙车，还有跟你一同坠海的自始至终都是张先生，张先生说酒会上一定会出事，事实证明他预料准确，当时如果是我在场的话，很可能 hold 不住。"

"靠！"

听了李元丰的解释，关琥怒瞪张燕铎，很想问既然李元丰是他扮的，为什么他不一早自报身份，那样也许他们不需要跳海那么惨。

张燕铎无视他的愤怒，漫不经心地笑道："我不想危险的时候总是我做主导，偶尔我也想听从你的意见啊。"

"从我们认识到现在你有一次听过我的意见吗张燕铎，你这个自以为是的家伙！"

要不是眼前这张脸太精致有型，关琥很想把他的拳头抢过去。

别以为他真的不明白张燕铎的想法，这家伙不暴露身份，只是在担心自己还在气恼他的胡乱杀人，甚至把他当成杀人不见血的怪物来看，所以宁可想尽办法掩饰身份来靠近他保护他，直到听到自己在艾米面前明确地表明立场，他才放下心防，说出自己是谁。

"你需要这么小心吗？"虽然理解张燕铎的心情，但不代表他赞同这样的做法，关琥气愤地说："你该对我多一点信心的，不管发生什么事，我都会站在你这边。"

张燕铎脸上的微笑收敛了，他把头撇向窗外，关琥听到他很小声地说："谁让你用枪指着我。"

是啊，那晚在天台，他是用枪指着张燕铎，还骂了他，但如果他真认为张燕铎的行为是不可原谅的，就不会放他走了对吧？这个人这么聪明，怎么连这么简单的道理都想不通呢？

想起那次的争吵反目，关琥突然有些无力，以手抚额，对张燕铎的任性感到无可奈何。

车里的气氛变得微妙，李元丰的目光在他们兄弟俩之间转了转，问："我是不是说了什么不该说的话？"

"没有！"

这句话倒是答得异口同声，李元丰耸耸肩，决定还是不要介入他们兄弟的纷争之中。

"这样说好了，"稍许安静后，关琥咳嗽了两声，说："以后不管发生什么状况，我都不会、绝对不会再用枪指着你，所以哥，也麻烦你不要总是调换身份来测试我的智商跟判断力，OK？"

"我考虑。"

呵，这种事也需要考虑的吗？

关琥翻了个白眼，决定打住这个很没水准的话题，问："你怎么想到帮李元丰的？"

"当然是为了在今晚你被缉拿时，可以得到他的帮助啊。"

"说实话，张燕铎！"

"叫哥。"

"哥，请说实话。"

面对关琥的退让，张燕铎愉快地笑起来，"因为我想查出到底是谁在背后捣鬼。"

当然，更重要的一点是为了就近保护关琥。

以关琥的判断力跟身手，普通案件他不必担心，但这次不同，他们面对的是极其强大的对手，光靠脑力跟身手还远远不够，没有他的陪伴，他放心不下。

所以在得知李元丰将作为保镖被派去林晖峰那里时，张燕铎就知道游戏拉开序幕了。

在判官一案中，李元丰差点被害，他相信那不是结局，而是开始，于是他找上李元丰，跟他说了自己的想法跟预测，希望他配合，李元丰在跟父亲商议后，答应了他的提议。

这是个对双方都有利的办法，李处长不希望自己的儿子再涉险，而张燕铎也可以趁机接近关琥，并顺便卖他们一个人情，所以这个办法就在关琥毫不知情的状况下实施了。

听完张燕铎的解释，关琥叹了口气，说："你可以做警察了，以你的心机，一定可以平步青云的。"

"太累，不喜欢。"

真够任性的回答。

关琥再问："你老实告诉我，你是不是还有其他什么事瞒着我的？"

"你说呢？"

嗯，会这样反问就代表有，不过关琥没继续追问，反正到了张燕铎想说的时候，他自然会告诉自己的。

"看来接下来我们的任务是要找出幕后真凶。"翻看着舒清滟给自己的牛皮纸文件夹，关琥说。

张燕铎笑了，看着前方临时设置的警察临检关卡，说："不，接下来是要怎么混出去。"

关琥也看到了，心不由自主地吊了起来，但接受临检的经过比他想象的要顺利，李元丰照警察的指令将车停下，他打开车窗，将一个类似某种通行证的东西递了过去，说："我们在执行特别任务，请给予合作。"

警察检查了证件，又探头看看车里。

关琥本来还担心会被看出有问题，但事实证明他小看了张燕铎的气势，警察误把张燕铎当成是高级官员，很恭敬地将证件还给了李元丰，然后打手势让前面的同事放行。

临检就这样有惊无险地结束了，之后又向前开了很远的路，李元丰才将车速放慢，停在了某个停车场上。

关琥看向外面，发现车旁停了一辆跟他们的车型相似的黑车。

李元丰拉下手闸，对张燕铎说："欠你的情我还了，我就送你们到这里。"

张燕铎微笑点头，李元丰下了车，又说："我父亲让我告诉你，他跟降头内幕无关，他也很期待你能找出幕后凶手，但他不想再跟你扯上关系。"

"我懂。"

听了张燕铎的答复，李元丰转身离开，关琥看着他上了隔壁那辆黑车，黑车开出车位，没多久就消失在了阴暗的夜幕中。

"李处长与这件事无关吧，否则他也不会帮我们了。"看着渐渐远去的车后照灯，关琥说。

"谁知道呢，"张燕铎打手势让关琥去前面开车，不置可否地说："不到最后一刻，谁忠谁奸都是未知数。"

"听起来我们前途堪忧啊。"

"大不了换个名字重新开始。"

关琥把车开了起来，随口笑道："重新开始也是需要本钱的，我们现在都是逃犯，难道去抢银行啊？"

张燕铎把手机丢给他，关琥伸手抄住，瞟了眼屏幕，那是某个国际大银行的私人存款信息，当看到上面的存款金额，关琥差点把车开去道边的沟里。

数字后面的零太多，他算不清那是多少钱，但绝对绝对是他这辈子……啊不，加上下辈子也赚不到的金额。

"你已经抢完银行了？"

"我只是把老家伙勒诈的钱转去了自己账户而已。"后者依旧保持双腿交叠的姿势，回答得云淡风轻。

"什么时候的事？"

"就在他刚接到钱还没有焐热的时候。"

"这种转账一定很机密又复杂吧？你是怎么做到的？"

"我做不到，但有人可以，"张燕铎正了正眼镜，微笑对他说："还记得在出发前，我们跟舒清滟联络过吗？我请她的朋友帮的忙。"

"你……"透过后视镜，关琥看着他，迟疑地问："不会是在那时候，就已经有了把所有赎金都吞没的想法吧？"

"本来没打算做得这么绝的，谁让他们惹到我了。"

为了自己活命，可以随手把为他们卖命的人置于死地，这些人不给他们一点教训，那真是对不起他们。

想起当天的经历，张燕铎的眼眸微微眯起，揭示出他的不悦。

"我把从塔里图那里得到的解降秘方让艾米跟克鲁格分别转告那些人，一条命换一亿，他们很赚了。"

"可是你并不知道那个秘方是否真能解降头啊，假如解不了呢？"

"解不了那也是他们的命，与我何干？"

也就是说，那笔钱不管怎样张燕铎都拿定了，解降头只是顺便而已。

面对这样任性的大哥，关琥再次表示无言，叹了口气说："最近没听到国外要员暴死的时事新闻，看来那秘方奏效了。"

"那是他们的运气。"

"可惜被你横刀夺钱，老家伙累死累活地干了一票，最后却一个子都没捞到，他一定要气死了。"

"如果人可以被气死的话，我们就不用这么麻烦了。"说到这里，张燕铎莞尔一笑，"老家伙教我螳螂捕蝉黄雀在后这句话时，一定没想到有朝一日我会用在他身上。"

"张燕铎你还可以再黑一点吗？"

"叫哥。"

"哥，请问你还可以再黑一点吗？"

"就比如有了这笔钱，我们可以随便在任何一个国家任何一个地方逍遥过一辈子了。"

听了这话，关琥没有马上搭腔，开着车，过了好一会儿，他才说："我好像没说过，我的名字是我妈起的。"

张燕铎挑挑眉，关琥又说："所以这辈子我不想改这个名字，我要堂堂正正地活着。"

"我好像也没说过，我的姓来自我的母亲。"

关琥透过后视镜看向张燕铎，他想张燕铎会用"张"姓，是因为母亲姓张。

"但我不记得自己的名字了，因为我没有童年的记忆。"

原因是什么，关琥比任何人都明白。

哥哥从出生就跟普通小孩不同，他有着优秀于同龄人的智商，但同时又很排斥跟别人的接触，那时的人观念落后，都叫他傻子，关琥记得自己不懂事，也跟着其他小孩这样叫过自己的哥哥。

现在想起来，关琥心里涌起愧疚，张张嘴正要道歉，张燕铎先开了口，"所以对我来说，名字只是代号，流星也好，张燕铎也好，什么都可以，燕铎这两个字就是我翻字典随便找的。"

换了平时，关琥一定开口取笑，可是现在他没有那个心情。

"我不在乎自己的身份跟名字，不过你决定的事我不会反对，既然你对这六亿欧元没兴趣，那就当诱饵丢出去好了。"

"也许会血本无归，"关琥踌躇地问："你不后悔？"

"也许会连本带利地赚回来，我也很想知道陷害你的幕后黑手是谁，"张燕铎身体微微向前靠，微笑说："这个游戏挺有趣的，我赌了。"

"那接下来我们该怎么做？"

"也许该先找个地方睡觉。"

"我还没吃晚饭呢。"

"那是你的事，我想睡觉。"

"喂……"

"叫哥。"

"哥，不如我们接下来先吃饭再睡觉，再慢慢办案，请问您觉得如何呢？"

张燕铎没回答他，关琥抽空掉头看去，就见张燕铎正在翻阅舒清滟给他的那堆资料，神情若有所思。

看来他的提议被完全无视了，关琥只好摇摇头，决定自己来制定接下来的行程。

他踩紧油门加快车速，向前笔直冲去，前方的路仍然是一片黑暗，不过穿过黑暗之帷，后面或许掩藏着意想不到的惊喜呢。

（本篇完）